김미월

2004년 《세계일보》 신춘문예에 당선되며 작품 활동을
시작했다. 소설집 『서울 동굴 가이드』 『아무도 펼쳐보지
않는 책』 『옛 애인의 선물 바자회』, 장편소설 『여덟 번째
방』 『일주일의 세계』, 산문집 『내가 사랑한 여자』 등이
있다. 신동엽문학상, 젊은작가상, 오늘의젊은예술가상,
이해조소설문학상을 수상했다.

여덟 번째 방

여덟 번째 방

김미월

장편소설

오늘의
작가 총서
42

민음사

차례

여덟 번째 방   7

1

대문에 전단이 한 장 붙어 있었다.

잠만 자는 방

전단의 문구는 그러했다.

잠만 자는 방? 영대는 자꾸만 팔 쪽으로 미끄러져 내려가는 크로스백을 어깨로 끌어 올렸다. 이보다 쌀 수는 없다며 현수가 소개해 준 방이었다. 방세 월 10만 원. 그 정도면 캘빈클라인 청바지 한 벌 값도 안 됐다. 청바지를 사려고 꿍쳐 놓은 돈 20만 원이면 다리 한 짝에 한 달씩 이 방에서 도합 두 달을 살 수 있다는 얘기였다.

그런데 잠만 자는 방이라니. 이게 무슨 뜻일까. 이 방에선 오로지 잠만 자야 되고 섹스는 하면 안 된다는 소리인가.

설마 그건 아니겠지. 세입자의 프라이버시가 있는데 아

무렵. 하지만 그게 아니라면 대체 무슨 뜻이지? 그는 국어 시험에서 '다음 시 구절이 내포하고 있는 의미는?' 같은 문제를 대했을 때처럼 곤혹스러웠다. 중학교 때 시를 배우면서부터 느꼈던 거지만 그는 내포니 은유니 상징이니 이런 것들이 딱 질색이었다. 할 말이 있으면 그냥 알아듣기 쉽게 하면 되지, 왜 빙빙 돌리고 요리조리 꼬고 쓸데없이 다른 것에 빗대어 표현하는가 말이다.

"좀 전에 전화했던 총각이오?"

중년 사내가 열린 대문 틈으로 상반신을 내밀었다. 집주인인 듯했다. 영대는 머리부터 꾸벅 숙였다. 가방이 또 어깨에서 흘러내렸다. 그가 숙였던 머리를 채 들기도 전에 사내가 말했다.

"잠만 자는 방이 뭐고 하니 그 방에선 잠만 잘 수 있단 거요. 밥해 먹고 볼일 보고 그런 건 못 해요. 부엌이랑 화장실이 방 밖에 따로 있거든. 공용이야. 그러니까 원룸은 아니고 딱 방 하나만 있다는 거지."

"아, 예."

하기야 집주인은 방 보러 온 이들이 가장 먼저 궁금해하는 것이 무엇인지를 정확히 파악하고 있을 것이다. 영대가 묻고자 했던 것과 같은 질문을 이전부터 얼마나 많이 받아 보았겠는가. 잠만 자는 방이 대체 뭐냐고, 내포와 은유와 상징을 싫어하는 사람이라면 죄다 물어보았을 테니 말이다. 영대는 가방을 고쳐 멨다. 부엌과 화장실이 공용이면 몇 명이나 같이 써야 하는 건지 물어보려는 참이었다.

"부엌이랑 변소는 여자 하나, 남자 하나, 총각까지 셋이 써요. 딱 좋지 뭘."

이번에도 주인 사내는 영대가 묻기도 전에 일렀다. 존댓말과 반말을 요괴의 팔다리처럼 유연하게 놀려 가면서.

"아, 예. 그러네요."

대꾸할 때마다 서두에 '아, 예.'를 붙이는 것은 영대의 오랜 말버릇이었다. 사내가 방부터 보러 가자고 했다. 영대는 머리숱이 가난한 사내의 뒤통수를 좇아 걸음을 옮겼다.

집은 구조가 여느 주택과 다를 바 없었다. 지하층, 1층, 2층으로 이루어진 단독주택이었는데 2층은 주인집으로 1층은 하숙집으로 쓰였다. 영대가 보려는 방은 지하층에 있었다. 층이 낮아질수록 해당 층 입주자의 경제적 층 또한 낮아지는 셈이었다. 사내는 세 개 층의 구조가 거의 똑같다고 했다. 다만 지하층은 세면장에 변기가 없는 게 다르다나. 용변을 보려면 마당에 있는 공용 화장실을 이용해야 한다고 했다.

"아, 예."

영대는 고개를 끄덕였다. 화장실이 실외에 있다면 요즘 같은 한겨울에는 사용하기가 꽤 성가시겠지만 그 정도는 감수해야 했다. 월 10만 원짜리 방 아닌가.

지하층은 방 세 개와 공용 세면장과 주방으로 이루어져 있었다. 영대가 살 방은 가운데 방이었다. 현관을 기준으로 왼쪽 방에 여자가 살고 오른쪽 방에 남자가 산다고 했다. 주인 사내가 주방의 형광등을 켠다는 것이 이미 켜져 있던 등을 실수로 꺼 버렸다. 순식간에 암흑이 두 사람을 에워쌌다. 이곳이 문자 그대로 지하임을 영대는 실감했다. 어둠 속에서 전등 스위치 올리는 소리가 났다. 불이 켜진 주방 안이 불을 껐다 켜기 전보다 훨씬 더 적나라하게 눈에 들어왔다. 문짝의 도색이 벗겨진 냉장고 옆에 모서리가 우그러진 개수대가 있고 그 위에 군데군데 녹이 슨 휴대용 버너가 있었다. 냉장고의 상표는 십수 년 전에 엘지가 혜성처럼 등장하면서 태양계에서 자취를 감춘 줄 알았던 '금성'이었다. 버너 옆에 찌그러진 채 나뒹굴고 있는 빨간색 깡통은 이제 세상의 어느 슈퍼마켓에서도 찾아볼 수 없는 815 콜라 캔. 이건 뭐 추억의 박물관이 따로 없었다.

영대는 개수대의 수도꼭지를 오른쪽으로 틀어 보았다. 냉수가 나왔다. 왼쪽으로 틀어 보았다. 냉수가 나왔다. 그는 젖은 손바닥을 허벅지에 문질러 닦았다. 개수대 옆에 투명 접착테이프로 입구를 봉한 라면 상자가 네댓 개 쌓여 있는 것이 눈에 띄었다. 척 봐도 이삿짐 꾸러미가 분명했다.

"요번에 방을 뺀 아가씨가 사정이 생겨서 짐을 다 못 가져갔어. 삼사 일만 맡아 달라고 해서 내 특별히 봐주고 있는 거요."

크게 손해 보는 일이라도 된다는 듯 사내는 고개를 절레절레 흔들었다. 영대는 그 아가씨가 나가면서 비게 되었다는 가운데 방의 문을 열었다.

"아."

짧은 감탄사를 내뱉었다. 영대는 물어보고 싶었다. 이게 뭔가요? 진짜 방으로 가기 위해 지나가는 곳인가요? 아하하하.

그것은 방이 아니라 상자 속이라고 하는 편이 더 어울릴 법한 공간이었다. 정육면체 모양의 커다란 상자. 한 변의 길이가 2미터는 될까. 이런 곳을 과연 방이라 해도 좋을까. 어쨌거나 확실한 건 최홍만은 그 방에서 다리 뻗고 잘 수 없으리라는 것이었다. 영대는 가방끈만 만지작거렸다. 결정적으로 짐을 들여놓으면 사람이 들어설 자리가 없었다.

"이래 봬도 짐 들어가고 사람 들어가고 다 들어가요."

상대방의 의중을 꿰뚫어 보고 있는 대사. 주인 사내가 아무래도 독심술을 하는 것 같다고 그 와중에도 영대는 신기해했다.

"돌아다녀 봐. 이만한 가격에 이만한 방도 드물지."

"아, 예. 그렇긴 한데……."

드물게 평등한 방이긴 했다. 아랫목도 없고 윗목도 없고. 중심도 없고 주변도 없고. 벼룩의 머리 가슴 배를 구분하는 게 무의미하듯이 말이다. 좋은 점은 또 있었다. 들어가지도 않겠지만 침대를 들여놓는다면 자다가 방바닥으로 떨어질 염려는 없다는 것이었다. 사면이 벽으로 막혀 있으니. 주인 사내가 영대 앞으로 한 발 다가섰다. 동시에 왼쪽 방의 문이 열렸다.

"그래, 어떡할 거요?"

영대는 아무래도 안 되겠다고 말하려 했다. 왼쪽 방에서 한 여자가 나왔다. 스물두어 살쯤 됐을까. 거짓말처럼 긴 생머리에 얼굴이 희고 눈이 큰 그녀와 영대의 시선이 마주쳤다. 그녀는, 예뻤다.

"아, 예."

영대는 숨을 한 번 고른 후 말을 이었다.

"즉시 입주 가능하죠?"

왼쪽 방 여자는 현관문을 열고 밖으로 나가 버렸다. 뒷모습마저 저렇게 예쁜 여자가 이런 집에 산다니. 영대는 마치 초등학교 앞 문방구에서 한정판 몽블랑 만년필이라도 발견한 듯한 기분이었다. 그는 어깨에서 흘러내린 가방이 팔목에 걸쳐져 있는 줄도 모르고 눈만 끔벅거렸다.

그렇게 영대는 잠만 자는 방에서 살게 되었다. 이사 온 첫날. 잠만 자는 방이라는데 잠만 안 왔다. 그는 낮밤을 꼬박 깨어 있었다. 왼쪽 방 여자와 오른쪽 방 남자는 둘 다 집에 들어오지 않았다. 때가 연말이니만큼 약속이 많겠지 싶었다. 종일 방바닥에 드러누워 위층에서 양변기 물 내리는 소리를 들었다. 물론 그의 방에서 두 다리를 쭉 뻗으려면 미스코리아의 어깨띠처럼 대각선으로 누워야 했다. 지하 방은 하루 종일 컴컴해서 낮과 밤의 경계가 없었다. 낮에는 지금이 밤인가 싶어 몸이 축 늘어졌다. 밤에는 낮 동안 한 일도 없는데 극도로 피로하여 꼼짝도 하기 싫었다. 영대는 만사가 귀찮아 택배로 받은 이삿짐도 방으로 들이지 않고 공용 주방에 그대로 내버려 두었다. 끼니는 근처 편의점에서 사 온 짜파게티 컵라면으로 때웠다.

이틀째 되던 날에도 그는 누워서 하염없이 위층의 양변기 소리에 귀 기울이고 있었다. 그러고 있으려니 별의별 생각이 다 났다. 뒤주에 갇혀 죽은 사도세자부터 서울역 지하도의 노숙자들, 군 시절 관물대 위에 두 발을 올려놓은 상태로 엎드려뻗쳐 얼차려를 받았던 일, 싱싱한 해물이 듬뿍 얹힌 따끈따끈한 삼선짜장면, 언제 잃어버렸는지 모를 MLB 야구모자……. 그러나 모든 생각의 끝은 내가 지금 여기서 왜 이러고 있나 하는 의문으로 이어졌다. 생각할수록 어처구니가 없었다. 원래 사람들은 평소 방에 있을 때 자신이 어떤 방에 있는지를 자각하지 않는다. 할 필요가 없다. 그냥 방이니까. 그러나 이 방은 시시각각 끊임없이 영대에게 그가 어떤 방에 있는지를 환기시켜 주었다. 내가 이렇게 좁고 어두운 방에 살고 있구나 하고. 따지고 보면 이게 다 선배 때문이었다.

그는 얼마 전에 제대를 했다. 머리카락이 가르마를 탈 수 있을 만큼 자라자 입대 전부터 짝사랑해 왔던 같은 과 선배에게 전화를 걸었다. 만나기로 약속한 카페에 선배는 순순히 나왔다. 그녀는 영대가 입은 푸른색 후드 티셔츠가 세련돼 보인다고 했다. 영대는 어머니가 제대 기념으로 사 준 새 옷을 입고 나오길 잘했다고 생각했다. 그녀가 물었다.

"그런데 있지, 넌 꿈이 뭐니?"

순간 그는 선배의 질문을 제가 잘못 알아들은 줄 알았다. 꿈이 뭐냐니. 초등학생도 아니고 군대까지 갔다 온 예비역 청년에게 그런 질문을 하다니. 그건 마치 아흔 살 먹은 노인에게 장차 어떤 여자와 결혼하고 싶으냐고 묻는 것과 같지 않은가. 영대는 제 앞에 놓인 핫초코 잔에 토핑으로 담긴 빼빼로를 엄지와 검지로 집었다.

"아, 예…… 누나의 꿈은 뭔데요?"

대답이 궁하니 질문을 돌려줄 수밖에. 빼빼로가 바삭바삭했다.

"내 꿈은, 행복해지는 거야."

선배는 정색을 하고 있었다. 영대는 아무 대꾸도 하지

않았다. 고개를 끄덕이지도 않았다. 불현듯 '행복'이라는
낱말이 생경하게 느껴졌기 때문이다. 행복. 행복이라.

그것은 마치 초특급 호텔 스위트룸의 대리석 욕조처럼,
평양 시내 대동강 구역의 사거리처럼, 500년 후 인류의 운
명처럼, 제 손이 닿을 수 없는 세계에 속해 있는 말 같았
다. 영대는 선배가 교사가 되고 싶다든가 신혼여행으로 세
계 일주를 하고 싶다든가 혹은 로또 복권에 당첨되고 싶
다는 식의 이야기를 할 줄 알았다. 왜 다들 꿈꾸는 것 있
잖은가. 그녀가 그 범주에서 벗어나지 않는 대답을 했다면
영대도 기꺼이 맞장구를 쳐 주었을 것이다. 하지만 선배는
느닷없이 행복을 말했고 그녀를 이해할 수 없어서 영대는
불행했다.

"행복하다는 게 어떤 건데요?"

"글쎄, 나도 잘 모르겠어. 내가 알 수 있는 건."

선배가 잠시 말을 멈추었다 이었다.

"너랑 있으면 조금도 행복하지 않다는 거야."

영대는 빼빼로를 입에 문 채 고개를 쳐들었다.

"앞으로도, 너랑은 전혀 행복할 것 같지가 않아."

"누…… 누나."

"답답해."

선배는 자리에서 일어났다.

"너를 보면 가슴이 꽉 막혀."

그녀는 영대를 불 위에서 오그라드는 오징어 보듯 내려다보았다.

"넌 주관이 없어. 뭐든지 남이 하라는 대로 하고, 그것도 금방 포기해 버리잖아. 니가 아직도 고등학생인 줄 아니? 니 인생에 좀 더 진지해져 봐. 본인이 진짜로 원하는 게 뭔지 스스로 찾아야지. 인생은 남이 대신 살아 주는 게 아니니까."

카페를 나가기 직전에 선배는 그렇게 말했다. 영대는 가슴이 오징어처럼 오그라든 채 자신이 처한 상황을 정리해 보았다. 한마디로 그는 차인 것이었다. 차고 차일 만큼 서로 가까운 거리에 있어 본 적도 없지만 그런 객관적인 판단까지 할 수 있을 만큼의 여유가 그에게는 없었다. 고통스럽다기보다는 수치스러웠다. 그는 반쯤 얼이 빠진 표정으로 먹다 만 빼빼로를 마저 씹었다.

선배의 말은 맞았다. 그는 한 번도 자신의 의지에 따라 살아 본 적이 없었다. 초등학교를 졸업하면 중학교에 가고, 중학교를 졸업하면 고등학교에 가고, 고등학교를 졸업하면 대학교에 가고, 취직을 하고 결혼을 하고 자식을 낳고 아파트를 사고…… 자신의 삶이 내비게이션을 장착한 자동차처럼 정해진 길을 따라 순탄하게 굴러가리라는 것을 한 번도 의심해 본 적이 없었다. 부모가 하라는 대로, 친구들이 하라는 대로, 선생이 하라는 대로 따라온 삶이었다. 그의 자동차는 안전선 밖으로 벗어난 적이 없었던 것이다.

행복해진다는 건 어떤 걸까. 영대는 궁금했다. 아니, 나의 꿈은 무엇일까. 나에게도 꿈이란 게 있기는 한가. 당장 해답을 찾을 수 있는 문제가 아니었다. 영대는 고민하기 귀찮아 그 질문을 의식적으로 잊으려 했다. 그러나 이튿날 어머니가 백화점에서 사 왔다며 그에게 거위털 패딩을 건네주었을 때 그는 선배를 만났던 날을 떠올렸다. 뒤늦게 얼굴이 달아올랐다. 꿈이 무어냐는 질문에 대답을 못 한 것이 창피해서가 아니라, 어머니가 사 준 옷을 입고 왔노라 떠벌린 것이 창피해서였다.

앞으로는 옷을 스스로 사 입으리라 결심했다. 첫 번째 목표는 캘빈클라인 청바지였다. 그러나 20만 원이 수중에 들어왔을 때 마음이 바뀌었다. 옷만 제 손으로 산다고 될 일이 아니었다. 모든 면에서 독립이 필요한 시기였다. 영대는 분연히 집을 나왔다. 그답지 않게 충동적인 결정이었으나 그답지 않게, 이전과는 좀 다르게, 그렇게 사는 것이야 말로 지금 그에게 절실히 필요한 것이었다. 나의 꿈은 무엇인지, 앞으로 어떻게 살아야 할지, 한 번도 경험해 본 적 없는 낯선 환경 속에서 스스로에게 묻고 답하고 싶었다. 아직 복학을 한 것도 아니니 그는 이제 아무 곳에도 속해 있지 않았다. 과거와 완전히 결별하는 뜻에서 내친김에 휴대폰 번호까지 바꾸었다.

그 휴대폰이 처음 울린 것은 그가 잠만 자는 방에 깃든 지 사흘째 되는 날이었다.

"야, 이사는 잘했냐?"

현수였다. 영대의 바뀐 휴대폰 번호를 아는 유일한 사람.

"넌 짐이나 좀 날라 주고 그런 말을 해라."

영대는 오랜만에 자신의 목소리가 좁은 방 안에 울려 퍼지는 것을 들었다. 이사 온 후 처음으로 말해 보는 것이었다.

"미안하다, 새꺄. 대신 널 위해 준비한 게 있다."

"뭔데?"

그는 이불 위에 드러누운 채 벽에 두 다리를 걸쳤다.

"소개팅."

시멘트 벽에서 올라온 찬 기운이 맨발바닥에 스미자 몸이 선득했다. 벽지는 온통 모기들의 묘지였다. 영대는 벽에 짓눌려 죽은 채로 붙어 있는 모기 사체들의 개수를 셌다. 일곱, 여덟, 아홉…….

"우리 같은 놈들은 학교 다닐 때 소개팅 실컷 해 봐야 돼. 졸업하면 여자 만나기도 힘들다고."

'우리 같은 놈들'이라는 게 어떤 놈들을 의미하는 거냐고 묻고 싶었다. 그는 벽에 걸쳤던 다리를 도로 내렸다. 묻지 않아도 그것이 무엇을 의미하는지 알 것 같았다.

"취직하기도 하늘에 별 따기인데 언제 소개팅 같은 걸

하겠어? 그리고 취직도 못 한 루저를 누가 만나 주겠냐."

그러게. 졸업하면 취직을 해야 하는구나 하고 그는 생각했다. 현수는 지금 여자 친구를 만들어 놓아야 얼마 후에 있을 동창회 때에도 쪽팔리지 않을 거라고 덧붙였다. 아, 동창회. 잊고 있었다. 고등학교 졸업 후 처음 열리는 동창회였다. 그 자리에 가면 혹시 정환을 만날 수 있을까. 영대는 휴대폰을 고쳐 쥐었다. 정환은 고등학교 때 그의 짝이었다. 컨디션이 최악일 때 전교 2등을 하는 수재라 영대와는 사는 세계가 생판 달랐고 그래서인지 졸업 후로 한 번도 연락이 되지 않았지만, 녀석의 근황이 영대는 늘 궁금했다. 정환도 내 안부를 궁금해할까. 그것도 영대가 가진 궁금증 중의 하나였다.

십팔. 죽은 모기는 모두 열여덟 마리였다. 전화를 끊었다. 소개팅은 안 하겠다고 했다. 자신이 인생에서 진정으로 원하는 것이 무엇인지를 알아내기 전에는 소개팅이고 뭐고 하지 않겠노라고 비장하게 각오를 밝히려 했지만, 정말 그랬다가는 현수로부터 돌았느냐는 핀잔이나 듣기 십상이었으므로, 그저 당분간은 여자를 만날 생각이 없노라이야기했다. 물론 그렇게 말했는데도 현수는 영대더러 돌았느냐고 했다.

전화를 끊고 나니 똥이 마려웠다. 생각해 보니 사흘 동안 대변을 못 보았다. 화장실이 어떻게 생겼는지 구경을 해 본 적도 없었다. 소변은 세면장에서 몰래 해결해 왔으니까.
패딩을 걸치고 마당으로 나갔다. 때가 낮인지 밤인지도 인
식하지 못하고 있었는데 밖은 한밤중인 듯 캄캄했다. 골목
에서 담을 타고 마당으로 넘어온 가로등 불빛이 화장실의
슬레이트 지붕을 비추고 있었다. 그 샛노란 불빛을 올려다
보고 있자니 왠지 가슴이 따뜻해졌다. 이 낯선 공간에서
꿋꿋하게 잘 살 수 있을 것 같다는 생각이 그를 뿌듯하게
했다.

　화장실은 규모가 의외로 커서 칸이 세 개나 되었다. 왼
쪽에서 첫 번째 칸의 문을 열었다. 변기에 똥이 들어 있었
다. 그것은 얼어 있었다. 물을 내려도 내려가지 않았다. 두
번째 칸의 문을 열었다. 변기에 똥이 들어 있었다. 그것은
얼어 있었다. 물을 내려도 내려가지 않았다. 세 번째 칸의
문을 열었다. 변기에 똥이 들어 있었다. 그것이 얼어 있고
그래서 물을 내려도 내려가지 않는지 알아보기 전에 영대
는 냅다 문을 닫았다. 똥 누고 싶은 마음은 어느새 사라지
고 없었다.

　문제는 지금이 아니라 앞으로였다. 화장실도 마음 놓고
갈 수 없는 이 거지 같은 집에서 며칠이나 더 버틸 수 있을
까 심각하게 고민하며 그는 실내로 다시 들어왔다. 개수대
옆의 라면 상자들이 발에 차였다. 그의 방에 살았던 여자
가 아직 찾아가지 않은 상자와 엊그제 택배로 온 그의 상

자 들이 함께 쌓여 있었다. 두 사람의 짐이 자칫하면 서로 섞일 수 있을 것 같았다. 영대는 생각난 김에 제 짐들을 하나씩 방으로 옮겼다. 사흘 내내 잠을 못 잔 터라 팔다리가 어항 속의 물풀처럼 흐느적거렸다. 허리를 굽혔다 펼 때마다 머릿속이 핑핑 돌기까지 했다. 잠을 자고 싶었다. 이거야 원, 잠만 자는 방이라더니 잠만 못 자고 있는 꼴이 아닌가.

짐을 들여놓으니 방이 꽉 찼다. 상자 하나를 열어 보았다. 탁상시계가 먼저 손끝에 딸려 나왔다. 술집에서 개업 기념품으로 받거나 길거리에서 연말 행사 판촉물로 받았을 소형 라디오며 저금통, 달력 등이 연이어 손에 잡혔다. 영대는 그것들을 방바닥에 늘어놓았다.

니들은 좋겠다, 뇌가 없어서. 생각을 할 필요가 없어서.

탁상시계를 비롯한 방 안의 모든 생명 없는 것들에 그는 잠시나마 부러움을 느꼈다.

라디오의 전원을 켜 보았다. 귀에 익은 음악이 흘러나왔다. 「올드 랭 사인」. 뜻을 알아들을 수 없는 스코틀랜드게 일어 가사에 맞춰 영대는 속으로 노래를 따라 불렀다. 다시 만날 그날 위해 노래를 부르세……. 디제이가 목청을 높였다.

"청취자 여러분, 이제 1분 후면 새해가 옵니다!"

앗, 그럼 오늘이 12월 31일이라는 건가. 게다가 지금 시각이 자정이라는 건가.

탁상시계를 들여다보았다. 과연 시침과 분침과 초침 세 개의 시곗바늘이 숫자 12 밑에서 하나로 뭉치기 직전이었다. 그는 시계를 도로 상자에 던져 넣었다.

사실 1분 후라고 해서 달라질 게 뭐 있겠는가. 59분과 00분의 세상이 얼마나 다르겠는가. 전이나 후나 그는 변함없이 월 10만 원 골방에 세 든 할 일 없는 예비역 휴학생일 뿐이었다. 시간은 하나로 이어져 흐르는데 언어는 그것을 연월일로 나누고 자르고 구획한다. 하지만 그뿐. 언어가 세상을 규정해도 세상은 언어에 얽매이지 않는다. 묵은해가 새해로 바뀌는 이 순간에도 세상 도처에서는 쉼 없이 잭팟이 터지고 소년의 키가 자라고 여고생들이 굴러가는 낙엽을 보며 웃고 군인들이 휴가를 기다리고 있을 것이다. 영대가 지금 이곳에서 라디오를 듣고 있듯 곳곳에서 저마다의 귀한 일상이 흘러가고 있을 것이다. 물론 어디에선가는 전쟁이 발발하고 임부가 유산을 하고 연인들이 헤어지고 수험생이 답안지를 밀려 쓰고 있겠지. 여기서 누군가 웃고 있으면 저기서 누군가는 울고 있는 게 세상사니까.

그렇다면 나는 지금 웃고 있는 것일까, 울고 있는 것일까.

영대가 마음속으로 답을 저울질하고 있을 때 자정을 알리는 차임이 울렸다. 새해였다. 울다가 웃는 것처럼 애매한 표정으로 그는 생애 또 한 번의 1월 1일을 맞이했다. 거리에서 폭죽이 터졌다. 문자메시지 전송량이 급증했다. 연인들이 서로 입을 맞추었다. 모두 잔을 높이 들고 맞부딪쳤다. 해피 뉴 이어!

영대는 상자 옆에 나뒹굴고 있던 새해 달력에 시선을 주었다. 아직 세상 밖으로 나오지 않은 시간들, 신이 인간에게 선물한 365개의 순결한 숫자들 앞에서 그는 잠시 경건해졌다.

생각해 보니 자신의 나이 이제 스물다섯이었다.

새해 첫 아침, 지난 사흘간 잠도 못 자고 대변도 못 본 이 스물다섯 살짜리 청년에게, 마침내 잠 귀신이 찾아왔다.

영대는 잤다. 자고 또 잤다. 사흘 동안 꼭꼭 싸매 두었던 잠의 매듭이 스르륵 풀려나가는 동안 시간은 잘도 흘렀다. 잠 속에서 그는 휴대폰이 울리는 소리를 들었다. 듣고도 눈을 뜨지 못했다. 그는 잤다. 자고 또 잤다.

얼마나 더 잤을까. 마침내 그의 잠을 깨운 것은 요의였다. 눈을 떴다. 사방이 시커멨다. 사흘 내내 켜 놓았던 형광등을 자기 전에 본능적으로 끈 모양이었다. 자리에서 일어났다. 너무 오래 누워 있었던 탓인지 등이 욱신거렸다. 벽을 더듬어 스위치를 찾았다. 이윽고 형광등이 켜졌다. 그는 이게 꿈인가 생시인가 싶었다. 그의 손이 닿아 있는 형광등 스위치 부분만 빼놓고 온 방 전체가 바퀴벌레 떼로 뒤덮여 있었다. 크기가 대추알만 한 놈에서부터 수박씨만 한 놈에 이르기까지 다양했다. 그가 놀란 것은 놈들의 수가 어마어마하기 때문만은 아니었다. 그보다는 잠 덜 깬 눈으로 사방을 둘러보는 이삼 초 사이에 놈들이 전부 어디론가 감쪽같이 사라져 버렸다는 것, 그런데 어디로 사라졌는지 모르겠다는 것 때문이었다. 천장과 방바닥과 사면의 벽이 한눈에 다 들어오는 이 방 대체 어디에 숨을 곳이 있단 말인가. 하지만 오래 생각한들 답이 나올 리 없었고 어쨌든 눈에 안 보이면 그만이라고 그는 생각했다.

세면장에서 소변을 누었다. 바지 지퍼를 올리고 나니 비로소 한기가 느껴졌다. 온몸의 털이 곤두섰다. 영대는 문틀과 아귀가 잘 맞지 않는 세면장의 문을 발로 차서 닫았다. 어둠에 잠긴 주방은 고요했다. 그의 방에서 흘러나온 불빛이 구석구석을 비추고 있었다. 분위기가 뭔가 휑했다. 아아, 그는 곧 휑함의 이유를 알아차렸다. 개수대와 현관문 사이 좁다란 공간에 쌓여 있었던 라면 상자들이 모조리 사라지고 없었다. 그가 자는 틈을 타 예전에 그의 방에 살았다던 여자가 다녀간 모양이었다.

그는 방으로 들어서기 무섭게 이불 속에 발부터 밀어넣었다. 잠든 사이 휴대폰에 문자메시지가 세 개나 들어와 있었다. 첫 번째 메시지는 현수에게서 온 것이었다.

전화 좀 받아. 이 문자 보면 연락해.

두 번째 메시지도 현수가 보낸 것이었다.

내 맘대로 소개팅 날짜 잡았다. 무조건 하는 거다.

세 번째 메시지도 현수에게서 온 것이려니 했다.

이제는 당신을 용서하려 합니다.

어라? 그것은 현수가 보낸 것이 아니었다. 발신 번호 7814. 물론 영대에게 보내진 것도 아니었다. 7814는 그의 휴대폰 주소록에 등록되어 있지 않은 번호였다. 잘못 온 메시지를 그는 한참 동안 들여다보았다. 이제는 당신을 용서하려 합니다. 영대는 자신이 누군가에게 용서받아야 할 일이 있나 떠올려 보았다. 딱히 있는 것 같지는 않았지만 딱 잘라 없다고 말할 자신도 없었다. 그는 메시지 삭제 버튼을 누르지 않았다.

오전 9시였다. 무려 스물네 시간 가까이 잔 것이었다. 뒷머리가 못 견디게 간지러웠다. 그러고 보니 이사 온 후 머리를 한 번도 감지 않았다. 영대는 손가락을 세워 머리를 긁적거렸다. 좀 씻어야 했다.

엊그제 열었던 상자를 다시 들여다보았다. 탁상시계며 달력 외에도 두루마리 화장지와 슬리퍼, 엠피스리 플레이어, 수건, 투명 접착테이프, 면도 크림, 종합비타민, 숟가락 등 온갖 것들이 다 들어 있었지만 샴푸는 없었다. 다른 상자를 개봉했다. 속에 겨울 옷가지들이 들어 있었다. 두피가 점점 더 가려워졌다. 세 번째 상자에 든 것은 속옷과 양말과 비니, 노트북과 휴대폰 충전기. 네 번째 상자를 열어 젖혔다. 속에 두툼한 스프링 노트들이 차곡차곡 쌓여 있었다. 또 허탕이었다. 마지막 다섯 번째 상자로 손을 뻗었다. 그러다 말고 불현듯 동작을 멈추었다.

처음 보는 노트들이었다. 영대는 스프링 노트 같은 것을 전혀 갖고 있지 않았다. 산 적도 없고 쓴 적도 없었다. 그렇다면?

네 번째 상자 앞으로 다가앉았다. 노트는 총 일곱 권. 모두 새것이 아니었다. 겉장에 구김이 가고 종이 사이가 들뜬 것이 한눈에도 누군가 이미 사용한 것임을 알 수 있었다. 영대는 미간을 찌푸렸다. 주방에서 상자가 섞였던 것이 틀림없었다. 아마도 이 노트 상자는 영대의 방에 살았던 여자의 것일 터. 이걸 어쩐다?

가장 간단한 해결책은 상자를 원래의 자리에 도로 내놓는 것이었다. 중요한 노트들이라면 주인이 다시 찾으러 올 테니까. 그러면 상황 완료인 것이다. 영대는 벽 쪽으로 밀쳐놓았던 첫 번째 상자에서 접착테이프를 꺼냈다. 우선은 문제의 노트 상자를 원상태로 복구시켜 놓아야 했다. 그러나 테이프를 자르려고 보니 가위가 없었다. 조금 전에 개봉하려다 만 다섯 번째 상자를 열었다. 가위는 없었다. 불행 중 다행으로 샴푸는 있었지만. 낙담한 영대는 노트 상자를 멍하니 내려다보았다. 별생각 없이 노트 한 권을 꺼냈다. 앞에서부터 주르륵 넘겨 보았다. 마지막 장까지 손으로 쓴 글씨가 빼곡하게 들어차 있었다.

여덟 번째 방

첫 장에는 달랑 다섯 자가 쓰여 있었다. 아마도 제목이리라. 책장을 넘겼다. 두 번째 장부터 본문이 나왔다. 서체가 또박또박하고 반듯했다.

나는 평범한 사람이다.

첫머리가 그렇게 시작되는 글이었다. 애초에 그것을 읽을 생각은 없었다. 영대는 그냥 앞부분만 슬쩍 훑어보고 도로 상자에 넣을 생각이었다.

2

나는 평범한 사람이다. 나뿐 아니라 세상 사람들 대부분이 평범하다. 아니, 평범해 보인다. 보라. 세상의 액자 속에 낯익은 풍경이 들어 있다. 정류장에서 버스를 기다리는 청년, 아이스크림을 먹고 있는 교복 차림의 소녀들, 마트에서 다정하게 쇼핑 카트를 미는 부부, 공원 벤치에 앉아 쉬고 있는 노인. 이 얼마나 평범해 보이는 사람들인가?

그러나 알고 보면 그렇지도 않다. 액자를 뒤집어 보자. 정류장에서 버스를 기다리는 청년의 가방에는 1등에 당첨된 로또 복권이 들어 있다. 아이스크림을 먹고 있는 교복 차림의 소녀들은 오늘 밤 동반 자살을 할 예정이다. 마트에서 다정하게 쇼핑 카트를 미는 부부는 어릴 때 고아원에서 헤어진 친남매 사이로, 본인들은 그 사실을 모르고 있다. 공원 벤치에 앉아 쉬고 있는 노인은 계룡산 일대에서 알아주는 도인이다. 유체 이탈과 둔갑술이 그의 주특기. 정말이다.

정말일지도 모른다. 지금 우리의 곁을 스쳐 지나가는 저 많은 평범한 사람들의 결코 평범하지 않은 사연을 뉘라서 알겠는가. 액자의 뒷면을 궁금해하지 않는 한 우리는 결코 알 수 없을 것이다.

아는 것과 모르는 것 사이의 아득한 거리, 그 거리 곳곳에 돌부리처럼 박혀 있는 갖은 오해와 편견과 헛된 기대와 지레짐작 들에 대해 나는 생각해 보곤 한다. 보이는 것만 보고 있는 우리들을 수없이 넘어지게 만드는 것들에 대해서. 그리고 나의 액자 뒷면에는 과연 무엇이 숨어 있을까에 대해서도.

나는 외모도 성격도 삶의 이력도 어느 하나 특별한 구석이 없다. 가장 평범한 사람을 뽑는 대회에 출전한다면 못해도 장려상은 탈 만큼의 우수한 평범함을 지니고 있는 것이다. 그러나 이건 어디까지나 모르고 볼 때의 이야기이다. 나 역시 알고 보면 다를 것이다. 내 안에도 특별한 무엇인가가 있기를 나는 바란다. 그리고 언젠가 반드시 그것을 발견해 주는 누군가가 나타나리라 믿는다. 다만 그것을 최초로 발견하는 사람은 다른 누구도 아닌 나 자신이기를. 그래야 두 번째로 발견해 주는 사람을 만났을 때 당황하지 않을 것 같아서다.

아직은 그런 사람을 한 명도 만나지 못했으므로 나는 여전히 평범하다. 그것에 불만은 없다. 오히려 평범하기 때문에 내가 주인공으로 적격이라고 생각한다. 주인공이 너무 잘나면 독자는 거부감을 느낀다. 그렇다고 너무 못나도 곤란하다. 독자는 은연중 주인공에게 감정이입을 하는 경향이 있어서 주인공이 못나면 언짢아하기 때문이다. 그러므로 최고의 주인공은 잘나지도 못나지도 않았으되 결국에는 잘나게 되는 캐릭터다. 시작은 평범했으나 끝은 특별할 인물을 독자는 원하는 것이다. 나는 그런 캐릭터가 되고 싶다.

지물포의 주인 남자는 텔레비전을 보고 있었다. 취업에 연거푸 실패한 20대 후반의 청년이 방 안에서 목을 매 자살했다고 앵커가 전했다. 나와 비슷한 또래였다. 아니, 앵커 말고 죽은 청년 말이다. 신상품 립스틱 광고가 이어졌다. 모델로 나선 여자 탤런트도 나와 비슷한 또래였다. 바르기만 해도 만인의 키스를 부른다는 모델의 육감적인 입술을 주인 남자는 그 속으로 빨려 들어갈 듯 주시하고 있었다.

"여기 노끈 있나요?"

나는 빨려 들어가는 남자의 바짓가랑이를 붙잡는 심정

으로 물었다. 묻는 도중 점포의 한쪽 구석에 진열된 노끈들을 발견했으므로 끝의 '요' 자는 입 밖으로 나오다 말고 제풀에 수그러들었다. 노끈의 색깔은 네 가지였다. 흰색과 분홍색과 노란색과 파란색. 분양받을 강아지를 고르듯이 신중하게 그것들을 살펴본 후 나는 이윽고 파란색을 집었다.

"이거 하나만 주세요."

남자는 리모컨으로 텔레비전의 채널을 돌렸다.

"1000원 맞죠?"

아까 그 청년이 아까 그 방에서 아까처럼 목을 맸다고 다른 앵커가 보도했다.

"돈 여기에 놓을게요."

내가 코트 주머니에서 지갑을 꺼내고 그 속에서 1000원짜리 지폐 한 장을 빼내 탁자에 올려놓은 후 다시 지갑을 닫아 코트 주머니에 넣고 출입문 쪽으로 몸을 돌릴 때까지도 주인 남자는 텔레비전에서 눈을 떼지 않았다. 평일 대낮에, 젊은 여자가, 왜 뜬금없이 노끈을 사며 그것을 어디에 쓸 것인지에 대해 그는 아무 관심도 없었다.

아니, 막말로 제가 이걸로 목을 맬지도 모르는데, 아저씨는 어쩌면 그리 무심하게 텔레비전이나 보고 있을 수 있나요?

나는 따지지 않았다. 일을 크게 벌일 필요가 없었다. 지물포 주인 남자는 엑스트라니까. 이 책의 마지막 페이지까지 더는 등장하지 않을 테니까.

지물포 골목을 벗어났다. 큰길이 나타났다. 독일베이커리와 하라주쿠패션과 이태리가구점과 몽마르뜨카페를 지나쳤다. 세계 각국의 지명들을 따라 늘어서 있는 가로수는 플라타너스였다. 그중 한 그루에 대걸레가 기대 세워져 있는 것이 눈에 띄었다. 다시 보니 나무의 밑동에서부터 1.5미터쯤 되는 높이에 대못이 박혀 있고 그 못에 대걸레 자루가 걸려 있는 것이었다. 살아 있는 나무에 박힌 그 못을 나는 한동안 말없이 올려다보았다.

나무 바로 앞에는 북경반점이 있었다. 마침 점심때라 손님이 많았다. 그들은 모두 엑스트라들이었다, 지물포 남자와 마찬가지로. 그들의 성실하고도 섬세한 연기에 나는 문득 경이를 느꼈다.

가끔 이런 상상을 해 보곤 한다.

이 세상은 어쩌면 한 권의 거대한 책일지도 모른다는 상상. 굳이 책의 형태를 따지자면 아주 크고 복잡하고 정교한 팝업 북쯤 되겠지. 주인공은 물론 나다. 상상의 주체가 나니까. 내가 사고하고 행동하는 대로 책의 내용이 결정되는 것이다. 그러니까 나는 지금 결말을 예측할 수 없는 엄청나게 방대한 분량의 이야기 속에 살고 있는 것이다.

또한 나는 믿는다. 내가 책을 읽듯이, 내가 살고 있는 이 세상이라는 크고 복잡하고 정교한 팝업 북을 펼쳐 보고 있는 미지의 존재 또한 어딘가에 분명히 있을 거라고. 그것은 외계의 미확인 생명체일 수도 있고 신일 수도 있다. 아니면 인간의 언어로는 규명된 적 없고 규명될 수도 없는, 불가지하고 불가해한 그 무엇일 수도 있다. 하여튼 나는 내가 주인공으로 등장하는 이 거대한 책의 페이지를 지금 이 순간에도 누군가 한 장씩 한 장씩 넘기고 있으리라 믿는다.

혹자는 망상이라고 비웃을지도 모를 이러한 공상들은 나에게 위안을 준다. 괴롭거나 힘든 일이 생기면 나는 스스로를 타이른다.

'어쩔 수 없잖아. 주인공은 원래 갖가지 시련들을 겪어야 하는 법이니까. 그렇다고 미리 겁먹을 필요는 없어. 스토리에 따르면 주인공은 그것들을 다 극복하게 되어 있거든.'

이렇게. 말하자면 나는 이 기나긴 소설의 결말을 해피엔드로 가정해 놓고 있는 것이다. 이 책을 읽을 미지의 존재가 일정 수준의 독해력을 갖고 있다면 이쯤에서 주인공의 성격이 상당히 긍정적이라는 것을 깨닫고도 남았으리라. 따라서 내가 지물포에서 구입한 노끈으로 목을 매지나 않을까 걱정할 필요가 없다는 것 또한 능히 파악했을 것이다.

석이 내일 집으로 오겠다고 했다. 내가 괜찮다고 올 필요 없다고 말렸는데도 막무가내였다. 그는 며칠 전에 실연을 당했단다. 데이트 약속이 사라진 주말의 공허함을 육체

노동으로 이기고 싶단다. 석이 그렇게까지 말하니 더는 말릴 수가 없었다.

이번에도 그의 도움을 받게 됐구나 싶어 민망하고 미안했다. 하기야 그를 처음 만나던 날부터 그랬다. 주량도 모르고 마신 술에 억병으로 취한 나를 택시에 태워 집까지 데려다준 것이 그였으니까.

스무 살 때였다. 대학교 동아리 연합 주최 일일 호프에서 그는 나와 마주치던 순간 맥주잔을 나르다 말고 멈춰 섰다.

"나 어디서 많이 본 것 같지 않아?"

다짜고짜 반말이었다. 낯선 얼굴. 낯선 목소리. 나는 고개를 저었다.

"하, 이거 안타깝군. 난 너를 아는데."

이 남자애가 혹시 나에게 수작을 걸고 있는 것은 아닌가 의심이 되었다. 서울 땅에서 내가 우리 학교 우리 과 사람들 외에 따로 아는 남학생이 있을 리 없었으니까. 하지만 왜 하필 나에게? 다른 예쁜 여자애들도 많은데. 조금은 당황하고 조금은 부끄럽고 조금은 우쭐해져서 나는 그를 빤히 쳐다보았다.

"내 친구한테 니 얘길 진짜 많이 들었거든."

"친구요? 그 친구 이름이 뭔데요?"

그는 어깨를 으쓱했다.

"근데 너 왜 존댓말을 쓰고 그래? 우리 동갑이잖아."

말을 돌리는 걸 보니 역시 수작을 부리는 게 맞는 것 같았다.

"옛날에, 너희 아버님이 나한테 인생의 충고를 해 주신 적도 있어."

그의 오른손에 들린 500시시 맥주잔 위로 거품이 흘러넘쳤다. 어차피 다 거짓말일 터. 뭐라고 대답하는지 한번 들어 보기나 하자 싶었다.

"그래요? 저희 아버지가 뭐라고 했는데요?"

"마소의 새끼는 제주도로, 사람의 새끼는 서울로."

나는 맥없이 웃어 버리고 말았다. 수작이 아니었다. 그러고 보니 그의 말투에 내 고향 특유의 억양이 고스란히 묻어 있음을 왜 미처 인지하지 못했을까. 서로 만난 적은 없지만 석은 나를 아는 사람이 맞았다. 내 아버지에게 인생의 충고를 들었다는 것도 사실이었다.

아버지는 어린 나를 앞에 앉혀 놓고 늘 강조했다.

"사람은 큰물에서 놀아야 한다. 항상 높은 곳을 지향해야 해. 더 크고 넓고 높은 곳을 바라봐야 큰 인물이 되는 거야."

아버지는 세계의 마천루들에 관심이 많았다. 381미터로 알려진 엠파이어스테이트빌딩의 높이도 첨탑을 포함하면 448미터가 된다는 둥, 월드트레이드센터는 시어스타워 때문에 세계 최고 빌딩으로 군림한 기간이 1년밖에 되지 않는다는 둥, 타이베이101빌딩과 페트로나스타워는 아시아의 자존심이라는 둥, 션힝스퀘어는 세계 50대 초고층 빌딩 중 유일한 주거용 건물이라는 둥, 전 세계 마천루의 역사와 현황을 줄줄이 꿰고 있었다. 얼마나 자주 그랬으면 나까지 그 빌딩들의 신상 명세를 기억하겠는가.

그는 세계의 거대 건축물들에도 관심이 많았다. 이집트 기자의 피라미드는 물론이고 캄보디아의 앙코르와트, 스페인의 사그라다 파밀리아, 브라질 리우의 거대 예수상 등을 꼽아 가며 그 웅대함과 신비함과 아름다움에 대해 열변을 토하다 결국 경복궁이며 63빌딩으로 초점을 옮겨서는 우리나라 건축은 아직 멀었다는 푸념으로 말을 끝맺기 일쑤였다.

어쨌거나 그는 정작 본인은 63빌딩도 못 가 보고 경복궁도 못 가 봤지만 자신의 딸만큼은 더 넓고 더 높은 곳으로 보내고자 했다. 그래서 나는 성적이 우수한 것도 아니고 집이 부유한 것도 아니었는데 서울 소재 대학에 진학할 수 있었다.

내가 입학한 대학은 캠퍼스가 넓기로 유명했다. 문과대 앞 잔디밭에 햇볕이 쨍쨍 내리쬘 때 공대 앞 농구 코트에는 비가 오기도 한다는 말이 있을 정도였다. 하지만 그 학교는 남의 자식이 다닐 때는 하위권이라 하고, 자기 자식이 다닐 때는 중위권이라 하며, 고등학교 및 입시 학원에서는 중하위권이라 할 수준의 대학이었다. 넓기는 하되 높지는 못한 곳이었던 셈.

입학 후 첫 학기는 삼촌의 집에 얹혀살았다. 그의 집은 아파트 15층이었다. 베란다에 서면 동네 일대가 한눈에 내려다보이고 맑은 날에는 멀리 한강도 보일 만큼 지대가 높았다. 그러나 내가 그 집에서 머물렀던 공간은 좁디좁은 문간방 한 칸이었다. 원래는 옷방으로 쓰였다던가. 과연 이불을 깔고 갤 때마다 이는 바람 속에서 벽에 배어 있던 나프탈렌 냄새를 맡을 수 있었다. 방이 좁고 창도 작아 냄새가 좀체 빠지지 않았다. 나의 거처는 높기는 하되 넓지는 못했던 셈.

그러니 서울에 올라와서 내가 가장 먼저 깨달은 것은 두 가지를 한꺼번에 다 가질 수는 없다는 사실이었다. 넓거나 혹은 높거나. 선택이 너무나 단순하고 또 명료하다는 것에 나는 놀랐다. 그것은 내 고향에서는 결코 체득할 수 없었던 잔인한 진실이었다.

고향. 그래. 먼저 내 고향 이야기를 해야겠다.

나는 동쪽 바닷가의 어느 소읍에서 태어났다. 상상력 빈곤한 사람들이 흔히 농촌에 사는 이는 논밭을 부치고 어촌에 사는 이는 물고기를 잡아 생계를 유지하리라 짐작하는 것과 달리, 우리 집은 서점을 운영했다. 해변서점. 모텔도 아니고 카페도 아닌 서점의 이름에 생뚱맞게 '해변'을 붙인 것은 그것이 실제로 해변에 있었기 때문이다. 휘황하게 네온사인을 밝힌 횟집들 사이에 우리 서점은 초대받지 않은 손님처럼 넉살 좋게 끼어 있었다.

내 아버지는 바닷가에서 태어나 바닷가에서 잔뼈가 굵은 바닷가 남자였다. 그는 바닷가에서 태어나 바닷가에서 젖가슴이 커진 바닷가 여자를 만나 사랑을 했다. 두 바닷가 남녀는 결혼을 하고 무릎 아래에 딸을 하나 두게 되었다. 그게 바로 나였다. 나는 서가에 가득 꽂힌 책들과 그 속에 있는 수많은 길들보다, 횟집 수족관에서 죽을 날 받아 놓고 사는 물고기들과 한밤의 폭죽 소리와 바닷가 소나무 숲속에서 애정 행각을 벌이는 연인들을 더 친숙하게 여기면서 성장했다. 그래도 나의 부모는 맹자의 어미처럼 자녀 교육에 더 긍정적인 영향을 끼칠 만한 곳으로 이사 갈 엄두를 내지 못했다. 장사가 그럭저럭 잘되었으므로.

여름철 피서를 위해 바닷가를 찾은 외지인들은 해변을 거닐다 서점을 발견하면 신기해하며 안으로 들어오곤 했다. 평소보다 들떠 있는 꼬마들은 평소에는 관심도 없던 동화책들을 괜히 뒤적였고 평소보다 너그러워져 있는 부모들은 기꺼이 그 책들을 샀다. 함께 해돋이를 보러 왔다가 서로에게 시집을 선물하는 연인들도 있었다. 소녀가 혼자 와서 하이틴 로맨스 소설을 찾기도 하고 소년들이 떼로 몰려와 일본 만화책을 사기도 했다. 소비자의 구매 취향이란 참으로 예측하기 어려운 것이어서, 일껏 바닷가까지 와서 참고서를 구입하는 고등학생이 있는가 하면 운전면허 필기시험 예상 문제집을 찾는 노인도 있었다.

책은 계절을 타지도 않았다. 여름 한철 장사인 횟집들이 비수기에 한숨으로 셔터를 내리는 동안에도 해변서점의 문턱은 조금씩 꾸준히 닳아 갔다. 그 문턱을 가장 자주 드나든 사람은 나의 소꿉친구 관이요, 가장 자주 드나든 물건은 당연히 베스트셀러 목록에 올라 있는 책들이었다. 아버지는 카운터 뒷벽에 인쇄하여 붙여 둔 베스트셀러 목록을 가리키며 내게 말했다.

"저 책들이 너한테 밥 먹여 주고 옷 입혀 주고 학교에도 보내 주는 거다."

하지만 그 책들을 꾸준히 사 가는 관에게는 고마워해야 한다고 말하지 않았다. 도리어 나에게 관과 어울리지 말라고 주의를 주었다. 이유를 묻자 아버지는 딱 한마디 했다.

"그 자식은 얼굴이 너무 빨개."

나는 이해할 수 없었다. 내가 보기에는 관의 얼굴보다 아버지의 얼굴이 더 빨갰으니까. 그리고 얼굴 빨간 거랑 친구 사귀는 거랑 대체 무슨 상관인가. 착하지, 공부 잘하지, 예의 바르지, 그만한 친구가 또 어디 있겠는가 말이다.

어렸을 때부터 관과 나는 늘 함께였다. 우리는 바닷가에서 모래성을 쌓고 갯바위의 홍합을 따고 파도에 발을 적시며 뛰어다녔다. 해송 숲을 쏘다니며 나비와 방아깨비와 잠자리를 잡았다. 나무 위에 갓 태어난 아기 새들의 둥지가 있는 것을 보고 그 밑에서 날마다 자장가를 불러 주기도 했다. 우리가 특히 좋아했던 놀이는 얼굴 도장 찍기였다. 한겨울 숲속에 눈이 잔뜩 쌓였을 때 그 폭신폭신한 눈 이불에 얼굴을 깊숙이 처박는 것이다. 5초쯤 그러고 있다가 고개를 들면 우리는 마침내 대자연에 음각된 우리의 얼굴 조각을 확인할 수 있었다. 코는 관이 더 높았고 얼굴형은 내가 더 갸름했다. 이목구비가 하루아침에 바뀔 리 없는데도 우리는 얼굴 도장을 찍을 때마다 이번엔 네 코가 낮아졌네 내 얼굴이 커졌네 어쩌네 하며 키득거렸다. 세상에서 관과 함께 노는 것보다 더 즐거운 일은 없었다.

그러나 중학교에 올라가면서부터 그는 남학교 나는 여학교로 학교가 갈렸다. 일부러 약속을 하지 않으면 서로 얼굴 보기도 힘들어졌다. 내 아버지의 눈을 피해 우리는 자연히 관의 집에서 만나게 되었다. 관은 마당이 딸린 한옥에서 홀어머니와 둘이 살았다. 그녀는 일 때문에 집을 비우는 날이 많았다. 직업이 화장품 외판원이라고 했다. 아닌 게 아니라 그의 집에 들어서면 항상 향긋한 분 냄새 같은 것이 났다. 그 향기는 언제나 닫혀 있는 그의 어머니 방 앞에 서면 더욱 짙어졌다. 아마 그 안에 화장품들이 쌓여 있기 때문이겠지만, 그의 집에 화장품보다 더 많은 것이 있다면 그것은 바로 책이었다. 관이 해변서점에서 사 모은 책들. 부유한 집 자식도 아닌데 그가 우리 서점의 책들을 그렇게 많이 산다는 것이 나는 미안했다. 그래서 집의 책들을 몰래 빼돌려 그에게 가져다주곤 했다. 대부분이 문제집과 전과, 참고서 같은 학습지들이었다. 공부 잘하는 관에겐 그런 책들이 도움이 될 테니까.

그의 집 마당은 풀어 키우는 닭들 차지였다. 그래서 우리는 주로 방에서 시간을 보냈다. 사춘기 소년 소녀가 좁은 방 안에서 같이 할 수 있는 일은 많지 않았다. 우리는 나란히 배 깔고 엎드려 수학 숙제를 하거나 가요 테이프를 듣거나 각자의 학교에서 일어난 사소한 일들에 대해 이야기를 나누었다. 서로의 친구들에 대해서도 정보를 주고받았다. 주로 내가 이야기를 하고 그가 듣는 쪽이었다. 그래서 관은 내 친구들에 대해 훤히 알고 있었지만 나는 그의 친구에 대해 아는 게 거의 없었다. 가장 친한 친구의 이름이 석이라는 것 정도밖에는.

석을 처음 만났을 때 그가 친구에게 내 이야기를 많이 들었다고 하면서 이름을 밝히지는 않았던 그 친구가 바로 관이었던 것이다.

파란색 노끈으로 먼저 책들을 한데 묶기 시작했다. 책부터 싸기로 한 것은 미리 싸 놓아도 '안전'하기 때문이었다. 예컨대 공구 세트라든가 손전등, 구급약 상자 같은 것들은 평소에는 쓸 일이 거의 없지만 막상 짐을 꾸려 놓으면 얄궂게도 쓸 일이 생길 수 있다. 책은 그럴 일이 없다. 냄비 받침으로 쓰지만 않는다면. 감히 서점집 딸의 명예를 걸고 말하건대, 책이란 참 요상한 물건이다. 살아가는 데 꼭 필요하면서도 사실은 별 필요가 없으니까. 무인도에 혼자 갈 때 책을 가져가겠다는 사람은 아마 그 섬에서 곧 나오리라 가정하고 있기 때문에 그렇게 말하는 것이리라. 무인도에서 죽을 때까지 나오지 못한다는 조건이라면, 책이 아니라 공책을 가져가지 않을까. 남의 기록을 읽는 것보다 자신의 기록을 남기는 게 더 절박할 테니.

옷들을 라면 상자에 넣었다. 책상 서랍 속의 잡동사니들도 정리했다. 입구를 봉한 상자들이 점점 늘어났다. 나의 베개, 나의 숟가락, 나의 칫솔, 속옷, 구두…… 타인과 함께 쓸 수 없는, 오직 나 하나만을 위한 물건들을 챙기고 있으려니 새삼스레 내가 혼자 살고 있다는 것이 실감났다.

짐들에 점령된 방 안 풍경은 스산했다. 물건들이 살림살이로 쓰일 때와 이삿짐으로 꾸려져 있을 때 방의 얼굴이 완전히 다르다는 것은 나도 익히 아는 사실이었다. 그것은 이사를 할 때마다 느꼈음에도 좀체 익숙해지지 못하는 현상이기도 했다. 벽을 따라 두서없이 세워 놓은 이 집의 내

장들을 훑어보았다. 평소 꼭 필요한 것들만 구비해 놓고 산다고 믿어 왔는데도 세간이 적지 않았다. 이 집의 심장은 무엇인가. 문득 그런 의문이 들었다.

집에 불이 나면 이 중에서 무엇을 들고 나갈 것인가.

나를 연모하는 남자가 선물해 준 루비 목걸이, 조상 대대로 물려 온 이조 시대 백자, 비틀즈의 친필 사인이 있는 레코드판, 1982년산 보르도 와인 샤토 라투르, 같은 게 있을 턱이 없었으므로 들고 나갈 것을 정하는 데는 약간의 시간이 걸렸다. 일단…… 노트북? 껍데기는 싸구려 중국산이요, 알맹이는 있으나 마나 한 파일들뿐이었다. 겨우 그런 것 챙기다 시간을 지체하여 화마에 변을 당하느니 일찌감치 포기하는 게 현명할 터였다. 그럼…… 예금통장? 첨단 디지털 시대에 그깟 종이 통장 없다고 돈 못 찾을 것도 아니거니와 찾을 수 있는 돈의 액수도 변변찮았다. 그럼…… 추억이 깃든 옛 편지들? 역시 아니올시다였다. 편지의 가치와 의미는 그것을 받았다는 사실에 있지 그것을 간직하는 데에 있지 않았으니까.

심장은 없었다. 이 집에서 기필코 사수해야 할 물건이란 단 한 가지도 없었다. 불이 나도 내 몸뚱이 하나만 가지고 나가면 그만이었다. 홀가분하다기보다 억울했다. 그리 중요하지도 않은 이 많은 세간들을 이토록 힘겹게 달팽이처럼 이고 지고 다녀야 하다니.

"한 보름쯤 여행을 간다고 가정해 봐라. 배낭을 꾸리다 보면 네가 살아가는 데 진짜로 필요한 것들이 뭔지 알게 될 거다."

이렇게 말했던 것은 아버지였다. 보름쯤 여행을 간다면 무엇이 필요할까. 세면도구, 여벌의 옷, 부식거리, 현금, 수첩과 펜……. 내가 머릿속으로 목록을 작성해 보고 있을 때였다.

"카메라는 필요 없잖아요. 여행을 간다면 카메라도 당연히 가져갈 텐데."

이렇게 아버지의 말에 트집을 잡음으로써 방 안 분위기를 급속 냉동시켰던 것은 어머니. 해외여행일 경우에는 여권도 가져가야 할 텐데 그것 또한 살아가는 데 꼭 필요한 것은 아니라며 어머니는 계속해서 중얼거렸다. 눈치 없고 유머 감각도 없는 그녀를 아버지는 그 순간에도 혀를 차며 바라보았던가.

어머니는 그런 사람이었다. 말을 곧이곧대로만 해석하고 매사에 지나치게 심각하여 수시로 상대를 난처하게 만드는 사람. 언젠가 옆집 아기 엄마가 "우리 아기 정말 예쁘죠?" 하고 물었는데 어머니가 "에이, 솔직히 예쁜 얼굴은 아니지." 하고 진지하게 응수해서 둘이 싸울 뻔했던 일화는 유명하다. 얼마 전 명절에만 해도 친척들이 다 모인 자리에서 삼촌이 화기애애하게 웃고 떠드는 이모들을 가리켜 "하여간 여자 셋이 모이면 그릇이 깨진다니까." 하고 우스갯소리를 했는데 어머니가 "요새 그릇들은 단단해서 잘 안 깨지는데." 하고 퉁명스럽게 대꾸하는 바람에 다들 웃지도 못하는 상황이 벌어졌다.

내가 만약 시대를 거슬러 올라가 나와 동갑인 아빠를 만났다면 우리는 죽이 잘 맞는 친구가 될 수 있었을 것이다. 그러나 만약 나와 동갑인 엄마를 만났더라면 그녀와 나는 결코 친해질 수 없었을 것이다. 그것이 내가 객관적으로 바라보는 내 아버지와 내 어머니였다.

사람들은 어머니를 불편해했다. 아버지조차 사람들 앞에서는 어머니와 말을 통 섞으려 하지 않았다. 눈치 없는 그녀도 남편이 자신을 부끄러워한다는 것쯤은 알아차리고 있었을 것이다. 그렇지 않고서야 내 거짓말에 그런 반응을 보였을 리가 없다. 나는 그녀 몰래 아버지에게 먼저 이렇게 말한 적이 있었다.

"아빠, 엄마가 그러는데 아빠를 너무나 사랑한대."

아버지는 웃었다. 나는 어머니도 웃게 해 주고 싶었다. 그래서 아버지 몰래 그녀에게도 이렇게 말했다.

"엄마, 아빠가 그러는데 엄마를 너무나 사랑한대."

어머니는 울었다. 똑같은 거짓말을 했는데 왜 두 사람은 완전히 다른 반응을 보였을까. 그때 나는 어렴풋이 알 수 있었다. 어머니가 타인과의 관계망 속에서 자신이 어떤 지점에 있는지, 자신이 어떻게 인식되고 있는지를 모르지 않음을. 그걸 알면서도 아무렇지도 않게 사람들에게 다가가고 또 그들 속에 끼어들고자 했던 어머니의 무신경함이 바로 그녀의 약점이면서 동시에 강점이었다.

그런데, 매사에 그토록 무딘 어머니가 어떻게 나와 관의 관계에 대해서만큼은 감시의 날을 예리하게 벼려 놓고 있었던 걸까. 참고서며 문제집 들을 빼돌리다가 들킨 것도 어머니 때문이었다. 그녀는 여고생이 된 다 큰 딸의 종아리를 홍두깨로 때렸다. 실핏줄이 터지고 피멍이 온 종아리에 번졌다. 나는 울지 않았다. 내가 왜 맞는지 알고 있었으므로 울수가 없었다. 문제집을 훔쳐서 맞은 게 아니었다. 훔친 문제집을 가져다준 대상이 관이기 때문에 맞았던 것이다.

홍두깨에 난타당한 종아리의 피멍은 꽤 오래갔다. 멍이 가시는 동안 나는 학교에 가지 않았다. 나중에야 알았지만, 그사이에 아버지는 관의 집에 가서 내가 그동안 관에게 가져다주었던 문제집들을 모조리 회수해 왔다. 문제를 이미 다 풀어서 다시 판매할 수도 없는 것들을 말이다.

그 사실을 알게 된 다음 날 학교에 갔다. 보름 만이었다. 아프다는 핑계로 조퇴를 하고도 나는 집으로 가지 않았다. 관에게 사과를 하러 가야 했으니까. 그의 학교에 거의 다다랐을 때였다. 육교 밑에서 웬 노파가 병아리들을 팔고 있는 것이 보였다. 나는 그 앞에 쪼그리고 앉아 광주리 속에서 꼬물거리는 녀석들을 구경했다. 관의 집 마당을 휘젓고 다니던 닭이며 병아리 들이 떠올랐다. 조금 있으면 그의 보충수업이 끝날 터. 무작정 교문 앞을 서성이느니 그의 집에 미리 가서 그를 기다리는 편이 낫겠다 싶었다.

육교에 올랐다. 맞은편 어디선가 바람이 불어왔다. 그 속에서 설핏 바다 냄새가 나는 것 같았다. 이유 없이 기운이 솟았다. 나는 노파에게 산 병아리 두 마리를 품에 안은 채 실핏줄이 터졌다 아문 종아리를 이끌고 씩씩하게 걸었다. 관의 집에는 아무도 없었다. 제법 닭 태가 나는 중병아리 서너 마리만이 마당 한쪽에 모여 있다가 나를 보고는 반갑다는 듯 다가왔다 물러났다.

나는 품 안의 병아리들을 그들 사이에 풀어 주고 마루에 걸터앉았다. 관에게 어떻게 사과를 하면 좋을까 생각했다. 우린 이제껏 한 번도 싸우거나 서로에게 화를 내 본 적이 없는데. 그를 만나면 반가워서 웃음부터 나올 것 같았다. 한참을 기다려도 관은 오지 않았다. 사위어 가는 저녁 햇빛이 눈을 찔렀다. 나는 신발을 벗고 마루 깊숙이 들어가 앉았다. 벽에 등을 기대자 뒤에서 향긋한 분 냄새가 났다. 늘 문이 닫혀 있던 관 어머니의 방이 등 뒤에 있었다. 화장품이 잔뜩 쌓여 있을 그 방 안이 돌연 궁금해졌다.

문고리를 잡아당겼다. 기이하게도 학교 시청각실 창문에나 쳐 둘 법한 시커멓고 두꺼운 커튼이 시야를 가로막고 있었다. 그것을 들추었을 때 나는 보았다. 온통 붉은색으로 치장된 방 한가운데 제단을. 그리고 벽에 걸린 초상화를. 그림 속에서 붉은 도포를 걸친 수염 긴 노인이 나를 내려다보고 있었다. 제단 위의 붉은 천 쪼가리와 무시무시하게 커다란 칼과 쌀이 가득 든 항아리, 붉은 종이로 만든 꽃과 불 켜진 촛대와 향로 들을 나는 차례로 일별했다. 화장품 냄새인 줄 알았던 그 익숙한 향기는 제단 위의 향로에서 흘러나온 것이었다. 붉은 방. 붉은 제단. 아버지는 관의 얼굴이 붉어서 싫다고 했던가.

문을 닫았다. 아뿔싸. 병아리들밖에 없던 마당에 관이 서 있었다. 그는 언제 왔을까. 다 봤을까. 심장이 마구 뛰었다.

"나 보러 온 거야? 언제 왔어?"

관은 웃고 있었다. 중병아리 한 마리가 부리로 그의 운동화 코를 찍어 댔다. 내가 방 안을 엿보는 것을 그가 봤는지 못 봤는지, 보고도 웃는 것인지 못 봐서 웃는 것인지, 나는 감을 잡을 수가 없었다. 관이 마루에 걸터앉았다. 내 구두가 놓인 섬돌 위에 그는 운동화 신은 제 발을 내려놓았다.

"우리 엄만 화장품 외판원이 아니야."

관이 마당에 시선을 고정한 채 중얼거렸다. 아아, 그는 본 것이었다. 내가 신당을 엿보는 장면을 뒤에서 지켜보았던 것이다.

"아는 사람은 다 알겠지만."

배터리가 나간 듯한 눈빛이었지만 그는 여전히 미소를 짓고 있었다.

"우리 엄만 무당이야. 단군 신을 모시는 무당."

무당이니 단군이니, 남의 나라 전래동화를 읽는 것처럼 낯선 어휘들이 그의 입에서 흘러나왔다. 나는 아무래도 괜찮다고 말해 주고 싶었다. 네 어머니가 무당이어도, 내 아버지가 너를 싫어해도, 변함없이 넌 나의 가장 친한 친구야. 얼굴이 빨갛든 파랗든 너는 너일 뿐이니까. 할 말이 많았다. 일단은 미안하다는 말부터 해야 했다.

관이 고개를 돌려 나를 바라보았다. 그는 이제 웃고 있지 않았다.

"우리 앞으로 만나지 말자."

그렇게 말하는 관의 얼굴은 정말 빨갰다. 보는 내가 당혹스러워서 얼굴이 붉어질 만큼 빨갰다. 그래서 나는 아무 말도 하지 못했다.

얼마 후 관과 그의 어머니는 말도 없이 이사를 가 버렸다. 내가 이 거대한 책에서 나 다음으로 중요한 비중을 차지하는 등장인물이라고 믿었던 관. 그는 그런 식으로 이 책의 줄거리에 영향을 미쳤다. 그가 떠나고 없는 빈집. 마당의 병아리들도 사라지고, 신당의 향냄새도 사라지고, 해변서점에서 산 그 많은 책들도 사라진 그곳의 마당에서 나는 처음으로 그런 생각을 했다. 어쩌면 이 책의 주인공은 내가 아닌지도 모르겠다는 생각. 한옥의 지붕 너머 어디선가 바람이 불어왔다. 그 속에서 설핏 바다 냄새가 났다. 기운이 스르르 빠졌다. 내가 주인공이 아니어서가 아니라, 진짜 주인공의 뒷이야기를 내가 더는 알 수 없으리라는 사실 때문에, 바닷바람 속에서 나는 가만히 몸을 떨어야 했다.

석이 30분쯤 후에 도착할 예정이라고 했다. 나는 북경반점에 전화를 걸었다. 짜장면 두 그릇과 탕수육을 주문했다. 배달이 너무 이르면 석이 식은 음식을 먹게 될 수 있으므로 당부의 말을 보탰다.

"되도록 천천히 가져다주세요."

전화를 받은 남자는 신기하다고 했다. 짜장면 배달 주문을 받으면서 빨리 갖다 달라는 말은 많이 들었어도 천천히 갖다 달라는 말은 처음 듣는다나. 나도 남자에게 중국집에 주문 전화는 많이 걸어 봤어도 주문과 상관없는 대화를 나눠 보기는 처음이라고 말하려다 말았다.

전화를 끊고 나서야 떠올렸다. 북경반점 앞길에 심겨 있던 플라타너스 가로수, 그 나무의 몸속 깊숙이 박혀 있던 대못, 그 못에 걸려 있던 대걸레. 먹은 것도 없는데 생목이 올라왔다. 물을 마셔도 자꾸만 올라왔다. 나는 석에게 오는 길에 소화제를 좀 사다 달라고 문자메시지를 보냈다.

이삿짐 꾸러미들을 현관 쪽으로 옮기고 있을 때 초인종이 울렸다. 북경반점의 배달 오토바이보다, 몸을 실컷 움직인 뒤의 허기보다, 다행히도 석이 먼저 도착했다.

"뭐야, 벌써 짐 다 싸 놨네?"

그는 파란색 노끈 조각이며 신문지며 가위 등이 어지럽게 나뒹구는 방바닥 한쪽에 퍼질러 앉았다.

"그러니까 내가 안 와도 된다고 했잖아."

"담배 피워도 돼?"

"안 돼."

석은 담배를 피웠다.

"좀 봐줘. 어차피 이사 갈 집이잖아."

재떨이로 쓸 만한 것을 찾아 목을 이리저리 빼며 석은 변명을 했다. 담배를 물고 있는 그의 얼굴 옆선이 너무나 날렵하고도 우아해서, 아무나 소화하기 힘든 밝은 주홍색 폴로셔츠가 그의 흰 얼굴과 너무나 잘 어울려서, 나는 그야말로 그를 계속 봐줄 수밖에 없었다. 언젠가 그가 나의 학교 캠퍼스로 찾아왔을 때 내 동기들은 그를 보고 수군거렸더랬다. 나더러 수완도 좋다고, 저런 킹카를 어디에서 낚았느냐고 묻는 동기도 있었다.

나도 인정한다. 만약 외계의 어떤 생명체가 가장 뛰어난 외모의 XY 염색체를 찾으러 지구에 온다면, 그리고 하고많은 지구인들 중 나에게 도움을 청한다면, 내가 기꺼이 내

놓을 대상이 석이었으니까. 그는 피부가 매끈하고 눈썹이 짙은 데다 눈 코 입이 빚어 놓은 듯 기품 있으며 웃을 때면 두 뺨에 보조개까지 파이는 것이, 포토샵으로 수정하려야 할 게 없는 인물이었다. 이마에 흘러내린 머리카락을 쓸어 올리기만 해도, 창가에 서서 밖을 바라보고 있기만 해도, 그 자체로 화보 한 컷이 될 정도였다.

그러나저러나 세상만사가 외모만으로 다 해결되지는 않는 법. 석은 이번에 실연을 당함으로써 그 명제를 몸소 입증해 보였다. 이로써 자기 인생의 마지막 소개팅이 실패로 끝났다고 그는 내게 푸념을 늘어놓았다.

"마지막이라니? 그럼 앞으로 소개팅 다신 안 할 거야?"

"무슨 소리. 이젠 소개팅이 아니라 선이라는 거지."

그의 대답에 나는 입을 딱 벌렸다. 소개팅과 선을 구분하는 석의 기준에 따르면, 그가 인생의 마지막 소개팅에서 만났던 여자애는 나이가 많아 봐야 스무 살이라는 얘기였기 때문이다. 언젠가 석은 내게 물었다.

"너 소개팅과 선의 차이가 뭔 줄 알아?"

그래 놓고는 내가 고민할 틈도 주지 않고 제 입으로 냉큼 대답했다.

"남녀 두 사람의 나이를 합해서 50이 안 되면 소개팅, 50이 넘으면 선이야."

그때 나는 스물다섯 살이었다. 그러니까 석과 나의 나이를 합하면 딱 50. 우리는 정점에 올라 있었다.

"뭐, 그럼 우리가 벌써 선을 볼 나이가 됐단 말이야?"

내가 기겁을 하자 그는 콧방귀를 뀌었다.

"우리가 아니라 너지."

석은 의기양양했다. 으레 커플이란 연상남과 연하녀로 이루어지는 게 일반적이므로, 자신은 앞으로도 나이 어린 여자와 소개팅을 할 기회가 서울 시내 아파트만큼 많을 거라나. 나는 시대착오적인 발상이라고 반박했다. 그리고 우겼다.

"요새는 연상녀 연하남 커플도 많아. 어쨌든 둘이 합해서 50만 안 넘으면 되는 거잖아. 내가 내년에는 스물네 살짜리 남자를 만나고, 후년에는 스물세 살, 내후년에는 스물두 살짜리를 만나면 되지 뭐."

그렇게 부연 설명까지 해 가면서.

"말로는 뭘 못 해? 이상과 현실은 다른 거야."

그러한 석의 비아냥거림을 못 들은 척하면서 말이다. 그래도 그때는 계산이라도 해 볼 수 있었다. 올해 나는 세상의 모든 스물아홉 살들이 가장 두려워하는, 세상에서 오직 서른한 살들만이 그리워하는 나이가 되었다. 서른. 이제는 계산을 하면 답이 너무 금방 나온다는 데 오히려 두려움을 느낀다.

내가 올해 선을 보는 게 아니라 소개팅을 하려면 스무

살짜리 남자를 만나야 한다. 내년에는 열아홉 살, 후년에는 열여덟 살, 내후년에는 열일곱 살짜리 소년을 만나야 한다. 아예 만남 자체가 성사되지도 않겠지만 말이다.

나는 지금도 종종 내 나이를 의심하곤 한다. 서른이 되었다는 것이 믿기지 않아서다. 스무 살 시절에는 서른이라는 나이가 지구에서 달까지의 거리만큼 아득히 멀리 있다고 생각했다. 그러나 인류가 결국은 달에 착륙했듯 나도 어느새 서른의 표면에 깃발을 꽂고 말았다. 원치 않는 정복이었다. 하기야 서른 이전에도 그랬다. 내게 나이라는 건 항상 너무 많거나 너무 적었다. 예전에는 내가 원하는 걸 가질 수 없는 것이 나이가 적기 때문이라고 생각했다. 지금은 내가 원하는 걸 가질 수 없는 것이 나이가 많기 때문이라고 생각한다. 결국은 나이 때문이 아니었던 것이다. 삶이 해마다 잊지도 않고 내게 갈아입혀 주는 옷이 매번 팔이 짧거나 목이 좁아 입기 불편했던 것은 옷이 잘못 만들어졌기 때문이 아니라 내 신체 비례가 불균형하기 때문이었다.

석이 기지개를 켜며 일어나더니 짜장면이 오기 전에 일을 끝내자고 했다. 우리는 몇 개 남지 않은 마지막 짐들을 꾸렸다. 내가 욕실용품들을 비닐 팩에 담는 동안 그는 세탁기를 욕실 밖으로 들어냈다. 세탁기 호스에 고여 있던 물이 방바닥에 흘렀다. 언젠가 본 듯한 장면이었다. 아, 전에 이사할 때도 지금처럼 호스의 물이 방바닥을 적셨지. 나는 걸레로 바닥의 물을 훔쳤다. 역시 전에 이사할 때도 같은 행동을 했던 것 같다. 그런데 그게 언제 적 일이더라.

기억이 나지 않았다. 어쩌면 한 번이 아니었을 수도 있다. 이사할 때마다 매번 그랬는지도.

"내가 왜 공인중개사 일을 하게 됐는지 알아?"

세탁기를 현관 앞에 부려 놓은 석이 손바닥을 털며 물었다.

"니가 이사할 때마다 괜찮은 집을 하도 못 구하길래, 그게 너무 딱해서 나라도 좀 도와줘야겠다 싶더라고. 그런데다 니가 이사는 또 좀 자주 하냐?"

그의 너스레에 나는 걸레질을 하다 말고 웃었다. 석이 공인중개사 자격증을 딴 것은 부모의 갖은 회유와 협박과 간청 때문이었음을 모르지 않으므로. 이번에는 냉장고 쪽으로 향하는 그의 살집 없는 등을 올려다보았다. 내가 이사를 할 때마다 열 일 제쳐 놓고 도와주러 왔던 석. 저 낯익은 뒷모습을 나는 지난 10년 동안 대체 몇 번이나 보아왔을까.

불현듯 궁금했다. 사람들은 살아가면서 보통 몇 번의 이사를 하는지. 사는 동안 몇 개의 집, 혹은 몇 개의 방을 거쳐 가는지. 스스로에게 물어보았다. 나는 부모와 떨어져 살기 시작한 후로 몇 번의 이사를 했나, 모두 몇 개의 방을 건너 여기까지 왔나, 하고.

대충 헤아려 보니 내가 현재 살고 있는 원룸이 나의 여덟 번째 방이었다. 아니, 아홉 번째인가? 아니면 열 번째? 글쎄. 다섯 번을 넘기면서부터는 이사 횟수를 헤아리는 데 큰 의미를 두지 않게 되었다. 분명한 것은 내 이사의 역사가 내 청춘의 역사와 궤를 같이한다는 사실이었다. 바닷가 고향 집에서 서울의 친척집으로, 친척집 문간방에서 대학가 하숙방으로, 하숙방에서 단칸 셋방으로, 셋방에서 옥탑방으로, 옥탑방에서 반지하 골방, 원룸, 또 다른 방에서 방으로 옮겨 다니는 동안 나의 스무 살 시절 시곗바늘은 빠르게 돌아갔다.

스무 살이란 무엇인가. 그것은 그 시기를 채 겪지 않은 이들에게도, 그 시기를 지나 버린 이들에게도 어쩔 수 없는 환상을 갖게 하는 이름이다. 인간의 물리적 나이 한때를 일컫는 구상명사가 아니라, 쓰디쓴 알약 같은 인생에 당의를 입히고 싶은 사람들이 만들어 낸 일종의 추상명사에 더 가까운 것이다. 그 시절을 회상할 때 사람들은 무엇을 떠올릴까. 대학 교정의 사계, 첫 엠티, 지저분하고 시끄럽던 과방, 최루탄 냄새 가득한 거리, 학교 앞 술집, 단체 미팅, 선배와 동기와 후배들의 얼굴, 이제는 기억도 잘 나지 않는 그 무렵의 갖가지 고민과 갈등 들……

이사를 많이 다녀서일까. 나의 경우에는 그런 것들보다

먼저 방이 떠올랐다.

스무 살, 스물한 살, 스물두 살, 청춘의 계단을 밟고 이사를 다닐 때마다 조금씩 좁아지고 낮아지고 어두워졌던 방들. 문이 잘 닫히지 않던 방, 저녁마다 서향으로 난 창에 노을이 번지던 방, 장마 때면 침대 다리가 물에 잠기던 방, 정전이 잦던 방, 그가 들어오고 싶어 했던 방, 방, 방들.

그 많은 방들에 나는 내 20대를 골고루 부려 놓았다. 나에게 방은 집에 부속된 공간이 아니라 온전한 집 자체였다. 부등식 '방<집'이 아니라 등식 '방=집'이 성립되는 곳이었다. 그 많은 방들을 거치며 이제 나는 서른이 되었다. 요즘도 가끔 지나온 길 위에 두고 온 나만의 방들을 머릿속으로 그려 보곤 한다. 방들 속에 고여 있는 기쁨과 슬픔과 꿈과 절망과 환희와 분노는 하나같이 모서리가 닳아 있었다. 말랑말랑해진 그 모서리들을 만져 보는 것이 나는 좋았다.

3

휴대폰이 울렸다. 현수였다.

"뭐 하냐?"

영대는 읽다 만 스프링 노트를 내려다보았다. 북경반점의 짜장면과 탕수육은 도대체 언제 도착하는지, 그것만 눈이 빠져라 기다리고 있던 참이었다.

"어, 그냥, 책 읽고 있었어."

"책? 니가? 무슨 책인데?"

"어, 그냥…… 아주 거대한 책."

"맨 앞장의 첫 줄 한번 읽어 봐."

영대는 노트의 맨 앞장을 펼쳤다. 시킨다고 진짜 하는 저도 참 딱하다고 생각하면서.

"나는 평범한 사람이다……."

말이 끝나기도 전에 현수가 대꾸했다.

"병신 새끼, 지랄한다."

그러더니 영대더러 빨리 옷 갈아입고 강남역으로 가라고 했다. 소개팅을 하라는 것이었다. 영대는 내키지 않았다. 지금 그가 만나고 싶은 여자는 오직 스프링 노트 속의 그녀뿐이었다. 현수는 지금이 아니면 기회가 없다고 했다. 자신이 왜 은총을 베풀면서 애원을 해야 하는지 모르겠다고도 했다. 영대가 물었다.

"너 소개팅이랑 선의 차이가 뭔 줄 알아?"

현수는 1초도 망설이지 않고 대답했다.

"소개팅은 직업이 없어도 할 수 있는 거고, 선은 직업이 없으면 할 수 없는 거야."

일리가 있는 말이었다. 영대는 뒷머리를 긁었다. 노트를 읽을 때는 느끼지 못했는데 통화를 하고 있으려니 머리가 다시 가려웠다.

"그러니까 학교 다닐 때 소개팅을 많이 해 둬야 한다고."

결국 영대는 현수가 베푼 은총을 받아들이기로 했다. 그에게는 늘 남을 설득하기보다 남에게 설득당하는 편이 훨씬 쉬웠으니까. 시간이 촉박했다. 머리부터 감아야 했다. 그는 뛰듯이 세면장으로 향했다.

이번 역은 서초.

강남역까지는 두 정거장밖에 남지 않았다. 영대는 앉은 자리에서 목만 빼 지하철 노선도를 확인하고는 엉덩이를 움직여 좌석에 좀 더 깊숙이 앉았다. 그의 앞에 서 있던 여자가 그가 자리에서 일어나는 줄 알고 반색을 하다가 실망한 듯 이맛살을 찌푸렸다. 그녀의 손에 타블로이드판 무료 일간지가 들려 있었다. 영대의 눈은 자연스럽게, 그녀가 펼쳐 든 무가지의 뒷면에 고정되었다.

미 캘리포니아 지역에 폭풍 피해가 잇따랐다. 베네수엘라에서 여객기가 추락했다. 전남 지역 해안에 유입된 타르 수거량이 800톤을 넘어섰고 서울 시내 은행에서는 수표가 수백 장 도난당했다. 재산 분배 문제로 다툼을 벌이던 형이 아우를 토막 살해했다. 웃고 있는 것은 페이지 하단에 실린 광고의 모델들뿐이었다.

이번 역은 교대.

세상의 숱한 사건 사고만큼이나 영대는 자신이 소개팅을 하러 가고 있다는 것이 실감 나지 않았다. 설렘도 흥분도 기대도 없었다. 제대한 후로는 처음 하는 것인데도 그랬다. 스물다섯 해를 통틀어서는 네댓 번쯤 했으려나. 성과는 매번 시원찮았다. 나도 알고 보면 꽤 괜찮은 남자인데 그걸 알아봐 주는 여자가 없다는 게 문제라는, 객관적 판단이라 믿고 싶은 망상만 복습했을 뿐이었다.

예전에 딱 한 명 소개팅으로 만나 제법 오래 사귀었던

여자애가 있기는 했다. 대학 2학년 때, 그러니까 입대하기 직전이었으리라. 상대로 나온 여자애는 영대보다 한 살 어린 대학 신입생이었다. 그녀는 잠에서 막 깬 아기 종달새처럼 쉴 새 없이 종알거렸다. 혼자 떠들고 혼자 웃었다. 웃을 때면 조그마한 주먹을 꼭 쥐고 영대의 어깨를 두드려 댔다. 그녀의 하는 양이 영대는 신기하고 재미있었다. 여자 손가락이 몇 개인지도 모를 만큼 숙맥이었던 그는 인간의 언어를 쓰는 한 마리 종달새에게서 눈을 떼지 못했다.

오빠, 오빠.

정말? 정말?

있잖아, 있잖아.

종달새는 항상 같은 말을 두 번씩 했다. 영대의 학과 동기들은 그녀를 애교의 화신이라 불렀다. 종달새에게 오리지널 테디베어를 사 주기 위해, 그녀를 TGIF에 데려가기 위해, 100일 기념 18K 커플링을 장만하기 위해, 영대는 긴축재정에 돌입했다. 술과 담배를 뱀처럼 멀리했다. 수업 교재는 빌려 보거나 복사를 했다. 점심은 무조건 학생 식당에서 해결했다. 김치에서 도마뱀 꼬리로 추정되는 이물질이 나왔을 때에도, 총학생회에서 식당의 위생 상태 개선을 위한 학내 시위를 벌였을 때에도, 그는 눈멀고 귀먹은 사람마냥 묵묵히 숟가락질만 했다.

그리고 그녀와 100일 반지를 나누어 끼던 날 그는 속으로 부르짖었다. 아아, 여자의 손은 이렇게 작구나. 여자의 입술은 이렇게 부드럽구나. 종달새가 그에게 속삭였다.

오빠 사랑해, 오빠 사랑해.

영대는 눈을 감았다 떴다. 장님이 눈 떠 처음 바라본 세상이 이럴까. 지구가 그를 위해 돌았다. 꽃이 그를 위해 피었다. 새가 그를 위해 노래하고 아기들이 그를 위해 태어났다. 영대는 자신을 위해 존재하는 이 세상을 감격에 겨운 눈으로 돌아보았다. 폭발 직후의 초신성처럼 눈부시게 빛나는 하루하루가 그의 앞에 펼쳐졌다. 딱 열흘 동안만 그랬다.

"오빠, 앞으론 우리 그냥 편한 오빠 동생으로 지내자."

그 열흘간 이별의 전조라고는 아무것도 없었다. 있었던들 아둔한 영대가 눈치챘을 리 만무하지만.

"평생 좋은 오빠로 남아 줘, 응? 그럴 거지?"

그녀는 이번에는 같은 말을 두 번씩 하지 않았다. 영대는 대꾸 없이 윗니로 아랫입술을 꾹꾹 눌렀다. 이게 무슨 소린가, 평생 오빠로 남아 달라니. 그럼 애초에 가족으로 태어나든가.

다행히도 기억이란 참으로 요사스럽고 허망한 것이어서 영대는 곧 그녀를 잊었다. 아니다. 그 후 5개월 동안은 한 달에 한 번씩 그녀를 떠올려야만 했다. 그녀에게 선물했던 최신형 휴대폰의 할부금이 완납까지 5개월 남아 있었기 때문이다. 소개팅 같은 것 다시는 하지 않겠노라 마음먹었을 때 새롭게 그의 시야에 들어온 여자가 한 학번 위의 과 선배였다. 입대 후에도 몇 번이나 그의 꿈에 나타났던, 그러나 제대한 그에게 넌 꿈이 없어서 한심하다며 가 버린 그녀 말이다.

마침내 이번 역은 강남.

영대는 자리에서 일어났다. 타블로이드판 서른 페이지의 불행한 세계를 구겨 쥐고 있던 여자가 잽싸게 그의 좌석을 차지했다. 꿈이 무어냐고 묻는 선배에게 머저리같이 아무 대꾸도 하지 못했다는 이야기를 듣고 현수는 영대를 나무랐다.

"그럴 땐 이렇게 말했어야지. 내 꿈은 바로 누나예요! 누나라고요!"

당시 영대는 어떻게 그러냐며 웃어넘겼지만 지금 생각해 보니 아무 말도 안 하는 것보다는 나았다. 그랬다면 최소한 박력 있어 보이기라도 했을 텐데. 열차에서 내렸다. 그는 알고 있었다. 그때로 다시 돌아간다 해도 자신은 절대 그렇게 대꾸할 수 없으리라는 것을. 차라리 그의 자취방 옆방에 김태희가 이사 오기를 기다리는 편이 더 현실적이리라는 것을.

말이 나왔으니 말인데, 한때 영대의 꿈은 정말 그 선배였다. 그 전에는 종달새였고. 또 그 전에는 말 한마디 못 붙여 본 수많은 예쁜 여자들이었고. 그의 머릿속에 든 것은 오직 여자들 생각뿐이었다. 어쩌면 내 꿈은 여자들의 환심을 사는 것이 아닐까. 그렇게 자문하자 아연 얼굴이 뜨거워졌다. 사나이 오영대, 그릇이 겨우 그 정도밖에 안 되는 인간이었단 말인가. 앞서거니 뒤서거니 걷고 있는 사람들을 흘깃거렸다. 저들에게는 꿈이 있을까. 있겠지. 그럼 저들이 전부 백 명이라면 세상에는 도합 백 개의 꿈이 있는 것인가. 아니, 일단은 나를 빼야 하니 아흔아홉 개라 해야겠지. 역 안에 부유하는 먼지 속에서 영대는 아흔아홉 개의 무정형의 꿈들이 아이 손을 떠난 헬륨 풍선처럼 둥둥 떠다니는 것을 보았다. 그것들은 손에 잡힐 듯 가까이 있었지만 외피가 불투명해서 속을 들여다볼 수가 없었다.

출구를 찾아 헤매다가 그는 문득 자신이 몇 번 출구로 나가야 하는지 잊어버렸음을 깨달았다. 현수에게 전화를 거는 수밖에.

"6번 출구야, 6번. 외환은행 쪽으로 나가면 돼."

현수는 아직 시간 여유가 있으니 뛰지 말라고 했다. 머리 스타일 다 망가진다나. 아까 집에서 나올 때 소나기가 온다는 예보가 있으니 우산을 미리 챙겨 가라고 일러 준 것도 현수였다. 여러모로 고마운 친구였다. 이 녀석에게도 물론 꿈이 있겠지. 지상으로 이어지는 계단을 오르며 그는 물었다.

"현수야, 근데 넌 꿈이 뭐야?"

휴대폰을 귀에 바싹 가져다 댔다.

"꿈? 안 꿨는데. 어젯밤 술 먹고 뻗었거든."

그럼 그렇지. 허공에 떠다니던 헬륨 풍선의 개수가 아흔아홉 개에서 아흔여덟 개로 줄었다. 영대는 어깨를 폈다. 현수는 과연 둘도 없이 절친한 지음이었다.

"아, 그리고 저기, 오늘 나오는 여자애는 어떤 애야?"

그는 머리 감는 데 급급해서 상대 여자에 대해 아무것도 묻지 못한 상태였다. 요새 애들은 상대방의 블로그나 미니홈피를 방문하여 일찌감치 외모며 인적 사항을 다 파악하고 나온다던데.

"거 새끼 참, 너 내 능력 못 믿냐?"

현수는 오늘 영대가 만나게 될 여자애가 귀엽고 예쁘고 착하고 지적이고 성격도 밝고 명랑하다고 했다. 영대는 코로 웃었다. 녀석의 허풍을 모르는 바 아니었다. 세상에 그렇게 완벽한 여자가 일본 만화 속 말고 어디에 있겠는가. 영대는 그저 같은 말을 두 번씩 반복하는 여자만 아니기를 바랐다. 그 완벽한 여자는 현수의 과 동기의 여자 친구의 옆집 언니의 사촌 동생이라고 했다. 정말 괜찮은 여자라고 현수의 과 동기도, 그의 여자 친구도, 그녀의 옆집 언니도 입을 모았다나. 영대는 그렇게 괜찮은 여자가 뭐가 아쉬워 저 같은 놈을 만나랴 싶었다.

"그런 여자가 날 상대해 줄까?"

"뭔 소리야?"

"솔직히 그렇잖아. 내가 내세울 게 뭐가 있냐?"

영대는 남이 들을세라 손으로 입을 가린 후 목소리를 낮추었다.

"내가 인물이 잘났냐, 돈이 많냐, 학벌이 좋냐, 아님 빽이 있냐?"

"에이, 괜찮아. 대신 넌 착하잖아."

휴대폰 폴더를 소리 나게 닫았다. 젠장. 이런 놈을 친구라고 두다니. 영대는 팔 쪽으로 흘러 내려가는 크로스백의 끈을 어깨로 끌어 올렸다. 계단 꼭대기의 출구가 까마득히 멀어 보였다. 그는 한 걸음에 두 계단씩 올랐다.

약속 장소에 도착한 것은 예정보다 30분이나 이른 시각이었다. 담배나 한 대 피울 요량으로 가방을 열었다. 담뱃갑보다 먼저 두툼한 스프링 노트가 눈을 사로잡았다. 그것은 김지영의 노트였다. 뒷이야기가 궁금하여 아까 자취방을 나올 때 아무렇게나 가방에 쑤셔 넣어 놓고는 여태 잊어버리고 있었던 것이다. 그의 손이 담뱃갑과 노트를 한꺼번에 집었다.

4

나의 첫 번째 방은 삼촌네 집의 문간방이었다. 그 방에 머물렀던 기간은 반년이 채 안 된다. 그곳에 얽힌 추억이랄 것도 별로 없다. 그래도 내 이사의 역사, 내가 살았던 방들의 필모그래피를 짚어 보면서 그곳을 빼놓을 수는 없다. 나의 스무 살 시절 최초의 방이니까.

벽지가 손을 대기 망설여질 만큼 희었다. 창문에는 코바늘로 뜬 연분홍색 레이스 커튼이 드리워져 있었다. 천장에 매달린 조명도 최신식 삼파장 형광등. 책상도 책장도 침대도 없어 사면 벽이 휑하니 드러난 덕분에 진짜 새것 같은 그 방 한가운데 서서 나는 혼잣말을 했다.

"안녕? 앞으로 잘 부탁해."

그러자 방이 온몸으로 화답했다. 천천히, 냄새로서.

지금도 그 방은 내게 형상보다 냄새로 먼저 기억된다. 어휴, 비라도 오는 날이면 머리털이 곤두설 만큼 유난히 짙어졌던 그 나프탈렌 냄새라니.

내가 들어앉기 전까지 그곳은 옷방으로 쓰였다. 결혼한 지 십수 년이 흘렀는데도 처녀 때의 몸매를 유지하고 있는 숙모는 남편보다 옷을 더 사랑했다. 사랑은 금세 오고 또 금세 가 버려, 그녀는 싫증 난 애인들을 수시로 나에게 떠넘겼다. 장식이 많고 몸매가 드러나는 형태의 옷을 선호했던 그녀와 취향이 판이하게 달랐던 나는 그 옷들을 차마 입지 못하고 내 방의 옷걸이에 걸어 두었다. 그래서 결국 내 방은 차츰차츰 원래대로 옷방이 되어 갔다.

대학 입학식 전날. 그 방에서의 첫 밤이 아직도 기억에 선연하다.

내가 방에 짐을 부려 놓는 것을 보고 나서 아버지는 저녁도 먹지 않고 고향으로 내려가고, 그 밤 그 집에 누운 이들 중 삼촌의 호적에 올라 있지 않은 이는 나 하나뿐이었다. 왕래가 드물었던 탓에 사이가 소원한 삼촌, 아직 이름도 모르는 숙모, 이제부터 나는 그들과 살아야 하는 것이었다. 탯줄 끊긴 아기의 심정이 이럴까 막막해하며 나는 자리에 누워 레이스 커튼 너머 창문을 노려보았다. 내일 아침 저 창을 열면 차고 짭조름한 바닷바람 대신 잿빛 하늘과 스모그가 밀려 들어오겠구나 추측하면서. 서울이니까, 대도시니까 말이다. 공연히 기대가 되었다. 창문 밖으로 펼쳐질 낯선 세상, 스무 살의 낯선 아침이.

잠들기 직전에 머리맡의 삐삐로 시간을 확인했다. 자정이었다. 안 가도 될 화장실에 그냥 갔다 온 것은 새벽 1시. 어느 취객이 귀가하는지 복도에서 조심성 없는 발소리가 들려온 것은 새벽 2시였다. 창밖에서 스며든 불빛이 천장에 만들어 놓은 무늬가 코끼리 귀처럼 보인다고 느낀 것은 3시. 방 전체에 배어 있는 나프탈렌 냄새가 새로 산 베개에서도 나는 것 같다고 착각하게 되었던 것은 4시. 5시에는 옆집 현관문 앞에 조간신문이 낙하하는 소리가 들렸다. 6시가 되었다. 드디어 삐삐의 알람이 울렸다.

나는 발딱 일어나 창문을 열었다. 눈 아래 펼쳐진 서울의 새벽을 보고 싶었다. 그런데 웬걸. 창밖에 떡 버티고 있는 것은 벽이었다. 다용도실 벽. 내 방은 다용도실과 맞붙어 있었던 것이다. 벽 한가운데 뜬금없이 걸려 있는 달력이 눈에 띄었다. 그 속에서 나를 굽어보고 있는 것은 인공위성이었다. 그것이 우리별 1호라는 것을 나는 자세히 보지 않고도 알 수 있었다. 늘 보아 왔던 것이니까. 내 고향집 서점의 카운터 뒷벽에 똑같은 달력이 걸려 있었으니까. 그것을 서태지와 아이들의 사진이 박힌 달력으로 바꾸고 싶어 했던 나에게 아버지는 말했다.

"봐라, 우리도 우주 강국이다. 그 끔찍한 보릿고개 시절을 겪었던 게 엊그제 같은데, 어느새 국적 위성을 가진 선진국들 중 하나가 된 거야. 앞으론 우주산업이 더욱 활성화될 거고, 우주에 대한 전 국민의 관심도 높아질 거다. 너도 그걸 잊으면 안 돼."

저 광활한 우주보다 코앞에 닥친 중간고사 문제의 '다음 빈칸'이 더 크고 막막하게 느껴질 일개 청소년이었던 나는 왜 우주 같은 걸 잊으면 안 되는지, 또 그걸 잊지 않으려면 어떻게 해야 하는지, 아버지에게 묻고 싶었다. 하지만 나보다 서점 안쪽의 창고에 있던 어머니가 소리치는 게 더 빨랐다.

"여보, 이리 좀 와서 봐요! 천장에서 물이 샌다니까요!"

아버지는 나를 주시하며 말을 이었다.

"저걸 개발하는 데 자그마치 38억 원이 넘게 들었어. 믿어지니? 저 조그만 게, 무게가 48킬로그램밖에 안 나가는 게 말이야."

아버지가 우리나라의 인공위성들에 대해 이야기하는 동안 어머니는 두어 번 더 소리치다가 관두었다. 천장에서 물이 새든 천장이 무너지든 문제를 스스로 해결하는 쪽이 아버지의 도움을 기다리는 쪽보다 더 빠를 것임을 다시금 확인했기 때문이리라. 집수리라든가 자동차 정비, 이사, 자녀 교육, 거래처 관리, 서점 확장 등의 사소한 일들까지 신경 쓰기에 아버지는 너무 큰 사람이었다. 그의 머릿속은 언제나 세계 평화와 조국 통일, 지구온난화 현상이며 우주 항공 산업의 미래 같은 것들로 꽉 차 있었으니까.

당신의 조국을 우주 강국의 대열에 올려놓음으로써 아버지를 기쁘게 했던 우리별 1호를 서울 삼촌 집 문간방의 창밖에서 다시 보게 될 줄은 몰랐다. 아, 탯줄이 끊긴 게 아니었구나. 내 고향 집 서점과 타향의 내 방은, 아버지와 나는, 이런 식으로 교신을 하고 있었구나. 그렇게 생각하니 마음이 편안해졌다.

곧이어 나는 주방에서 숙모가 움직이는 소리를 들었다. 평소 늦잠을 즐기던 그녀는 내가 그 집에서 살기 시작한 후 아침마다 부은 눈으로 식빵을 구웠다. 삼촌 부부에게는 자식이 없었다. 그런데도 지천명을 바라보는 나이에 남의 자식 시중드느라 매일 고생한다고, 숙모는 한 번도 투덜거리지 않았다. 다만 식빵의 한쪽 면에 딸기잼을 바르고 계란 프라이를 얹은 후 다른 식빵으로 덮고 나서는 어김없이 길고 달게 하품을 했다. 식탁에 앉아서 나는 그녀의 하품이 완성된 토스트 위로 사뿐히 내려앉는 것을 지켜보았다.

한 개만 먹어도 배가 부른데 숙모는 토스트를 두 개씩 만들어 주었다.

"저 이거 하나만으로도 충분해요."

내가 그렇게 말하면 숙모는 전혀 예상치 못했던 사실을

비로소 알게 되었다는 듯 눈을 크게 떴다.

"어머나, 그러니? 알았다."

그래 놓고는 이튿날이면 여전히 두 개의 토스트를 내밀었다. 나는 그 후에도 몇 차례 더 같은 이야기를 했지만 소용이 없었다. 아무래도 그녀는 하품을 하면서 머릿속에 저장된 특정 기억을 말소시키는 재주를 가졌나 보다, 그렇게 받아들이기로 했다. 토스트 한 개는 먹고 나머지 한 개는 쿠킹 포일로 쌌다. 그리하여 숙모의 가슴속 영혼이 아니라 탄산가스가 깃든, 이름하여 '하품 토스트'를 날마다 지참하고 등교하게 되었던 것이다.

서울에서의 생활은 모든 것이 생경했다. 텔레비전 정규 방송이 끝난 새벽, 애국가가 흘러나오는 화면에서 보았음 직한 고층 빌딩군이 일단 그랬다. 광고에서 눈요기나 했던 고급 외제차들이 실제 눈앞에서 달리고 있다는 것도 놀라웠다. 마라푼다 개미 떼를 연상케 하는 출근 시간대 지하철역의 인파도, 플래카드의 박람회장 같은 대학 교정도, 그곳을 활보하고 다니는 대학생들이 저마다 쏟아 내는 다섯 개 도의 사투리도 낯설기만 했다. 심지어 지난 19년간 구면이었던 봄마저도 도수 높은 안경을 끼고 바라보는 세상처럼 이물스럽게 느껴졌으니 더 말해 무엇 하랴. 나는 하루에도 몇 차례씩 사방을 두리번거리고 무엇엔가 소스라

치곤 했다. 아마 서울내기들 눈에 나는 무엇을 어떻게 해도 왼손만 두 개 있는 사람처럼 서투르고 부자연스러워 보였을 것이다.

교정에는 혼자 다니는 이들이 많았다. 그 사실을 나는 스스로에게 늘 주지시켜야 했다. 나 역시 혼자였으므로. 신입생 오리엔테이션에도 참석하지 않았던 터라 누구도 나를 알지 못했고 나 또한 누구도 알지 못했다. 수업 시간에 출석을 부를 때 빼고는 종일 입도 벙긋할 기회가 없었다. 배가 고프면 빈 강의실을 찾아 들어가 집에서 싸 온 토스트를 먹었다. 혼자라는 사실이 영 익숙하지 않았지만 그것이 나쁘기만 한 것은 아니었다. 누구의 간섭도 받지 않았기에 나는 자유로웠다. 그래서 수업이 끝나도 곧장 집으로 가지 않고 교정을 어슬렁거렸다. 이 넓은 캠퍼스의 면면을 탐방해 보고 싶었던 것이다.

사방에 토익 토플 강좌 안내 문구며 등록금 투쟁 구호가 적힌 플래카드들이 뒤섞여 휘날리고 있었다. 운동장 한쪽에서는 학생들이 생활한복 차림으로 태껸을 하거나 풍물을 쳤다. 농구나 축구를 하는 이들도 있고 기타 반주에 맞춰 민중가요를 부르는 이들도 있었다. 다들 자신이 현재 무엇을 하고 있는지 명확하게 인식하고 있다는 표정이었다. 그들은 당당하고 활기찼으며 뭐랄까, 한마디로 진짜 대학생 같았다. 그들이 속한 세계의 풍경이 너무나 밝고 역동적이어서 나는 어쩐지 총천연색영화를 감상하는 듯한 심정이었다. 관람객이 영화관의 스크린 속으로 들어갈 수 없듯, 그들과 나 사이에도 무색투명한 셀로판지 벽이 가로 놓여 있어, 그것을 뚫기 전에는 그 세계에 편입될 수 없을 것 같았다.

어째서일까. 내가 보고 있는 것이 설령 영화라 해도, 그 것을 보고 있는 관객으로서의 내 존재는 진짜인데. 허구가 아니라 실존인데. 그런데 왜 자꾸 가짜처럼 느껴지는 것일까. 내가 하는 건 어째서 다 어설픈 흉내 같고 어린애 장난 같을까. 조바심이 났다. 빨리 진짜 대학생이 되고 싶고 진짜 어른이 되고 싶은데 그 방법을 알 수 없었으므로. 나는 몸만 교복을 벗었을 뿐 정신은 아직도 고등학교 교실에 앉아 있는, 발육 상태가 고르지 못한 내 정체성을 당장 성인 버전으로 업그레이드하고 싶었다. 셀로판지를 언제 어떻게 뚫을 것인가, 그것이 내 화두였던 셈이다.

학생회관 건물을 탐방할 차례였다. 나는 입구 앞 게시판의 대자보부터 읽었다. 등록금 인상 저지 결사 투쟁, 민중 빈활대 모집, 민족의 운명을 개척하는 불패의 애국 대오…… 한총련…… 내가 이전에 한 번도 입 밖으로 내뱉은 적 없고 향후에도 내뱉을 일 없을 어휘들이 다투어 눈 속으로 뛰어 들어왔다. 그것들은 나를 윽박질렀다.

'네가 진짜 대학생이라면 우리에게 빨리 익숙해져야 해!'

하지만 나를 사로잡은 목소리는 다른 데 있었다.

"영어듣기평가에서부터 답을 밀려 썼거든."

영어듣기평가라. 귀에 익숙한 어휘를 구사하는 남학생의 목소리는 게시판 뒤에서 들려오고 있었다. 게시판 기둥 사이로 학생회관 계단에 앉아 있는 세 명의 남녀가 보였다. 여학생은 뒷모습을 보이고 있었고 그녀의 뒤통수에 가려 남학생 두 명도 얼굴이 반쪽씩밖에 안 보였다. 마치 커튼 틈으로 연극 무대의 일부를 엿보고 있는 것 같은 기분이 들었다.

답을 밀려 쓴 비운의 인물 '남학생 1'이 말했다.

"수능 성적만 제대로 나왔어도 이 학교 안 왔을 텐데."

"그럼 재수할 거야?"

그렇게 물은 것은 '여학생'이었다.

"당근이지. 내 수준에 맞는 학교로 갈 거야."

세 남녀는 신입생들이었다. 나는 그들의 대화를 듣지 않으려고 했다. 하지만 영어듣기평가가 끝난 후 대본을 보면서 정답을 맞춰 볼 때처럼 대화 전체가 귀에 쏙쏙 들어왔다. 그러니 어쩌겠는가. 자리를 뜰 수도 없고.

'남학생 2'가 가세했다.

"나도 붙기는 세 군데 다 붙었어. 예비 합격자로."

"아, 그럼 추가 합격이 안 된 거구나?"

친절한 여학생의 대꾸.

"그렇지. 학교 레벨이 있으니까 등록 포기하는 애가 없었지."

"야, 이 학교 너무 구리지 않냐?"

"정말 쪽팔려서 못 다니겠어."

남학생 1과 남학생 2가 말을 주고받았다. 나는 그 둘의 옆에 앉아 있는 여학생이 아마도 무척 예쁘게 생겼을 거라고 추측했다. 귀는 그곳에 두고 눈으로는 게시판에 나붙은 다른 대자보를 읽었다. 그것은 어떤 동아리의 신입 회원 모집 공고문이었다.

신입생 여러분, 대학 생활이 무미건조하신가요? 참된 지성인이 되고 싶으신가요?

"너넨 공부를 되게 잘했나 보다."

여학생이 자리에서 일어섰다. 왕년의 성적 우수자 두 남학생의 마음이 움찔하는 것이 내 눈에는 보였다.

그렇다면 지금 당장 우리 동아리로 오십시오. 단무지. 학생회관 3층.

"난 있지, 우리 과 문 닫고 들어왔어."

순간 나는 그 여학생의 얼굴이 궁금해졌다. 게시판 기둥 사이로 그녀가 학생회관 입구를 향해 몸을 돌리는 것이 보였다. 나는 재빨리 '행인 1'의 배역을 스스로에게 부여했다. 게시판 옆으로 몸을 드러내고 학생회관 계단이라는 무대에 등장했다. 행인 1은 곧 계단 위에 서 있던 여학생과

정통으로 눈이 마주쳤다.

아, 그녀는 진주였다. 이진주. 나와 같은 과 동기였다. 과에서 그녀를 모르는 이는 아마 한 명도 없었을 것이다. 왜어딜 가나 무리에서 도드라지는 사람이 있잖은가. 그녀는어딜 가나 주목을 받고 관심의 대상이 되었다. 그녀가 강의실에 들어서면 사람들이 눈에 띄게 술렁거렸다. 신입생들이 돌아가면서 자기소개를 할 때 그녀 차례가 되면 박수 소리도 더 커졌다. 얼굴도 예쁘장하긴 했지만 그녀의 특별함은 외모에서 우러나오는 것이 아니었다. 진주는 1년내내 봄만 있는 왕국에서 온 공주처럼 언제나 밝고 생기가넘쳤다. 누구에게나 살갑게 굴되 그러면서도 자기주장이확실했다. 그녀에 대해 이다지도 잘 알고 있는 나를 그녀는 물론 알 턱이 없었다.

"혹시 김지영…… 아니에요?"

그래서 그녀가 이름을 불렀을 때 가엾은 초짜 배우 행인 1은 대사도 까먹고 그 자리에 얼어붙었다. 아니, 얼떨결에 뒤를 돌아보는 연기를 선보이기는 했다. 내 뒤에는 예상대로 게시판밖에 없었다.

"저요? 맞는데요, 김지영."

"그치? 맞지? 어머, 너무 반갑다."

진주는 기도하듯 두 손을 가슴 앞에서 모아 쥐었다.

"나 너 많이 봤는데. 우리 같은 과잖아. 난 이진주야."

그녀를 따라 남학생들도 머뭇거리며 내게 알은체를 해 왔다. 둘 다 이름은 똑똑히 알아들을 수 없었지만 나는 고개를 끄덕였다.

"나도 반가워. 다들 강의실에서 한두 번은 마주쳤던 것 같아."

"그래. 다들 동갑이니까 말 놓자. 괜찮지?"

말은 아까 이미 놓았는데, 남학생 1인지 2인지가 하나 마나 한 말을 보탰다. 공부는 잘했을지 어땠을지 몰라도 공부만 잘했을 게 틀림없었다.

"잘됐다, 지영아. 나 전부터 너랑 인사하고 싶었는데."

진주는 행인 1에 불과했던 나를 순식간에 주인공으로 등극시켰다. 전부터 나랑 인사하고 싶었다니, 설마. 나는 양 볼에 바람을 넣었다 뺐다. 그녀가 다른 사람과 나를 혼동하고 있다고 생각했다. 무려 세 명의 동기들과 한꺼번에 통성명을 한 것은 대단한 성과지만, 스포트라이트를 받는 것에 익숙하지 않은 19년을 살아온 터라, 무대에서 그만 내려가고 싶기도 했다. 요행 진주는 눈치가 빨랐다.

"어디 가는 길이었어?"

대자보를 미리 읽어 두었던 것이 얼마나 다행이었는지 모른다.

"그냥 동아리방이나 한번 가 볼까 하고."

"어머, 나도 동아리방 가는 길이었는데. 어떤 동아리?"

"학생회관 3층에 있는 건데, 단무지라고."

"단무지?"

진주가 눈을 동그랗게 떴다.

"황무지가 아니라?"

남학생들이 웃음을 터뜨렸다. 진주도 손뼉을 치며 웃었다. 듣고 보니 황무지보다 단무지가 훨씬 더 아방가르드한 이름이라는 촌평까지 곁들여 가면서. 나는 당황했다. 대자보에는 분명 단무지라고 쓰여 있었는데. 진상을 파악하기 위해 게시판 쪽으로 가려는 나를 진주가 만류했다. 그런 건 중요하지 않으니 일단 3층으로 가 보자는 거였다. 자신도 그곳으로 가려던 참이었다면서. 하필 둘러댄다고 둘러댄 것이 진주와 동선이 겹쳐, 나는 계획에도 없이 그녀를 좇아 동아리방으로 가야 했다. 물론 가서 구경만 하고 가입을 안 하면 그만이니까 별문제는 없을 거라고 믿었다.

계단을 오르면서 나는 진주의 옆모습을 훔쳐보았다. 초록색 모직 스웨터 위로 쑥 올라온 목이 유난히 길었다. 껍질 벗겨 놓은 양파처럼 희고 매끄러운 뺨과 도도록한 이마와 고집 있어 보이도록 야무지게 다문 그녀의 입술을 나는 끈질기게 곁눈질했다. 그녀가 우리 과의 문을 닫고 들어왔다 했던가. 그것이 사실이라 하더라도, 아니 사실이라면 더더욱, 그녀가 경이롭게 느껴졌다. 진주는 실제로 공부를 못했던 게 아니라 환절기 날씨처럼 수시로 바뀌는 이

나라의 입시 제도와 그것을 방관하는 무책임한 어른들에 반항하기 위해 일부러 오엠알 카드에 오답만 골라 표시했던 게 아닐까 싶었다. 그런 맹랑한 환상을 품게 할 만큼 진주에게는 어딘가 남다른 데가 있다고 나는 생각했다.

3층에 다다랐다. 우리가 찾아간 동아리방의 출입문에 골판지로 만든 팻말이 걸려 있었다. 황무지. 거기 그렇게 쓰여 있었다. 단무지라는 이름을 가진 동아리는 학생회관 어디에도 없었다. 내가 대자보에서 잘못 읽었던 것이다. 혹시 셀로판지가 나의 시야를 흐려 놓았기 때문이었을까. 출입문을 노려보았다. 불현듯 그 낡고 꾀죄죄한 나무 문 너머에 셀로판지를 걷어 낸 날것 그대로의 진짜 세상이 펼쳐져 있을 것 같았다. 그 새로운 세상의 오의(奧義)를 체득하게 하기 위해 신이 나에게 진주를 보내 준 것은 아닐까 하는 생각마저 들었다.

이윽고 내 눈앞으로 가느다란 팔 하나가 올라왔다. 초록색 스웨터에 감싸인 그 팔의 주인은 나에게 준비되었느냐는 듯 웃어 보였다. 그러고 나서 진주는 황무지의 문을 두드렸다. 똑똑똑.

"내가 나가 볼게."

석이 자리에서 일어났다. 문 두드리는 소리도 못 들었는데, 현관문 밖에 북경반점의 배달원 사내가 서 있었다. 석이 요리 접시들을 방 가운데 식탁으로 날랐다. 나는 지갑에서 돈을 꺼내다가 문득 배달원에게 하고 싶었던 말을 떠올렸다.

"저기, 아저씨, 북경반점 앞에 있는 가로수 말이에요."

"예? 뭐요?"

사내가 퀭한 눈을 치켜떴다. 핏발이 선 눈자위에 짜증이 촘촘히 고여 있었다. 그 가로수의 몸체에 못이 박혀 있고 그 못에 대걸레가 걸려 있노라, 그렇게 말할 용기가 나지 않았다. 나는 손을 내저었다.

"아니에요. 여기 2만 원 드릴게요."

현관문을 닫고 돌아서니 석은 벌써 식탁 위에 음식들을 늘어놓고 컵에 물까지 따라 놓은 상태였다. 그가 탕수육 접시에 소스를 들이부으면서 나를 힐끔거렸다.

"너 방금 그 사람한테 무슨 말 하려고 했어?"

"별거 아냐."

"말해 봐. 뭔데?"

석은 젓가락으로 탕수육 한 점을 집었다.

"아니 그냥, 가로수에 못이 박혀 있더라고."

그게 어쨌는데? 정도의 대꾸라도 기대했건만 석은 이미 탕수육을 먹느라 내 말을 듣고 있지도 않았다.

맛있었다. 탕수육의 튀김옷은 바삭바삭하고 소스는 달콤했다. 짜장면도 면발이 쫄깃쫄깃하고 따뜻했다. 자살하고자 하는 사람 앞에 놓아 주면 그의 죽음을 유예시킬 수 있을지도 모를 만큼 훌륭한 새참이었다. 하지만 나는 어쩐 일인지 식욕이 일지 않았다. 몇 젓가락 뜨기도 전에 속이 메슥거리고 자꾸 신물이 올라왔다.

"참, 아까 소화제 사 오라고 했지?"

내가 깨작거리는 꼴을 못마땅하게 바라보던 석이 주머니에서 약 봉지를 꺼냈다. 예상대로 소화제는 알약이었다. 나는 자리에서 일어나 이미 싸 두었던 짐 꾸러미들을 뒤졌다.

"뭐 찾는 거야?"

"망치."

"그건 왜?"

"알약 부수려고."

석이 손에 들고 있던 젓가락을 식탁에 내려놓았다. 엉뚱하게도 나는 순간 방 안에 떠도는 짜장 냄새가 퍽 고소하다고 생각했다.

"나 알약 못 먹거든."

어렸을 때 실수로 사탕을 삼켰다가 기도가 막혀 된통 혼이 난 적이 있었다. 그 후로 나는 알약을 먹지 못하게 되었다. 딱딱한 정제는 망치로 잘게 부수어 먹었고 말랑말랑한 캡슐은 두 조각으로 분리하여 그 내용물을 섭취하는 수밖에 없었다. 오래된 일이지만 지금도 기침을 할 때면 나는 횡격막 부근 어디선가 채 녹지 않은 사탕이 함께 움찔거리는 것 같은 망상에 사로잡히곤 한다.

"니가 어린애냐? 아직도 알약을 못 먹게."

말은 그렇게 하면서도 석은 곧 나를 도와 망치를 찾기 시작했다. 내가 나 혼자 찾아도 되니 그냥 앉아 있으라고 해도 듣지 않았다. 우리는 함께 이삿짐 꾸러미들을 헤집었다. 가정용 공구 세트 상자에도 망치는 없었다. 명색이 19종 공구 종합 세트라는 게 망치도 없이 구성돼 있다는 사실이 어처구니없어서 웃음이 나왔다. 바늘 없는 반짇고리, 혹은 흰색이 빠진 24색 수채화 물감 세트가 따로 없잖은가.

"넌 어떻게 혼자 사는 애가 집에 망치도 없어?"

석의 핀잔은 초점이 엉뚱한 데로 옮겨 갔다.

"소화제 안 먹어도 될 거 같아. 이제 속이 괜찮아졌어."

우리는 도로 식탁 앞에 앉았다. 쇠망치 서너 개를 합친 무게만큼 육중한 침묵이 흘렀다. 그는 담배를 피웠고 나는 빈 그릇들을 신문지로 쌌다. 그러다 탕수육 접시를 싸던 문화면에서 흥미로운 기사를 발견했다.

미 해군 군의관이었던 토머스 홈스는 사람이 일상생활에서 스트레스를 받는 대표적인 상황들을 지수로 환산하여 순위를 매겼다고 한다. 물론 이러한 평가의 척도는 다분히 상대적이라 각 개인의 환경이나 성격적 요인에 따라 얼마든지 달라질 수 있다고 홈스는 명시했다. 조사 결과에 따르면 지수가 100점 만점에 100점으로 1위를 차지한 스트레스의 종류는 배우자의 죽음이었다. 2위는 이혼. 3위는 가까운 친척의 죽음. 4위는 자신의 상해와 질병. 그리고 5위는 결혼이었다. 따지고 보면 1위, 2위, 5위가 모두 한 가지 문제와 관련돼 있었다. 즉 결혼만 안 하면 최상위권 스트레스 중 세 가지가 생길 가능성이 한꺼번에 원천 봉쇄되는 것이었다. 그런데도 왜 사람들은 결혼을 하지 못해 안달하고 그것도 모자라 남까지 결혼시키지 못해 복달할까.

"그거야 물론."

석이 허공에 담배 연기를 내뿜었다.

"외로우니까 그러는 거지."

일리가 있는, 아니 이삼리쯤은 있는 답이었다. 과연 석이 입은 티셔츠에는 이런 문구가 새겨져 있었다. I get so lonely, lonely, lonely.

"결혼은 해도 후회하고 안 해도 후회한다지만, 사람은 원래 한 일에 대한 후회보다 하지 않은 일에 대한 후회가 더 큰 법이라잖아. 아, 나도 20대엔 내가 서른 살이 되면 당연히 결혼해 있을 줄 알았는데."

안 그래도 실연당한 지 얼마 안 된 그가 새삼스럽게 자신의 처지를 비관하게 될까 봐 나는 말을 돌렸다.

"너는 20대를 회상하면 뭐가 떠오르니?"

"음…… 군대."

무어라 대꾸할 말이 없었다.

"그럼 10대를 회상하면?"

"학교."

대답이 그렇게 빨리 튀어나올 수 있다는 것이 신기했다. 하기야 어쩌면 오래 숙고해서 내놓은 답보다 즉각 내놓은 답이 진실에 더 가까울지도 모른다. 시험에서 객관식 문제를 풀 때도 처음에 곧바로 찍은 답이 나중에 고민해서 바꾼 답보다 정답이었을 확률이 더 높다지 않은가.

"그러는 넌? 20대를 돌아보면 뭐가 떠올라?"

"나는 그동안 이사 다녔던 방들이 떠올라."

"하, 여자들은 진짜 남자랑 생각하는 게 다르구나."

석은 거기서 멈추지 않았다.

"그럼 10대는?"

"10대는…… 없어, 특별히 떠오르는 거."

거짓말이었다. 하지만 즉각 답하든 심사숙고한 후 답하든 제일 먼저 떠오르는 것이 관이라고 사실대로 말할 수는 없었다. 관이라는 이름은 석과 나의 대화창에서 1순위 금칙어였으니까. 석은 무슨 말인가를 더 하려다가 말았다. 나는 그가 빈 담뱃갑을 움켜쥐는 것을 보았다. 모서리가 손바닥을 찌르고 있으니 꽤 아플 텐데 하는 생각이 들었다.

그도 알 것이다. 나의 10대에 무엇이 있었는지를. 우리는 같은 고향에서 나고 자랐으니까. 그는 관에게 늘 내 이야기를 들었다고 했으니까. 그는 묻고 싶으리라. 관과 어릴 때부터 단짝이지 않았느냐고. 관의 10대는, 너의 10대는 어떠했느냐고. 하지만 그는 물었다. 체증이 정말 가라앉았느냐고, 그래도 소화제를 먹는 게 낫지 않겠느냐고.

"삼키려는 노력은 해 봤어? 이렇게 작은 걸 왜 못 삼켜?"

그는 화를 내는 것이 아니라 화제를 바꾸고 있는 것이었다. 그의 배려에 부응하고자 나는 볼 것도 없는 소화제 한 알을 손바닥에 올려놓고 요모조모 뜯어보았다. 석의 말마따나 알약 크기가 작긴 작았다. 그리고 나는 곧 깨달았다, 내가 어린 시절의 사탕 사건 이후로 단 한 번도 알약을 삼키려 시도해 본 적이 없음을. 물과 함께 눈 딱 감고 넘기면 된다고 석이 옆에서 채근했다.

먼저 알약을 입에 넣었다. 물을 머금었다. 고개를 두어 번 흔들어 혓바닥 밑에 있던 알약과 물을 섞었다. 그러고는 마치 불로장생의 영약이라도 먹는 듯이 엄숙하고 진중한 태도로 그것을 '삼켰'다. 그랬다. 정말로 삼켜 버린 것이었다. 이럴 수가. 막상 해치우고 나자 맥이 빠졌다. 별것도 아니었다. 아무렇지도 않았다. 이 간단한 것을 나는 왜 여태 못 했던 것일까.

그러나 그다음 순간, 나는 가슴속의 무언가가 슬그머니 자취를 감추었다는 사실을 알아차렸다. 절대 바뀔 수 없으리라 생각했던 것, 결코 변하지 않으리라 믿었던 것, 그런 것이 또 하나 사라져 버린 것이었다. 결국 모든 것은 변하게 되어 있는 걸까. 좋은 것이든 나쁜 것이든, 결국에는 모두 변하고 지나가고 잊히고 사라져 가게 마련인 것일까.

"거봐. 막상 덤비면 세상에 못 할 일이 없다니까."

"고마워. 덕분에 나 계속 망치 없이 살아도 되겠다."

싱거운 농담을 몇 마디 주고받은 후, 우리는 새참을 먹느라 중단했던 육체노동을 재개했다. 객지 생활 10년 동안 갈고닦은 이삿짐 싸기 신공을 발휘한 덕에 일은 오래 걸리지 않았다. 석이 침대의 헤드와 매트리스를 분리하여 벽에 세워 놓는 것으로 모든 준비가 끝났다. 오히려 예정보다 너무 일찍 끝나는 바람에 이삿짐 트럭이 집 앞에 당도하기를 기다려야 했다. 석은 트럭이 오기 전에 담배를 사 와야겠다며 밖으로 나갔다.

나는 방 한가운데 서서 원룸 전체를 찬찬히 둘러보았다. 내 공부방이자 거실이자 주방이자 욕실이고 침실이었던 이 다기능 복합 주거 공간의 구석구석을. 침대가 놓여 있던 자리에 머리 끈과 10원짜리 동전과 AAA 규격의 건전지가 먼지를 뒤집어쓴 채 나동그라져 있는 것이 보였다. 냉장고가 있던 자리에서는 동네 피자집의 할인 쿠폰과 말라 비틀어진 강낭콩 한 알이 발견되었다. 벽에 뚫려 있는 못 자국은 전부 세 개. 장판 위 무엇엔가 긁힌 자국도 세 개. 전신 거울이 걸려 있던 자리에 남은 것은 정체 모를 얼룩 하나.

사위가 고요했다. 인생의 한 시절을 정붙이고 살았던 나의 여덟 번째 방. 빗자루로 방바닥을 쓸었다. 나는 주위가 고요하면 왠지 무언가를 기다리는 중이라는 생각이 든다. 기다린다. 기다림. 왜 모든 기다리는 시간은 고요한 것일까. 커다란 정적이 날개를 접고 깃들어 있는 방은 조문객 없는 빈소처럼 휑뎅그렁했다.

한때 나는 늘 기다렸다. 관은 올 듯 올 듯 오지 않았다. 오지 않을 듯 오지 않을 듯 오기도 했다. 당시 누군가 지옥이 무어냐 물었다면 나는 대답했을 것이다, 오지 않는 연락을 기다리는 시간이라고. 또 누군가 천국이 무어냐 물었다면 마찬가지로 나는 대답했을 것이다. 곧 올 것 같은 연락을 기다리는 시간이라고. 그러니 중요한 것은 결국 현상이 아니라 인식이다. 마침내 더 이상 관을 기다리지 않기로 결심했을 때, 나는 행복과 안온과 평강이 다시 내게 찾아든 것을 확인했다. 희망을 버렸더니 행복해지더라고 석에게 말했다. 하지만 그는 고개를 흔들었다. 희망을 버려서 얻은 행복은 가짜야. 석은 그렇게 대꾸했던가. 차라리 희망을 갖고 불행해져. 모든 건 지나가게 돼 있으니까, 불행조차도 말이야. 지나가고 나면 다 괜찮아질 거야. 그렇게 말했던가.

쓰레받기를 비우고 있는데 그가 돌아왔다. 오른손에 검은 비닐봉지가 들려 있었다. 봉지 안에 든 것은 망치였다.

쇠붙이의 한쪽은 뭉툭하여 못을 박을 수 있고, 다른 한쪽은 넓적하고 두 갈래로 나뉘어 못을 뺄 수 있도록 만들어진 노루발장도리였다.

"집에 망치 하나쯤은 있어야지."

어안이 벙벙해 있는 내게 석은 다시 왼손을 펴서 내밀었다. 그의 손바닥 위에 놓인 것은 못이었다. 끝이 기역 자로 구부러져 있는 데다 온통 녹이 슬어 있는 대못.

"이거 말한 거지? 북경반점 앞 플라타너스에서 뽑아 온 거야."

나는 석의 눈을 쳐다보지 못하고 그 손바닥의 못만 내려다보았다.

"앞으론 나무에다 대걸레 안 걸어 놓겠대. 사장님 성격 좋으시더라. 지적해 줘서 고맙다던데? 사실 나한테 고마워할 건 없는데 말이야."

그가 내 손에서 쓰레받기를 빼앗아 갔다. 내가 웃었던가. 석에게 고맙다고 말했던가. 두 뺨의 무수한 혈관들 속으로 피가 빠르게 흐르는 것을 나는 느꼈다. 이삿짐 트럭이 언제 오나 살피는 척 창밖으로 고개를 내밀었다. 이곳은 10층 건물의 꼭대기 층. 나는 눈 아래 펼쳐진 내 동네의 풍경을 마지막으로 아껴 바라보았다. 저 낯익은 스카이라인과 집집의 창문과 골목골목의 생김과 간판의 상호 들도 언젠가는 기억 속에서 발자국처럼 희미해지겠지. 그리고 나는 새 구두를 신듯 또 새로운 동네의 지리에 몸을 맞춰 가겠지. 앞으로의 인생에서 나는 과연 몇 번이나 더 이렇듯 익숙한 풍경을 버리고 또 낯선 지리에 길들어 가야 할까.

멀리서 사다리차 한 대가 집 앞 골목으로 진입하는 것이 보였다.

5

현관문 안쪽은 제 손바닥을 얼굴 앞에 가져다 대도 보이지 않을 만큼 캄캄했다. 영대는 손바닥으로 벽을 더듬어 주방의 전등 스위치를 찾았다. 불을 켜자마자 바닥에서 벽에서 천장에서 바퀴벌레들이 사방으로 흩어지는 게 보였다. 다른 때 같았다면 그것들이 신경에 거슬렸으리라. 그러나 지금 영대의 머릿속은 온통 한 가지 생각뿐이었다.

아아, 다섯 시간 전으로 돌아갈 수만 있다면.

다섯 시간 전 그는 소개팅을 하고 있었다. 그럴 줄 알았다. 현수의 과 동기의 여자 친구의 옆집 언니의 사촌 동생은 눈에 띄게 귀엽지도 예쁘지도 않았다. 착하고 지적이고 성격이 좋은 것 같기는 했지만 그런 것을 첫 만남에 바로 파악할 만큼의 눈치가 자신에게 없음을 영대는 잘 알고 있었으므로 속단할 수 없었다. 한마디로 그녀의 첫인상은 그저 그랬다. 그러나 이야기를 나누면 나눌수록 그녀의 눈에 생기가 도는 것이, 그의 별 시답잖은 소리에도 그녀가 번번이 웃음을 터뜨리는 것이, 그 웃는 낯이 서글서글한 것이 이상하게 그의 마음을 휘저었다.

그녀는 올해 스물다섯 살이었다. 원래는 대학을 졸업했어야 할 나이지만 여태 휴학 중이라고 했다. 영대는 처음에는 저와 그녀가 나이도 같고 휴학생이라는 신분도 같다는 것이 그저 반가울 뿐이었다. 그러나 그가 주문하려 했던 핫초코를 그녀가 먼저 시켰을 때부터 상황이 심상치 않게 돌아간다고 느꼈다.

"제가 단것을 좋아하거든요."

"아, 예. 저도 단것 무지 좋아합니다."

두 사람의 공통점은 그것만이 아니었다.

"저는 블로그 같은 거 안 해요."

"아, 예. 저도요. 전 미니홈피도 없어요."

메신저를 하지 않는다는 점도, 게임을 좋아하지 않는다는 점도 같았다.

"언제부턴지 이상하게 티브이를 안 보게 되더라고요."

"아, 예. 맞아요. 전 티브이가 아예 없습니다."

영대의 방엔 티브이를 들여놓을 자리도 없었다. 물론 그런 말을 할 필요도 없었고.

"제가 옛날부터 라디오 키드였거든요."

"아, 예. 이거 신기하네요. 저도 라디오 애청잔데."

두 사람이 각기 즐겨 듣는 라디오 프로그램마저 일치했다.

"그럼요. 당연하죠."

"아, 예. 저랑 비슷하시네요."

"맞아요. 제 생각도 그래요."

두 사람은 말끝마다 서로 맞장구를 쳤다. '저도요.', '맞아요.' 같은 대사가 나올 때마다 1000원씩 모았다면 아마 영대는 그 돈으로 강남역에서 신촌의 자취방까지 택시를 타고 올 수도 있었을 것이다.

그녀 앞에 있으니 영대는 자신이 제법 괜찮은 남자인 것처럼 느껴졌다. 여자 앞에서 자신의 가치가 격상되는 듯한 느낌을 받기는 처음이었다. 그의 머릿속 가로세로 빈칸에 운명, 사랑, 인연 등의 어휘들이 들어차기 시작했다. 만난 지 한 시간도 안 되어 그는 그녀의 검은 머리가 파뿌리가 되는 것을 상상하고 있었다. 매일 아침마다 둘이 손을 꼭 잡고 함께 출근해야지. 생일이나 기념일에는 서프라이즈 이벤트를 해야지. 아침에 눈뜨자마자 서로의 뺨에 굿모닝 키스를 해야지. 그는 입가로 자꾸만 비어져 나오는 웃음을 제어하느라 턱에 힘을 주어야 했다.

두 사람은 1차로 찻집, 2차로 밥집, 3차로 술집에 갔다.

그녀가 탁자에 담뱃갑을 올려놓았다. 한정판 레종 데트르. 영대의 주머니에 들어 있는 담배와 같은 상표였다. 이 잦은 우연의 일치가 그는 이제 놀랍지도 않았다. 존재의 이유를 사이좋게 나눠 피우면서 그는 새삼 자신의 존재의 이유가 어쩌면 지금 앞에 앉아 있는 저 여자인 것은 아닐까 생각해 보았다.

문제는 둘이 말을 놓으면서부터였다. 그녀가 반말로 처음 한 질문은 다음과 같았다.

"영대야, 넌 꿈이 뭐야?"

맙소사. 맥주잔을 내려놓는 영대의 손이 살짝 떨렸다. 브루투스, 너마저도! 칼에 찔린 채 부르짖던 카이사르의 심정을 그는 2000여 년 세월을 건너뛰어 벼락같이 이해했다. 여자들은 왜 그렇게 꿈을 물어보기를 좋아하는 걸까. 초등학교 때처럼 대통령이나 과학자, 비행기 조종사가 되고 싶다고 할 수는 없는 노릇이었다. 그렇다고 스물다섯 나이에 꿈을 찾는 중이라고 할 수도 없고.

"아, 그러니까, 저기, 내 꿈은, 물론 우선은 취직을 해야겠지만, 아, 내가 진짜 하고 싶은 건, 말하자면……."

그는 횡설수설 오락가락 중언부언 갈팡질팡했다. 맥주잔 표면에 맺힌 물방울을 손가락으로 뭉갰다. 제가 어떻게든 말을 끝맺기는 했다는 것을 영대는 그녀가 웃는 것을 보고야 알아차렸다.

"우린 둘 다 모라토리엄 증후군 환자들이구나."

"응? 모라…… 뭐라고?"

그녀는 여전히 웃으면서 피우던 담배를 비벼 껐다. 영대는 제 머리통이 재떨이에 거꾸로 처박혀 짓이겨지는 기분이었다.

"모라토리엄 증후군 말이야. 몰라?"

몰랐다. 난생처음 들어 보는 낱말이었다. 하지만 모른다고 할 수는 없었다.

"아, 알지. 알기야 아는데, 하도 오랜만에 들어서……"

영대는 잠만 자는 방의 문을 열었다. 모라토리엄? 그는 아마 그 단어를 죽을 때까지 잊지 못할 것이었다. 그녀의 말을 이해하지 못했다는 자괴감에 사로잡혀 그 직후부터 대화를 제대로 이어 가지 못했기 때문이다. 그녀의 꿈이 무엇이었는지도 전혀 기억할 수가 없었다. 주인집에서 보일러 전원을 아예 꺼 버렸는지 방구들이 숫제 얼음장이었다. 술기운 덕분에 추운 줄도 모르고 그는 이불 위에 드러누웠다. 그녀는 분명 날 아주 무식한 놈으로 여겼겠지. 기초적인 영어 단어도 모르고 상식도 없다고 생각했겠지. 사실 영대는 세상에서 제일 긴 영어 단어도 알고 있었다. 주로 화산에서 발견되는 미세한 규소 먼지가 허파에 쌓이면서 생기는 만성 폐질환을 뜻하는 그 단어의 철자들을 그는 완벽하게 기억했다.

pneumonoultramicroscopicsilicovolcanoconiosis.

뉴모노울트라마이크로스코픽실리코볼케이노코니오
시스.

고등학교 때 그거 암기하느라 자습 시간을 통째로 바치
지만 않았어도 지금 자신이 다니는 대학의 간판이 완전히
바뀌었을 거라고 그는 믿어 왔다. 자신이 만약 그 단어의
철자들을 줄줄이 읊어 보였다면 그녀는 어떤 반응을 보였
을까. 가공할 암기력에 찬사를 보냈겠지? 그러면 그는 내
친김에 세상에서 가장 긴 사람 이름도 줄줄이 외워 보였
을 것이다.

김수한무 거북이와 두루미 삼천갑자 동방삭 치치카포
사리사리센타 워리워리 세브리캉 므두셀라 구름 위 허리
케인에 담벼락 서생원에 고양이 고양이는 바둑이 바둑이
는 돌돌이.

아아, 다섯 시간 전으로 돌아갈 수만 있다면.

영대는 자리에서 벌떡 일어나 앉았다. 허파에 미세한 규
소 먼지가 쌓인 것처럼 가슴이 답답했다. 다섯 시간 전의
정황을 끊임없이 분석하고 비판하고 재구성했다. 그때는
왜 그런 식으로밖에 대답하지 못했을까. 맞아, 이렇게 대
꾸했어야 하는데. 그는 마치 눈앞에 그녀가 앉아 있기라도
한 것처럼 혼자 소리 내어 중얼거렸다. 아까 그녀가 제게
했던 질문들을 되새겨 보고는 그 대답을 다시 해 보는 식

이었다.

그래, 다음에 만나면 꼭 이렇게 말해야지. 그런데 내가 또 만나자고 하면 응해 주려나. 거절당하면 어쩌지. 그래도 애프터를 하긴 해야 하잖아. 문자메시지를 먼저 보내 볼까. 만약 답장이 안 오면? 제기랄. 내가 꼭 먼저 연락해야 하나. 여자가 먼저 하면 안 돼? 꼭 남자가 애프터 해야 한다는 법도 없잖아.

사실 그의 마음이 불편한 것은 모라인지 뭔지 하는 영어 단어 때문만은 아니었다. 꿈 때문이었다. 말하지 못한 꿈. 자신이 갖고 있는지 안 갖고 있는지에 대해 생각해 본 적도 없는 꿈. 사람은 꼭 꿈을 꾸어야 하는 것일까. 그냥 되는대로 살면 안 되나. 꿈 없이도 지난 25년간 아무 문제 없이 잘 살아왔는데.

그가 짝사랑했던 선배는 말했다.

"넌 주관이 없어. 뭐든지 남이 하라는 대로 하고, 그것도 금방 포기해 버리잖아. 니가 아직도 고등학생인 줄 아니? 니 인생에 좀 더 진지해져 봐. 본인이 진짜로 원하는 게 뭔지 스스로 찾아야지. 인생은 남이 대신 살아 주는 게 아니니까."

영대가 집을 나가겠다고 했을 때 어머니는 말했다.

"니가 혼자 어떻게 살려고? 넌 할 줄 아는 게 하나도 없잖아."

아버지가 어머니에게 말했다.

"걱정 마. 며칠 버티지도 못할 텐데 뭐. 독립은 아무나 하나?"

형도 어머니에게 말했다.

"쟤 돈 주지 마세요. 그럼 금방 지 발로 집에 기어 들어 올 거예요."

영대는 라면 상자들을 뒤져 노트북을 꺼냈다. 온라인 백과사전 사이트에 접속했다.

모라토리엄(moratorium) : 전쟁, 지진, 경제공황, 화폐개 혁 따위와 같이 한 나라 전체나 특정 지역에 긴급사태가 발 생한 경우에 국가권력의 발동에 의하여 일정 기간 금전채 무의 이행을 연장시키는 일. ≒ 지급유예.

설명이 한글로 돼 있는데도 무슨 뜻인지 헤아리기 어려 웠다. 브라우저를 닫았다. 뜻을 아예 몰랐을 때보다 기분 이 더 찜찜했다. 영대야, 넌 꿈이 뭐야? 그녀가 보고 싶었 다. 그가 다섯 시간 전에 만났던 여자. 그가 즐겨 마시는 핫초코를 좋아하고, 그와 같은 라디오 프로그램을 애청하 고, 그가 선호하는 상표의 담배를 피우는 여자.

잠깐, 걔 이름이 뭐였더라.

영대는 고개를 갸웃거렸다. 평범한 이름이었는데. 지연

이었나. 아닌데. 가방을 뒤져 보았다. 받지도 않은 명함이 들어 있을 리 없었다. 그럼 주영이었나. 그것도 아닌데. 가방 속에 든 것은 우산과 엠피스리 플레이어, 스프링 노트 한 권이 전부였다. 아, 김지영. 노트를 보는 순간 그는 정신이 번쩍 들었다.

그렇다. 그녀의 이름은, 그녀의 이름도, 김지영이었다.

노트를 펼쳤다. 20대를 회상하면 자신이 살았던 방들이 떠오른다던 여자, 여덟 번째 방을 떠나 이제 아홉 번째 방으로 이사 가려고 하는 여자. 어떻게 그녀와, 영대가 오늘 소개팅에서 만난 여자의 이름이 같을 수 있는가. 어쩐지 통성명할 때부터 이름이 유난히 귀에 익더라니. 우연이라 하기에는 너무나 정교하고 치밀하지 않은가 말이다. 아무리 지영이라는 이름이 종로 한복판에서 소리쳐 부르면 앞서 가던 다섯 중 셋이 돌아볼 만큼 흔한 것이라 해도 그렇지. 그는 오늘 하루에 두 명의 김지영을 만났다. 이쯤 되면 우연이 아니라 필연이라고 하는 편이 옳을 터.

영대는 자신이야말로 결말을 예측할 수 없는 소설 속에 던져진 듯한 느낌이 들었다. 그렇다면 지금 이 순간에도 이 거대한 책의 페이지를 누군가 한 장씩 한 장씩 넘기고 있을까. 제 인생을 손에 쥐고 읽고 있을 미지의 존재에게 그는 묻고 싶었다.

결말은 어떻게 되나요? 두 명의 김지영과 저는 어떤 관계로 발전하게 됩니까? 행여나 그 두 명이 동일인인 것은 아니겠지요?

해답이 그 속에 있기라도 하듯 노트를 펼쳤다. 방바닥에서 올라온 냉기가 그의 엉덩이를 무자비하게 찔러 댔다. 이불로 몸을 둘둘 말았다. 벽에 베개를 세워 놓은 후 거기에 등을 기대고 앉았다.

옳지, 여기였어.

영대는 오후에 김지영을 기다리며 읽다 만 페이지를 금방 찾아냈다. 의욕보다 눈이 먼저 글줄로 덤벼들었다. 세상에 몰래 읽는 남 이야기만큼 재미있는 것도 드물리라는 것을 그는 스물다섯 나이에야 깨친 셈이었다. 본격적인 독서를 시작하기 전에 눈을 돌려 탁상시계를 보았다. 시간이 어느새 자정에 가까웠다. 춘향이와 한 이불 속으로 들어간 이 도령처럼 그는 낮게 탄식했다.

어허, 오늘 밤도 잠자기는 다 틀렸구나.

6

방 안의 짐이 점점 늘어났다. 그중에서도 가장 빨리 세를 불린 것은 책들이었다. 소장하고 있는 것만으로도 나의 지적 수준이 향상되고 인품이 고매해질 것 같은 에리히 프롬, 레비스트로스, 화이트헤드, 장자, 노자, 한비자, 앨빈 토플러 등의 저서가 내 방의 한 자리씩을 차지하게 된 것이다. 책장이 없고 그것을 장만하려는 의사도 없었으므로 나는 책들을 커튼 아래에 눕혀서 쌓아 두었다. 새로운 책이 내 방에 입주할 때마다 고향 집에 전화를 걸었다.

"그런 책은 우리 서점에 없다."

아버지와 어머니는 항상 같은 대답을 했다. 그러면 나는 안심이 되었다. 고향을 떠난 보람이 있는 것 같았다고 할까. 대학생이 된다는 건 고향에서 서점을 운영하는 부모도 모르는 책들을 하나씩 알아 가는 것인가 보다 싶었던 것이다.

내 방에 책들이 토끼 새끼 번식하듯 기하급수적으로 늘어 가고 있다는 사실은 나와 내 방밖에 몰랐다. 삼촌과 숙모는 방에 아예 들어오지를 않았으니까. 들어왔다 해도 아마 달라진 점을 파악하지 못했을 것이다.

삼촌은 말수가 적은 사람이었다. 귀가도 노상 늦었다. 그러니 나는 그와 이야기를 해 볼 기회가 거의 없었다. 회식이라도 있었는지 어쩌다 술에 취해 들어오는 날이면 삼촌은 내 방 문을 열고 이것저것 물어보기도 했다. 그래 봐야 그 질문이란 것도 빤했다.

"학교는 다닐 만해?"

"데모하는 놈들과 어울려 다니는 건 아니겠지?"

"이 집에서 지내기 불편한 건 없고?"

내 대답도 빤했다.

"네."

"아니요."

"네."

어느 날엔가는 문을 닫기 전에 방 안을 훑어보더니 학생이 무슨 옷이 이렇게 많으냐고 나를 나무라기도 했다. 숙모가 내게 떠넘긴 옷들을 보고 말이다. 이 정도면 그가 얼마나 자신의 아내에게, 조카에게, 그리고 매사에 무관심했는지 알 수 있을 것이다.

숙모는 자주 집을 비웠다. 귀가할 때는 언제나 새로운 쇼핑백을 들고 있었다. 그녀는 옷 이외의 것에는 도통 흥미가 없었다. 흥미 없음의 목록에서도 나는 아마 순위가 상위권이었을 것이다. 나를 볼 때마다 그녀는 토스트를 만들기 위해 꺼내 놓은 식빵 보듯 무심한 눈길을 주곤 했으니까.

어쨌거나 삼촌 집에서 나는 별문제 없이 잘 지냈다. 혹자는 친척 집에서 더부살이하면 사이가 껄끄러워진다는 둥, 은근히 차별 대우를 받게 된다는 둥, 서로의 추잡한 면을 속속들이 보게 된다는 둥, 관계의 어려움을 설파하곤 했으나 나의 경우에는 전혀 그렇지 않았다. 삼촌은 내게 한 번도 싫은 소리를 하지 않았고 숙모도 인상 한 번 쓴 적이 없었다. 삼촌 집은 항시 평화로웠고 안락했다. 사랑 없는 평화요, 무관심을 전제로 한 안락이긴 했지만.

바로 그게 문제였다. 평화와 안락. 나의 고민은 다른 무엇도 아닌, 토스트였다. 아침마다 하루도 거르지 않고 식빵을 먹었더니 나중에는 빵집 앞을 지나가기만 해도 식욕이 떨어졌다. 하지만 숙모에게 빵은 이제 물려서 못 먹겠노라고 말할 수가 없었다. 그건 삼촌 집의 평화와 안락을 깨뜨리는 행위였으니까. 내가 집을 나가는 수밖에. 그 시기는 의외로 빨리 찾아왔다.

5월의 끄트머리 주말, 방에 있던 나를 숙모가 불렀다.

"한 번도 안 입은 거야."

그녀가 내민 것은 등이 깊게 파인 보라색 원피스였다. 나는 그 옷을 숙모가 내게 준 레이스와 프릴과 리본과 비즈 장식이 화려한 다른 옷들 사이에 걸었다. 모두 한두 번 입다 말았거나 아예 한 번도 입은 적 없는 새 옷이요, 유명 의류 회사 제품들이었다. 내가 입을 자신은 없는데 그것들을 숙모에게 돌려줄 수도 없고 그렇다고 버릴 수도 없었다. 원치 않는 호의만큼 처치 곤란한 것도 없으리라는 생각이 들었다. 그때 퍼뜩 누군가의 얼굴이 떠올랐다. 그 옷들을 능히 소화해 낼 만한 이의 얼굴이.

학생회관 앞에서 안면을 튼 이후로 진주와 나는 날마다 붙어 다녔다. 친구가 없을 때와 있을 때의 학교생활은 완전히 달랐다. 가을 겨울만 있는 왕국에 살던 내가 그녀를 따라 봄과 여름의 경계 안으로 발을 들여놓게 된 것이었다. 나는 전에 없이 밝아지고 쾌활해지고 분주해졌다. 혼자 있을 때도 혼자 있음을 멋쩍어하지 않게 되었다. 교정에는 여전히 혼자 다니는 사람들이 많았지만 그들을 의식할 필요도 없어졌다.

진주와 나는 함께 수업을 듣고 밥을 먹고 수다를 떨었다. 함께 머리를 자르고 영화를 보고 시내의 대형 서점에서 책 구경을 하고 구두를 사러 다녔다. 하루하루가 얼마나 정신없이 지나가던지, 길어질 대로 길어진 내 손톱을 보고서야 날짜를 헤아려 볼 수 있을 정도였다.

"넌 말할 때 도치법을 자주 써."

진주가 특별한 것은 상대방을 특별하게 만들어 주는 능력 덕분이었다.

"으응, 그랬니, 내가?"

"거봐, 지금 또 썼잖아!"

그녀는 손뼉까지 쳐 가며 웃었다.

진주에게는 별것 아닌 것을 별것으로 받아들이는 재주가 있었다. 단순히 주어와 술어의 순서가 바뀌었을 뿐인데 내 말버릇이 독특하다며 재미있어하는 것만 봐도 그랬다. 그녀는 매사에 잘 웃고 잘 울며 잘 감동하고 감탄했다. 아홉 가지 단점 옆에서 용케 한 가지 장점을 찾아내 앞서의 단점들을 무화시켜 버릴 줄 아는 이가 진주였다. 예컨대 식당에서 형편없는 음식이 나오면 그녀는 말했다.

"얘, 이 그릇 정말 예쁘다, 그치?"

"국물이 따뜻해서 참 좋다."

하늘에 만날 떠 있는 흔하디흔한 구름을 보고도 말했다.

"어머, 저 구름 말이야, 피아노같이 생기지 않았니?"

우산도 없는데 맑은 하늘에서 난데없이 비가 쏟아지면 그녀는 아이처럼 들뜬 얼굴로 말했다.

"비 맞고 있으니까 꼭 어린 시절로 돌아간 기분이야."

신기한 일이었다. 아무리 초라하고 하찮은 사물이나 현

상일지라도 진주의 입김이 잠깐 스치고 진주의 눈길이 살짝 닿으면 마법의 지팡이가 건드리고 간 것처럼 아름답고 고귀하고 무언가 특별한 사연이 있는 것으로 변했다. 나는 예쁜 그릇과 따뜻한 국물과 피아노 모양의 구름과 어린 시절의 소나기를 언제나 한발 늦게, 오직 그녀를 통해서만, 보고 듣고 만질 수 있었다. 진주의 그런 점이 비단 나에게만 매력적으로 느껴졌던 건 아닐 터.

그녀는 학교 앞의 원룸에서 자취를 하고 있었다. 집이 서울에 있지만 통학하는 데 드는 엄청난 시간과 비용을 감안하면 자취를 하는 게 훨씬 경제적이라는 것이었다. 같은 서울에서 서울로 이동하는 데 두세 시간이 걸릴 수도 있다니, 서울 땅이 그렇게나 넓다는 것을 나는 그녀를 통해 알게 되었다.

숙모의 옷들을 처치할 방도가 없다는 나의 고민을 예상대로 진주는 단박에 해결해 주었다. 나는 커다란 쇼핑백에 옷들을 나눠 담아 진주의 자취방으로 가져갔다. 그녀가 욕실에서 옷들을 입어 보며 환호작약하는 동안 무심한 척 유심히 그녀의 책장을 훑어보았다. 에리히 프롬, 레비스트로스, 화이트헤드, 장자, 노자, 한비자 외에도 그새 또 새로운 인물들이 추가돼 있었다. 제러미 리프킨, 파드마 삼바바, 헬레나 노르베리호지 등 발음하기도 어려운 이름들을 머릿속에 저장하고 있을 때 책상 위의 삐삐가 울렸다. 진주가 욕실 문을 열고 고개를 내밀었다. 나는 그녀에게 삐삐를 건네주면서 순간적으로 창에 찍힌 숫자들을 읽었다.

1177155400

그것은 'I MISS YOU'의 글꼴을 숫자로 표기한 일종의 '삐삐 은어'였다. 당시 연인들 사이에 유행하던 숫자 암호 중 하나였다.

"어, 시호 오빠다!"

진주가 문고리를 놓았다. 입다 만 원피스가 그녀의 허리께에 걸쳐져 있어, 상체가 고스란히 노출되었다. 진분홍색 브래지어 컵 위로 밀려 나온 젖가슴이 뽀얗고 토실했다. 그녀가 원피스의 단추를 채우며 욕실에서 나와 전화기 쪽으로 걸어가는 모습을 나는 손 놓고 앉아 바라보기만 했다.

"괜찮아요. 지금 집이에요."

"정말요? 저 그 책 아직 안 읽었는데."

"네. 그럼 월요일에 뵐게요."

기대와 달리 진주의 어조는 심드렁했고 통화 내용도 일상적인 것이었다.

"너 다음 주에 토론할 책 읽었니?"

하지만 나는 그녀의 질문이 귀에 들어오지 않았다. 시호 오빠라니. 그 달짝지근한 '니가 보고 싶어.' 메시지를 진주에게 타전한 것이 그였다니. 두 사람은 물론 아무 관계도 아니었다. 그건 동아리 사람들 누구나 다 알았다. 그는 단지 친밀감의 표현으로 그런 숫자를 남긴 것일 테지만 그의 성격에는 그만한 것도 대단한 일이었다. 진주는 대체 그와 언제 그렇게 친해진 것일까.

시호 오빠를 알게 된 것은 황무지에서였다. 황무지는 독서 토론 동아리였다. 일주일에 한 권씩 인문학 서적을 읽고 그것에 대해 의견을 나누는 곳이었다. 진주와 나는 그곳의 신입 회원 두 명 중의 두 명이었다. 얼떨결에 진주를 따라갔던 나는 얼떨결에 가입을 해 버리고 말았던 것이다. 선배들은 두 명의 신입 회원들에게 내다 팔아도 될 만큼 넘치는 애정을 쏟아부었다. 특히 진주에게 그랬다. 그럴 만도 했다. 그녀는 선배가 후배에게 바라는 모든 것을 갖춘 아이였으니까. 성실하고 예의 바른 데다 영민하기까지 해서, 나는 당최 알아듣지도 못하는 선배들끼리의 대화를 그녀는 척척 이해했다.

"종로에서 아이에스 애들 잡혀갔다던데."

"특별법 제정만 해도 문제가 많아."

"피디니 엔엘이니 따지는 게 더 웃겨."

나는 뒤에서 진주에게 물어보기 바빴다. 아이에스가 뭐니? 특별법은 또 뭐고? 피디랑 엔엘은 무슨 소리야? 왜 선배들은 내가 알아들을 수 없는 얘기만 하는 거니…….

나로 말하자면, 마지못해 동아리 활동을 하는 수준이었다. 선배들이 읽어 오라는 책은 늘 너무 어려웠다. 읽는 거야 간신히 읽는다 해도 그 내용에 대한 의견을 조리 정연하게 발표할 재주가 내게는 없었다. 선배들이 격정적으로 토론에 임할 때 나는 탁자의 한 귀퉁이를 차지하고 앉아 속으로 어서 시간이 가기만을 고대했다. 그러니 몸은 동아리방 안에 있어도 정신은 언제나 안으로 들어가지 못하고 자학과 열등감의 문턱에서 서성였다. 그런데도 내가 꾸준히 그곳을 드나들었던 것은 귀동냥의 매력 때문이었다. 선배들이 읽으라는 책의 목록과 그들이 주고받는 이야기는 나의 지적 허영과 갈망을 채워 주었다. 나는 똑똑해지고 싶었다. 하지만 책 읽고 토론하는 것은 내키지 않았다. 말하자면 발을 적시지 않고 강을 건너고 싶었던 것이다. 내 꿈이 너무나 뻔뻔하다는 것에, 그리고 알량하다는 것에, 나는 무시로 수치심을 느꼈다. 그 수치심을 잊고자 닥치는 대로 책을 샀다. 고향 집 서점에는 없는 책들을, 읽지도 않고 쌓아 두기만 할 책들을 말이다.

그러던 차에 나타난 사람이 시호 오빠였다. 복학생이었던 그는 나보다 세 학번이 높았다. 제대한 지 얼마 안 되어 머리카락이 아주 짧았다. 체격이 다부지고 피부가 검은 데다 얼굴형도 사각이라 그는 웃고 있어도 딱딱한 인상을 주는 사람이었다. 아니나 다를까, 별명이 '히드'라고 했다. 그것이 북파 공작원을 뜻하는 '에이치아이디(HID)'를 발음대로 읽은 것이었음을 나는 뒤늦게 알았다. 별명에서도 짐작할 수 있듯 범접하기 어려워 보이는 외모를 가진 그를 동아리방에서 처음 만났을 때, 진주는 조금도 어려워하는 기색 없이 감탄사를 내질렀다.

"와아, 어쩜 인중이 그렇게 깊고 또렷해요? 꼭 시냇물 같아요."

세상에 어떤 남자가 귀여운 여자 후배에게서 자신의 외모에 대해 그런 창의적이고도 사랑스러운 평가를 받고 감동하지 않을 수 있겠는가. 그러나 그는 아무 반응을 보이지 않았다. 나는 진주의 전매특허, 별것 아닌 데서 별것을 찾아내는 재주가 철저히 무시당했다는 것이 불쾌하다기보다 상쾌했다. 처음 있는 일이었던 것이다. 뜻밖에도 그는 진주가 아니라 그녀 옆에 있던 나에게 말을 걸었다.

"너 노래 잘 부르니?"

"네? 노래요?"

그는 제대로 알아들었으면서 왜 반문하느냐는 듯 나를 노려보았다. 눈빛이 날카롭고 형형한 것이 내가 뭘 잘못했나 싶어 가슴이 오그라들었다.

"아뇨. 잘 부르진 않고…… 그냥 보통인데요."

그러자 시호 오빠는 자신이 언제 뭘 물어본 적이 있기나 하냐는 듯 쌀쌀맞은 표정으로 우리를 지나쳐 동아리방을 나가 버렸다. 그게 끝이었다.

나는 두고두고 그의 질문을 곱씹어 보았다. 노래를 잘

부르느냐니, 그건 왜 물어보았을까. 이유를 짐작할 수가 없었다. 나중에 친해지면 물어볼 작정이었으나 친해질 기회는 좀처럼 오지 않았다. 볼 때마다 인상을 쓰고 있는 그에게 나는 인사를 건네는 것도 어려웠으니까.

그런데 진주는 그렇지 않았던가 보다. 전설의 히드 시호 오빠 같은 사람도 결국은 굴복시킨 그녀의 친화력이라니.

"나 어때, 괜찮니?"

숙모의 옷이었던 보라색 원피스는 진주에게 아주 잘 어울렸다. 등이 파인 그 옷을 입은 채로 그녀는 나를 위해 밥상을 차려 주었다. 그리고 저녁 식사를 하는 동안 몇 차례 더 삐삐의 음성메시지를 확인했다. 텔레비전에서 9시 뉴스가 시작되었다. 나는 집에 갈 채비를 했다.

"황무지 선배들이 술 마시자는데. 너도 같이 가자."

"황무지 선배들 누구?"

"응, 시호 오빠랑…… 몇 명 더 있나 봐."

"난 늦었는데 집에 가야지. 삼촌이 걱정하실 거야."

진주는 나를 물끄러미 바라보았다.

"너도 학교 앞에 살면 좋을 텐데."

나는 웃으며 그녀에게 보라색이 참 잘 어울린다고 한 번더 말해 주었다.

버스 정류장에 서서 내 삐삐를 들여다보았다. no page. 그것은 하루 종일 한 번도 울리지 않았다. 정류장 건너편에 학교 정문이 보였다. 황무지 선배들이 나에게 술 마시자고 호출을 하지 않은 것은 아마도 내 집이 너무 먼 곳에 있기 때문이리라. 그들은 대부분 학교 앞에서 자취를 하고 있었으니까. 버스가 도착했다. 나는 문득 그들과 같은 날씨의 영향을 받는 곳에서 살고 싶었다. 같은 우편번호를 쓰고 같은 동사무소 직인이 찍힌 주민등록증을 갖고 싶었다. 욕망이 너무 구체적이어서, 더는 아침마다 토스트를 먹지 못하겠다는 몸의 반응만큼이나 강렬해서, 나는 버스를 타기가 싫었다.

삼촌 부부는 반대하지 않았다. 하숙을 하겠다는 나의 선언에 제동을 건 것은 고향 집의 어머니 아버지였다. 그들은 월 40만 원의 하숙비보다도 내가 아무 연고도 없는 사람들과 한집에서 살아야 한다는 것을 더 염려했다. 여학생 전용 하숙집을 구하고 하루에 한 번씩 집에 전화하겠다는 조건을 걸고야 겨우 승낙을 받을 수 있었다.

닥치는 대로 사들인 책들 때문에 전보다 한결 좁게 느껴지는 나의 스무 살 시절 첫 번째 방에게 작별을 고했다.

"그동안 고마웠어. 안녕."

나프탈렌 냄새와도 안녕, 하루에 꼭 두 개씩만 생산되던 하품 토스트와도 안녕.

그곳을 떠나기 직전에 나는 다용도실 벽에서 우리별 1호의 사진이 박힌 달력을 몰래 떼어 냈다. 매사에 무심한 삼촌 부부는 그런 달력이 집에 있었는지조차 몰랐을 것이므로, 그것을 훔치면서도 아무런 죄책감이 들지 않았다.

나의 두 번째 방은 학교 후문 근처의 하숙방이었다. 그곳은 진주의 자취방에서 걸어서 3분 거리에 있었다. 나를 포함하여 하숙생은 모두 다섯 명. 하숙집 건물은 2층 양옥이었다. 1층은 하숙생들이 쓰고 2층은 주인집이 썼다.

1층의 욕실에 처음 들어갔을 때 나는 기겁을 했다. 목욕 바구니가 색깔별로 네 개나 있었던 것이다. 비누 네 개, 치약 네 개, 샴푸와 린스와 폼 클렌저도 네 개, 때수건도 네 개. 어쩐 일인지 칫솔은 다섯 개. 욕실도 좁은데 각자의 세면용품을 죄 늘어놓을 게 아니라 하숙생들이 매달 일정액을 갹출하여 그 돈으로 공용 세면용품을 장만하는 게 어떨지 밥 먹는 자리에서 의견을 내 봐야겠다고 생각했다. 하지만 막상 식사 시간이 되자 나는 묵묵히 밥만 먹었다. 식탁 위의 풍경이 나를 압도했기 때문이다. 뭐든 다 네 개였다. 밥그릇과 국그릇 외에도 김치 네 보시기, 생선 네 토막, 동그랑땡 네 접시, 간장 네 종지. 주인아주머니가 나를 위해 다섯 번째 김치와 생선과 동그랑땡과 간장, 밥과 국을 챙기는 것을 보고 나는 이 세계를 개혁해야겠다는 꿈을 접었다. 이럴 바에야 식판을 쓰는 게 낫지 않겠느냐는 의견도 속으로 삼키고 말았다.

또 하나 이색적이었던 것은 식사 시간을 공지하는 방식이었다. 하숙생들은 하루에 두 번 아침 7시와 저녁 6시에 밥을 먹으러 2층의 주방으로 올라가야 했는데, 주인아주머니는 식사 시간이 되면 항상 종을 쳤다. 그 종이 어떻게 생겼고 2층의 어느 장소에 있는지는 하숙생 누구도 알지 못했다. 그러나 소리 하나는 대단히 크고 우렁차서 하숙생들은 각자 방에서 어떤 일을 하던 중이라 해도 종이 울리면 그것을 놓치는 법이 없었다. 나 역시 방에서 책을 읽거나 음악을 듣다가도 종소리가 들리면 만사 제쳐 두고 냉큼 2층으로 내달렸다.

그런데 그 습관이란 게 참 무서운 것이었다. 하숙을 시작한 지 보름쯤 지나자 나는 조건반사 실험에 쓰였던 파블로프의 개를 온몸으로 이해하게 되었다. 배가 고플 때쯤 종소리가 들리는 게 아니라, 배가 고프지 않을 때에도 종이 울리면 갑자기 배가 고파지는 게 아닌가. 심지어는 종일 종소리만 기다리게 되고 행여나 종이 제때 울리지 않으면 안절부절못하는 증상까지 생겼다. 만물의 영장으로서 나는 조건반사 실험의 대상 동물과 동격이 되었다는 사실에 퍽이나 자존심이 상했다. 그래서 나중에는 종소리를 듣고도 일부러 10분쯤 미적거리다 2층으로 올라가고, 식탁에 앉아서도 마지못해 먹는 시늉을 하고는 했다.

한번은 방에서 너무 오래 능장을 부리다 2층에 갔더니

다들 식사를 마치고 흩어졌는지 식탁에 아무도 없었다. 주인아주머니가 나를 위해 찌개를 다시 데워 주었다.

"아주머니, 종은 대체 어디에 있는 거예요?"

그때 국자를 든 채 뒤를 돌아보던 아주머니의 모습이란. 내가 몸무게나 아이큐를 물어본 것도 아닌데 그녀는 지극히 사적인 영역을 침범당한 것마냥 얼굴을 붉히고 있었다. 도리어 내가 당황해서 아무 말 안 했다는 듯 시치미를 떼고 밥공기에 얼굴을 박아야 했다. 대답은 끝내 듣지 못했다.

그 종은 어디에 있었을까.

그리고 말이다. 하루에 두 번씩 정해진 시간에 어김없이 종소리를 듣는 사람이야 그렇다 치고, 그 종을 매번 쳐야만 하는 사람의 마음은 또 어떤 것이었을까. 그녀가 체득한 조건반사란 어떤 것이었을지, 나중에야 그런 것이 궁금해졌다.

현란한 색상의 목욕 바구니들이 늘어서 있는 욕실과 아침저녁으로 하숙생들을 길들이는 밥 종소리에 대해 들려주었을 때, 진주는 배를 잡고 웃었다. 우리는 한동네에 살게 된 후로 더욱 붙어 다녔다. 주말이면 그녀의 자취방에서 살다시피 하며 함께 리포트를 작성하고 책을 읽고 텔레비전을 보았다. 그러다 황무지 선배들이 술자리로 불러내면 얼른 달려 나갔다. 학교 앞에서 살게 되자 내 삐삐도 심심찮게 울리기 시작했다. 물론 1177155400이나 1010235, 0404 따위의 낯간지러운 의미가 담긴 숫자들은 찍히지 않았지만. 선배들을 만나 봐야 술 마시고 노래방에 가는 것 외에 달리 할 일이 없는데도 우리는 만날 때마다 뭔가 새로운 일이 생길 것처럼 잔뜩 들뜨고는 했다.

시호 오빠를 다시 만난 것도 노래방에서였다. 룸 안에는 나와 진주와 우리보다 한 학번 위의 선배 둘, 이렇게 네 사람밖에 없었다. 그런데 반주 기기 앞에 서서 노래를 부르다가 뒤를 돌아보았더니 언제 왔는지 시호 오빠가 구석에 앉아 있는 것 아닌가. 내가 마이크를 켠 채로 머리를 숙여 보이는데, 그는 인사를 받지도 않고 나를 쳐다보기만 했다. 노래가 끝나고 나는 그에게서 조금 떨어진 자리에 가 앉았다. 그런데 그가 내 바로 옆자리로 다가왔다. 그러고는 반주 소리로 시끄러운 와중에 내 귓가에 얼굴을 바싹 붙이고 고함을 쳤다.

"너, 목소리가 정말 딱이다!"

내 목소리가 뭐에 딱이라는 건지는 그로부터 며칠 후에 알게 되었다. 나는 그와 동아리방에서 마주 보고 앉아 있었다. 그가 기타를 둘러멘 모습을 보기는 처음이었다. 그가 나를 동아리방으로 불러낸 것도 물론 처음이었다.

"너는 말이야, 데모에 전혀 관심 없는 학우들까지도 당장 거리로 내몰 수 있는 목소리를 가지고 있어."

"네? 그게 무슨 뜻이에요?"

그는 가방에서 악보들을 꺼내 보면대에 올려놓았다.

"목소리에 호소력이 있다는 얘기야."

그는 기타를 치며 노래를 부르기 시작했다. 소문대로 노래 솜씨가 출중했다. 그는 민중가요들을 연달아 불렀다. 황무지 선배들이 부르는 것도 가끔 들었고, 이런저런 교내 행사에서도 여러 번 들었지만, 그런 노래들을 작정하고 앉아서 경청해 보기는 처음이었다. 가사가 아주 무시무시했다.

"피맺힌 가슴 분노가 되어…… 백골단 구사대 몰아쳐도 꺾어 버리고…… 망치 되어 죽창 되어 적들의 총칼 가로막아도 우리는 기필코 가리라."

"지긋지긋한 미제와 청와대 독재를 불사르고…… 미쳐 날뛰는 적들의 공권력을 산산이 쳐부수며 동지여, 자 이제 출정이다!"

"복수의 빛나는 총탄으로 이제 고인 눈물을 닦아 다오…… 피비린 전사의 못다 한 길을…… 피눈물 갈라 흐르는 내 길을 가리라."

노래마다 그놈의 붉은 피와 동지와 총칼은 왜 그리 자주 나오는지. 그때만 해도 나는 얼마 안 있어 내가 바로 그 붉은 피와 동지와 총칼을 입에 달고 살게 될 줄은 짐작도 하지 못했다. 기타 소리가 멎었다. 시호 오빠가 말했다.

"자, 어디 한번 따라 불러 봐."

내가 어쩌자고 그가 시키는 대로 노래를 따라 불렀는지 나도 잘 모르겠다. 이전부터 민중가요에 관심이 있었던 것도 아니고 노래 부르기를 좋아했던 것도 아닌데. 내가 어설프게 한 곡 한 곡을 끝낼 때마다 그는 소리쳤다.

"좋았어! 그렇게 하는 거야. 아주 잘했어!"

"들으면 들을수록 전율이 이는구나."

"넌 목소리가 정말 예술이야!"

나는 한 번도 내 목소리가 좋다거나 호소력이 있다거나 특별하다고 여겨 본 적이 없었다. 나에게 그런 말을 들려준 사람도 없었고. 오히려 여자치고는 심하게 낮고 탁한 목소리라는 것에 일말의 콤플렉스까지 가지고 있었다. 하지만 시호 오빠가 특별하다고 말해 주자 내 목소리는 남다른 호소력을 지닌 정말로 특별한 것이 되어 버렸다. 그것은 대단한 발견이었고 변화였다. 아마 그래서 열심히 노래를 따라 불렀던 것이리라. 보잘것없는 내 목소리에서 미덕을 발견해 준 사람을 실망시키고 싶지 않아서.

그렇게 시작되었다, 우리의 관계는. 그날 이후로 나는 언제라도 시호 오빠가 부르면 쪼르르 달려가 그의 옆에 앉았다. 그가 기타를 치는 모습을 익숙한 눈길로 바라보면서 그가 '딱'이라고 명명해 준 내 목소리를 목청으로부터 마음껏 해방시켰다.

"먼 훗날 노동 해방의 그날은 반동의 피로 붉게 도색하라…… 해방의 찬란한 길목에서 불꽃으로 타오르라……."

"구속 수배에 백골단 폭력에 육해공군 상륙작전 전쟁 선포에 이제 우리의 선택은 하나다. 죽느냐, 민중 권력 쟁취하느냐!"

"반역의 피 맺힌 반도의 땅에…… 최루탄 군홧발에 울고 있구나…… 독재에 쪽발이 양키에 난자당한 이 산하에 건설하리라…… 철폐, 국가보안법!"

나는 하숙방에 돌아와서도 민중가요를 테이프로 들었다. 가사집을 구해서 노래 가사를 외웠다. 예전에는 거들떠보지도 않았던 각종 시위들을 관심 있게 지켜보게 되었다. 시위대가 가두 행진을 벌이기 전 교정에서 출정식을 하며 투쟁가를 틀어 놓으면 나도 모르게 입속으로 '아지'까지 따라 외치는 수준에 이르렀다.

시호 오빠와 함께 있는 시간이 점점 늘어났다. 동아리 방에 들르는 횟수도 점점 많아졌다. 예전에는 선배들이 오고 하니 안 갈 수 없어 갔던 곳을 이제는 그와 노래를 부르기 위해 자발적으로 찾게 되었으니, 바야흐로 문턱에서 문 안으로 들어선 것이었다. 신통하게도 그러면서 나는 책에도 실제로 흥미를 붙이게 되었다. 특히 나를 매혹시킨 것은 문학책들이었다. 마르케스와 미시마 유키오와 잭 런던과 카뮈 등을 탐독하며 나는 충격과 감동, 좌절과 열락을 번갈아 경험했다. 그것을 공유할 만한 이가 동아리 내에 없다는 것이 안타까울 뿐이었다. 그러나 문학에 별 관심이 없음에도 시호 오빠는 내 이야기를 성심껏 들어주었다. 그는 평소에는 무표정하다가도 나와 함께 있을 때면 자주 웃었다. 가끔은 커다란 손으로 내 머리를 쓰다듬거나 마구 헝클어 놓기도 했다. 나는 왜 그러냐고 짐짓 화를 내면서 속으로는 그 순간이 까무러치게 좋았다. 그는 밥과 술 외에 주전부리를 즐기지 않았으나 천하장사 소시지만은 무척 좋아했다. 또한 기타를 치다가 연주에 몰입하면 아랫입술을 힘껏 깨물었는데 그럴 때마다 시냇물 같은 인중이 따라 구겨졌다. 예전에는 미처 몰랐던 그의 소소한 면면들을 하나씩 알아 간다는 것이 나는 기뻤다.

"지영이 너 너무 열심히 하는 거 아니냐?"

"형, 이참에 아예 민가 듀엣을 결성하지 그래요?"

"혹시 둘이 어느 날 여기 탈퇴하고 노래패 가입하는 거 아냐?"

선배들은 때때로 우리를 놀렸다. 진주도 동조한다는 듯 옆에서 배시시 웃었다. 그들을 바라보며 나 역시 웃고 있음을 알 수 있었다. 이런 게 행복이라는 것일까. 이런 게 대학 생활이라는 것일까. 이런 게 스무 살 시절이라는 것일까. 그즈음 내가 가장 많이 한 생각은 그런 것들이었다.

가을 대동제가 코앞으로 다가왔다. 황무지는 '세기의 지성인 열전'이라는 주제로 인물 전시회를 준비했다. 우리는 동아리방에 모여 앉아 니체, 사르트르, 공자, 장자, 정약용 등의 초상을 확대 출력하고 그들이 남긴 명문(名文)을 포스터 물감과 매직으로 패널에 옮겨 썼다. 나는 비트겐슈타인을 맡았다. 밤늦게까지 아르바이트가 있는 날이라 불참한 진주 대신 시호 오빠가 팔을 걷어붙이고 나를 도와주었다.

"이 사람 책은 몇 번을 읽어도 무슨 소린지 잘 모르겠어요. 진주는 웬만큼 이해하는 것 같던데. 오빠도 다 이해하시죠?"

시호 오빠는 딴소리를 했다.

"넌 왜 만날 진주 얘기만 하니?"

"제가 그랬나요? 그야 진주와 친하니까……."

"진주는 참 복도 많다, 너 같은 친구를 둬서."

"……."

세상에서 그보다 더 감동적인 말은 들어 본 적이 없는 것 같았다. 나는 자바라 물통에 붓을 넣어 헹구었다.

"눈이 아름다운 것을 보면 손이 그것을 그리고 싶어 한다."

"네?"

"비트겐슈타인이 한 말이야."

그가 씩 웃으며 손으로 내 머리를 마구 헝클어뜨렸다. 나는 화를 내지 않았다. 물통 속에서 붉은색 물감이 버섯구름 모양으로 부풀어 오르며 아래로 퍼져 나갔다. 이상했다. 풀 수 없는 시험 문제를 대했을 때처럼 갑자기 막막한 기분이 들었던 것이다.

하숙방으로 돌아왔다. 샤워를 하려고 옷을 벗다가 셔츠의 소맷부리에 웬 얼룩이 묻어 있는 것을 발견했다. 단추만 한 크기의 붉은 얼룩. 순간적으로 피인 줄 알고 가슴이 철렁 내려앉았다. 그것은 물감이었다. 피가 아니라는 것을 알고 나서도 가슴의 두근거림은 잦아들지 않았다. 시호 오빠의 손길에 헝클어진 것이 내 머리카락만은 아니었기 때문일까. 나는 다섯 개의 목욕 바구니 중에서 능숙하게 내 것을 찾아 빨랫비누를 꺼냈다. 소매의 얼룩이 지워지는 동안 가슴속에 하나의 문장이 천천히 새겨지는 것을 그냥 내버려 두었다. 빨래를 끝내고 다시 하숙방을 나선 것은 한밤중이었다. 가슴속 문장을 누구에게라도 토로하지 않으면 잠을 잘 수 없을 것 같았던 것이다.

진주는 막 귀가한 참이었다. 그녀가 나를 위해 커피 물을 끓이는 동안 나는 버릇대로 책장을 둘러보았다. 문학에 관심을 갖게 되니 그녀의 책장에서도 문학책들이 먼저 눈에 들어왔다. 대학가 집집마다 전화번호부처럼 한 권씩은 꼭 있던 『상실의 시대』를 지나 국문학도들 사이에서는 열 권짜리 한 질을 다 갖추는 게 유행이라던 『태백산맥』을 넘어 이곳저곳을 유영하던 내 눈이 책장 위에 놓인 그림한 장에 가닿았다. 그것은 누가 그렸는지 모를 한 여자의 캐리커처였다.

"이건 무슨 그림이야?"

그림에 아무 서명도 되어 있지 않았지만 나는 그것을 그린 이가 누구인지 알 것 같았다. 모델과 전혀 닮지 않았지만 그림 속의 여자가 누구인지도 알 것 같았다. 그런 건 그냥 알 수 있는 거니까. 다만 확인해 보고 싶었을 뿐. 진주는 난처한 표정을 짓더니 결국 제 입으로 털어놓았다.

"시호 오빠가 나를 좋아하나 봐."

주어와 목적어가 바뀌었지만 그것은 내가 그녀에게 하려던 말이었다. 나 시호 오빠를 좋아하나 봐. 오갈 데 없어진 그 문장을 나는 가슴속에서 재빨리 구겨 버렸다. 그림을 제자리에 내려놓았다. 쥐며느리 한 마리가 책장 위를 기어가고 있었다.

"눈이 아름다운 것을 보면 손이 그것을 그리고 싶어 한다."

"응?"

"비트겐슈타인이 한 말이래."

눈물이 찔끔 나왔다. 그 밤에 내가 왜 그녀를 찾아왔는지에 대해 뭐라고 둘러댔는지는 기억이 나지 않는다. 기억할 수 있는 것은 진주가 시호 오빠에게 인중이 시냇물 같다고 말했던 순간부터, 즉 처음 만났던 순간부터, 그가 그녀를 좋아했다는 사실이다. 그러니까 나한테 노래를 잘 부르냐고 묻기 전부터, 내 머리를 쓰다듬어 주기 훨씬 전부터 말이다. 나는 쥐며느리처럼 작아지고 싶었다. 조그만 몸을 둥글게 말고 죽은 척이라도 하고 싶었다. 그냥 아무 것도 아니고 싶었다.

하지만 나는 아무것이었다. 그래서 이튿날에도 학교에 갔다. 시호 오빠는 아무 일도 없었다는 듯이 외쳤다.

"지영아, 우리 노래 부르자!"

"넌 말이야, 목소리가 완전히 전사야, 여전사!"

"내가 진짜 니 노래 듣는 맛에 학교 다닌다."

나 역시 아무 일도 없었다는 듯이 그의 옆에 앉았다. 예전처럼 웃고 떠들고 노래했다. 그러나 노래가 끝나면 예전처럼 동아리방에서 미적거리는 일 없이 곧장 귀가했다.

피 묻은 깃발과 적들의 총칼과 죽음을 함께하는 동지들 없이는 그에게 아무 의미도 될 수 없다니. 좋아하는 남자와 할 수 있는 것이 고작 그런 과격한 노래를 부르는 것밖에 없다니. 내 친구와 사귀게 될지도 모르므로 이제는 좋아할 수도 없다니. 수천수만의 청년 학도에게 호소력 있는 목소리를 가졌다 한들 그게 무슨 소용인가. 좋아하는 단한 명의 남자에게는 아무 호소도 하지 못하는 것을.

나는 하숙방 구석에 쪼그리고 앉아 무릎에 얼굴을 묻었다. 내 속도 모르고 6시가 되자 2층에서 종이 울렸다. 유난히 길고 처량하게 들리는 종소리였다.

7

영대는 새벽마다 추워서 잠을 설쳤다. 요 밑으로 손을 넣으면 방바닥에서 한기가 아니라 살기가 올라오는 것 같았다. 가진 옷들을 죄 껴입어 모양새가 미쉐린 타이어의 캐릭터같이 퉁퉁해졌는데도 살기를 띤 한기는 악마의 입김처럼 집요하게 그의 옷깃을 파고들었다.

히터를 살까, 말까.

그는 5분에 한 번씩 결심했다. 사지 말자. 히터 사 봐야 들여놓을 공간도 없다. 겨울은 곧 지나갈 것이다. 그러나 5분 후 결심은 바뀌었다. 사자. 그거 들여놓을 자리 하나 못 만들겠는가. 당장 추워서 죽을 것 같은데. 계절은 금방 가도 하루는 길디긴 것을, 대체 언제 겨울 가기를 기다린 단 말인가.

그것 말고도 고민은 또 있었다. 새로운 거처에 적응하면서 그의 생체 시계는 본래의 리듬을 되찾았다. 아침 10시만 되면 배 속에서 신호가 오기 시작한 것이다. 문제는 당장 똥 눌 곳이 없다는 것. 걸어서 10분 거리에 있는 신촌역까지 나가서 볼일을 해결하는 것도 한두 번이었다. 마당의 공용 화장실을 청소해 볼까 하는 생각도 해 보긴 했다. 그러나 승객이 터미널 화장실 청소하는 거 봤나. 더러우면 침 뱉고 나가면 그만이지. 이곳은 그가 영영 살 곳이 아니었다. 터미널처럼 잠깐 머물렀다 떠날 곳이었다.

그래서 영대는 매일 아르바이트 자리를 구하러 다녔다. 오전 10시의 화장실을 안정적으로 장기적으로 제공받기 위해서. 물론 돈이 궁하다는 것도 큰 이유였다. 집을 나올 때 가지고 있었던 20만 원 중에서 현재 그의 수중에 남은 돈은 겨우 5만 원. 휴대폰 요금이야 부모님 통장에서 자동이체되겠지만 인터넷 사용료와 전기세, 수도세, 가스비는 그가 내야 했다. 5만 원으로는 어림도 없었다.

"대졸자만 지원 가능합니다."

"자격증은 갖고 계신가요?"

"알바 시작하기 전에 보증금부터 내셔야 합니다."

영대의 아르바이트 불합격 사유들을 모아 놓으면 그대로 허생전의 한 장면이 될 터였다. 허생 부인의 지적대로 학력도 모자라고 기술도 배우지 않았고 밑천도 없는 이가 할 수 있는 일은 정녕 도둑질뿐일까.

세상은 넓고 할 일은 많다지만 영대의 세상은 좁고 그가 할 일은 적었다. 물론 이게 다 사서 하는 고생이긴 했다. 그는 원하면 언제든 돌아갈 수 있었다. 깨끗한 화장실과 따뜻한 방과 풍요로운 주방이 있고 용돈 주시는 부모님이 있는, 그러므로 이렇게 아르바이트 자리 구하러 발품 팔 필요도 없는 진짜 집으로. 하지만 그렇기 때문에 더더욱 마음을 다잡아야 했다. 지금의 이 어설픈 독립은 그가 자신의 의지에 따라 행동한 최초의 사건 아닌가. 여기서 포기한다면 예전과 똑같이 남의 말만 좇으며 살게 될 것이었다. 그는 신이 아무 계획도 없이 저를 창조하지는 않았으리라 생각했다. 그가 세상에 태어나야만 했던 필연적인 이유가 분명히 있을 것이라 믿었다.

솔직히 내가 부족한 게 뭐 있나? 나에게는 부모가 있다. 형도 있다. 집안 경제력도 아파트에 자가용 있고 빚 없으니 꿀릴 거 없다. 나는 젊다. 오장육부 탈 없고 사지 멀쩡하며 군 복무도 현역으로 마쳤다. 외모? 얼굴 때문에 불이익을 당하진 않는다. 솔직히 여자들에게서 귀엽게 생겼다는 말도 종종 듣는다. 키도 180…… 사사오입하면 그렇다는 거다. 우리 학교는 입시 면접 때 교수한테 욕만 안 하면 합격이라는 소문이 있긴 하나 그래도 서울에 있는 4년제 대학이다. 나는 학점도 평균은 된다. 토익 점수도 500은 넘는

다. 운동신경도 괜찮은 편이고 또…….

한숨이 나왔다. 자신의 장점을 스스로 꼽아 가며 위안을 얻어야 한다면 그야말로 진짜 별 볼일 없는 인간 아니겠는가. 그는 어쩐지 스물다섯 해를 잘못 살아온 것만 같았다. 어떻게 사는 것이 잘 사는 것인지는 모른다. 그저 남들에게 욕먹지 않기 위해서 남들이 하라는 대로 했을 뿐이다. 그랬는데 왜 이제 와서 주관도 없고 줏대도 없다고 욕을 먹어야 하는가. 영대는 지금의 이 삶이 진짜 삶이 아닌 것 같았다. 진짜 삶이 이렇게 허술하고 초라할 리 없었다. 단 한 번뿐인 인생이지 않은가.

이와 비슷한 생각을 예전에도 한 적이 있었다. 정확히 말하면 다른 사람이 그런 생각을 하는 것을 옆에서 지켜본 적이 있었다. 수년 전, 고등학교 때 수학여행지에서였다.

경주 불국사 근처의 여관은 방마다 덜 마른 행주를 널어놓은 듯 퀴퀴한 냄새가 났다. 벽지는 곰팡이에 찌들었고 장판은 끈적끈적했다. 보풀투성이에 솜이 한데 뭉친 이불도 가관이었지만 압권은 베개였다. 육이오 때 빨고 다시는 안 빨았을 것 같은 베갯잇은 때가 시커멓게 끼다 못해 앞뒤가 분간 안 될 지경이었던 것이다. 그래도 좋다고 친구들은 그 유서 깊은 베개를 던지고 받고 악다구니를 쓰며 뛰어다녔다. 해방을 외치며 맥주를 마시고 음악을 크게 틀어 놓고 춤을 추었다. 영대는 방을 빠져나왔다. 여관의 뒷

마당으로 갔다. 아무도 없을 줄 알았는데 웬걸, 화단에 누군가 앉아 있었다. 정환이었다. 부동의 전교 1등이자 당시 영대의 짝.

"너 여기서 뭐 하냐?"

그의 옆으로 가 앉았다. 정환이 멋쩍게 웃었다.

"그냥, 바람 쐬고 있었어. 넌 왜 나왔어?"

"어, 나도 그냥, 시끄럽고…… 답답해서."

영대는 정환이 화단에 떨어져 있던 빈 캔을 줍는 것을 보았다. 과연 그는 표창장 속의 문구들로 빚어진 녀석이었다. 왜 그런 거 있잖은가. 위 학생은 평소 품행이 방정하고 성적이 우수하여 타의 모범이 되므로 운운. 누구도 정환이 뛰어다니거나 욕을 하거나 크게 소리 내어 웃는 모습을 본 적이 없었다. 그는 갓만 안 썼지 점잖기가 사대부 선비나 다름없었던 것이다. 언젠가 학교에서의 그 일이 없었다면 아마 영대도 녀석에게서 마음의 거리를 좁히지 못했으리라.

중간고사 성적표가 나온 직후였다.

"중간고사 수학 점수가 잘 나왔다고 꼭 수학을 잘하는 건 아니잖아?"

통 말이 없던 정환이 혼잣말하듯 중얼거렸다. 영대는 성의 없이 되물었다.

"그게 무슨 소리야?"

"내 말은, 수능 점수는 나쁜데 내신만 잘 나올 수도 있다는 거야."

"응, 그야 그렇지."

"그런데 중간고사 점수만 갖고 애들이 나더러 수학 천재
라잖아. 진짜 중요한 건 수능 점수인데 말이야."

정환의 목소리는 침울했다. 전교 1등에게도 성적에 대
한 고민은 있는 법. 평소 그가 수능 수리 영역 점수가 저
조하다고 고민해 왔음을 영대도 모르지 않았다. 아이들의
칭찬이 조롱으로 들렸을 수도 있으리라. 영대는 그의 편이
되어 줄 심산으로 물었다.

"중간고사 몇 점 맞았는데?"

"100점."

순간 영대는 저도 모르게 그의 뒤통수를 후려갈겼다.

"이 씨발놈아, 너 딴 애들한텐 이 얘기 하지 마라."

그래 놓고는 영대도 놀라고 정환도 놀랐다. 둘은 장난으
로라도 욕을 주고받거나 뒤통수를 때리고 맞는 사이가 아
니었기 때문이다. 그러나 굳어 있던 표정을 풀면서 정환이
먼저 웃음을 터뜨렸다. 얼떨결에 따라 웃으면서 영대는 이
녀석도 소리 내어 웃는구나, 이 녀석과 친해질 수도 있겠
구나, 하는 느낌을 받았다. 둘이 가까워진 것은 그때부터
였다.

정환은 공부만 열심히 한 것이 아니었다. 조례 시간에
는 조례에, 청소 시간에는 청소에, 특활 시간에는 특활에

최선을 다했다. 아침마다 다림질도 하고 오는지 그의 교복 바지는 늘 손대면 베일 듯 주름이 서 있었다. 단화에도 흙 한 점 묻어 있지 않았다. 그는 지폐의 귀퉁이가 구겨지거나 접혀 있으면 손가락으로 반듯하게 폈다. 학교 전산실의 컴퓨터 선들이 엉켜 있으면 일일이 풀어 정리했다. 급식을 먹을 때도 밥풀 한 알 흘리지 않았고 실내로 들어가느라 신을 벗을 때는 항상 신발 코가 바깥쪽으로 향하도록 돌려놓았다. 친구들은 엘리트 집안의 자식은 역시 다르다고, 가정교육을 엄격하게 받은 표가 난다고 쑥덕거리곤 했다.

소문이 분분했으나 정환의 집안에 대해서는 영대도 아는 게 없었다. 알고 싶은 마음도 없었다. 공부 잘하는 놈은 뭐가 달라도 다르다는 것을 그를 보며 느꼈을 뿐이다. 한번은 그에게 생물 노트를 빌려 달라고 한 적이 있었다. 정환은 노트를 건네주며 자신이 요새 한문 공부에 주력하고 있다고 했다. 영대는 무슨 뚱딴지같은 대꾸인가 싶었다. 그리고 생물 노트를 펼친 순간 망연자실했다. 그것은 차라리 한문 노트에 가까웠다. 필기가 모조리 한자로 되어 있었다. 미토콘드리아나 뉴런, 디스토마 같은 외래어들과 은, 는, 이, 가 같은 조사만 빼고 말이다. 유전자, 모세혈관, 온실효과는 물론이거니와 심지어 작용, 수분, 동물 이런 어휘들까지 전부 한자였다. 영대는 30초 만에 노트를 돌려주었다. 고맙다고 말하면서 웃으려 했지만 웃음이 나오지 않았다. 우리나라 말에 한자어가 그리 많다는 깨달음을 얻은 것이 꼭 웃을 일만은 아니었으니까.

괴물 같은 자식. 얘는 나중에 커서 뭐가 될까.

정환은 영대에게 그런 궁금증을 불러일으킨 유일한 인물이었다.

수학여행지의 여관 뒷마당에서 둘이 어떤 대화를 나누었는지는 다 잊어버렸다. 다만 무슨 얘기인가 끝에 정환이 불쑥 말했다.

"이게, 진짜 삶일까."

그의 눈은 화단 너머를 향해 있었다.

"이렇게 시시하고 지루한 게 진짜 인생일까."

영대는 누가 봐도 학생으로서 완벽한 삶을 영위하고 있는 그가 인생에 회의적인 태도를 보인다는 것이 의아했다. 그것도 이 즐거운 수학여행에서 말이다. 정환이 고개를 돌려 영대를 바라보았다.

"안 그래? 넌 안 답답해? 한 번뿐인 인생이잖아."

"에이, 대학 가면 달라지겠지."

영대는 선생들의 말을 흉내 냈다.

"대학 가면?"

"응. 대학 가면 하고 싶은 거 다 하면서 살 수 있잖아."

"그럼 그때부터 진짜 삶이 시작되는 건가? 지금은 그냥 워밍업이고?"

영대는 어떻게 대꾸해야 좋을지 몰라 쭈뼛거렸다. 속으로 그의 말을 되뇌어 보았다. 지금은 그냥 워밍업, 지금은 그냥……

"넌 나중에 뭐가 되고 싶어?"

"나? 어…… 나는…… 넌 뭐가 되고 싶은데?"

그랬다. 영대는 그때도 상대방에게 말을 돌렸다. 그는 일찍이 고등학교 때에도 자신의 꿈을 말하는 데 확신이 없었던 것이다. 정환이 제 손에 들린 캔으로 시선을 떨어뜨렸다.

"나는 변호사가 되고 싶어."

"아, 변호사. 멋지다."

"그리고…… 영화를 만들고 싶기도 하고."

"아, 영화. 그것도 멋지네."

"신문기자도 되고 싶어. 여행 칼럼니스트도 되고 싶고…… 그리고 음악도 하고 싶어. 음악방송 피디도 좋고. 한편으론 시골에 묻혀 농사를 지으며 조용히 살고 싶은 마음도 있지만…… 연극배우도 되고 싶고 또……."

영대는 듣다 말고 주먹으로 가볍게 정환의 어깨를 쳤다.

"야, 넌 뭔 꿈이 그렇게 많냐?"

정환은 힘없이 웃었다.

"어차피 다 뜬구름 잡는 거잖아. 되고 싶다고 다 될 수 있는 것도 아니고. 그냥 한번쯤 생각했던 것들 줄줄이 말해 본 거야."

정환은 목소리에도 힘이 없었다.

"진짜 삶이 겨우 이런 거라면, 꿈이라도 많이 꿔야 할 것 같아서."

영대는 왠지 등줄기가 서늘했다. 뭐야, 이 자식. 너처럼 잘난 놈이 그딴 식으로 말하면 나같이 별 볼일 없는 놈들은 어떡하라는 거냐. 영대는 그렇게 반문하려고 했다. 근처 밤하늘에서 폭죽이 터졌다. 한 떼의 아이들이 마당으로 우르르 몰려나왔다. 영대는 화단에서 몸을 일으켰다. 정환의 진짜 꿈은 무엇이었을까. 녀석이 진짜로 하고 싶었던 말은 따로 있을 거라고 영대는 생각했다. 하지만.

"넌 뭐든 다 잘하니까 그 꿈들도 다 이룰 수 있을 거야."

그는 고작 그런 말밖에 하지 못했다.

"그날 만나게 되겠지. 첫 동창회니까 걔도 올 거야."

현수도 정환의 근황은 알지 못했다. 영대는 휴대폰의 스케줄 관리 메뉴에 동창회 날짜를 입력했다. 저장 버튼을 누르고 보니 디데이가 정확히 2주 뒤였다.

현수가 강사로 일하고 있는 보습 학원의 교무실은 훈훈했다. 오전 11시. 교무실에는 현수와 영대 둘밖에 없었다. 수업은 오후 1시부터 시작되지만 자습실을 운영해야 하므로 매일 아침 8시에 당직 교사가 학원 문을 연다고 했다. 현수가 오늘의 당직이었다.

"그건 그렇고, 알바 할 거지? 그냥 해, 인마."

영대는 마른 코를 들이마셨다. 현수가 아르바이트로 학원 강사를 해 보지 않겠느냐고 제안한 것은 어젯밤의 일이었다. 녀석은 이미 반년째 강사로 일하고 있었다. 마침 자신의 학원에서 수학 파트타임 강사를 구한다는 그의 말에 영대는 펄쩍 뛰었다. 자신은 절대 좋은 선생의 재목이 못 되었다. 25년 평생을 오로지 학생이라는 직업 하나에만 종사해 온 자의 경험과 직감으로 알 수 있었다. 선생 좋고 나쁜 건 학생이 제일 잘 아니까. 현수는 무조건 만나서 얘기하자고 했다. 일단 내일 아침에 학원으로 나오라는 말에 영대가 선뜻 응한 것은 내일 아침 화장실은 거기서 해결하면 되겠구나 하는 생각 때문이었다.

"난 좋은 선생감이 못 돼."

"누가 너더러 좋은 선생 하래? 넌 그냥 돈만 벌면 되는 거야."

영대는 그래도 머뭇거렸다.

"너 알잖아, 나 수학 진짜 못하는 거."

"야, 가르치기 제일 쉬운 게 수학이야. 정답이 있잖아. 풀이도 해설에 다 나와 있고. 애들한테 문제 풀라 그러고 넌 그냥 칠판 앞에서 왔다 갔다 하면 돼."

그리고 그는 덧붙였다. 자신도 영어를 가르치고 있지 않느냐고. 현수가 누군가. 단지 영어가 싫다는 이유로 고교

시절부터 일찍이 반미 투사가 되었던 인물 아닌가. 한술
더 떠서 녀석은 대타로 논술 수업을 했던 적도 여러 번 있
다고 했다. 논리적 사고력이라는 건 열한 번째 손가락처럼
녀석에게 아예 있지도 않은 것이었다. 영대는 혀를 내둘렀
다. 하기야 현수가 그 넉살 그 말발로 무엇을 못하랴. 그는
스님에게도 머리빗을 팔 놈이었다.

영대는 골똘히 생각에 잠겼다. 사실 건강한 몸뚱이 빼
고 내세울 것 없는 20대 청년이 할 수 있는 아르바이트는
많지 않았다. 홀 서빙을 하거나 막노동을 하거나 편의점
혹은 찜질방 혹은 피시방 같은 데서 카운터를 보는 게 고
작이었다. 그런 것들보다 강사직이 처우 면에서 낫기는 월
등히 나았다. 게다가 그가 자리를 청한 게 아니라 자리가
그를 청하고 있었다. 그는 용기를 냈다.

"그, 그럼, 한번 해 볼까?"

"잘 생각했어. 원장한테 간단한 면접만 보면 돼."

현수는 진심으로 기뻐하는 얼굴이었다. 영대도 오랜만
에 마음이 홀가분해졌다. 누군가에게 인정받고 존중받는
다는 기분이 그를 흡족하게 했다. 급여가 한 달에 90만 원
이면 남에게 아쉬운 소리 안 하고 그럭저럭 살 수 있었다.
무엇보다 더는 화장실 문제로 고민하지 않아도 되었다.

원장실은 교무실보다 더 훈훈했다. 영대는 소파에 엉덩
이를 파묻고 앉았다. 원장은 중부 내륙 지방만 과도하게

발달한 체형의 소유자였다. 그가 바퀴 달린 의자에 앉아 등받이에 상체를 한껏 젖히고 학원의 전통과 특성과 규칙에 대해 일장 연설을 늘어놓는 동안 영대는 그 앞에 놓인 전기 히터를 관찰했다. 선풍기 모양의 히터는 주인에게만 꼬리 치는 충직한 강아지처럼 오직 원장을 향해서만 고정되어 있었다. 히터의 반사판에서 되쏘아진 열 때문에 원장의 바지 종아리 부분이 붉게 번들거렸다.

"군대는?"

원장이 영대 쪽으로 상체를 기울였다.

"아, 예. 현역 만기 제대했습니다."

"학교는?"

"아, 예. 당분간 휴학하려고 합니다."

원장이 의자의 바퀴를 굴려 영대 옆으로 바싹 다가왔다.

"그럼 고졸이구만?"

"아…… 예."

"집은?"

원장은 남색 삼선 슬리퍼를 신고 있었다. 그가 신고 있는 발가락 양말도 남색이었다.

"아, 예. 신촌입니다."

"학원에서 가까워 좋네. 다음 주부터 나오도록 해."

원장이 자리에서 일어섰다. 갑자기 하중을 잃은 회전의자가 멋대로 빙그르르 돌았다. 전공이나 경력이나 포부 같은 것에 대한 질문이 전혀 없었으므로 영대는 합격 통보를 받고도 다소 얼떨떨해 있었다.

"참, 월급이 80만 원이란 얘긴 들었지?"

원장의 남색 엄지발가락이 히터의 전원 스위치를 ON에서 OFF로 바꾸었다. 원장실 안의 공기가 순식간에 싸늘해졌다. 히터의 온오프로 인한 온도 차이가 무척 크다는 데 놀란 영대는 현수가 말한 월급과 사장이 말한 월급이 다른 이유를 알아보아야겠다는 생각을 하다 말고 히터를 꼭 사야겠다고 결심했다.

절전형 세라믹 히터는 5만 원이었다. 원적외선을 방출하므로 건강에 좋고, 반사판의 원리를 이용했기 때문에 열전도율이 높을 뿐 아니라, 온도가 과열되거나 몸체가 조금만 기울어져도 자동으로 전원이 차단되어 안전하다고, 대형 할인 마트 전자 제품 매장의 판매원은 말했다. 영대는 지갑을 열었다. 월세 10만 원짜리 쪽방에 살면서 5만 원짜리 난방 기기를 사려 하는 제 처지가 어처구니없었지만, 그러니 값을 좀 깎아 주십사 졸라 볼 배짱도 없었다.

매장을 나왔다. 바로 앞에서 주부로 보이는 젊은 여자가 여자아이와 함께 걸어가고 있었다. 여자가 아이에게 수수께끼를 냈다.

"세상에서 가장 무거운 것은?"

"눈꺼풀."

아이는 대번에 정답을 맞혔다.

"그럼 세상에서 가장 가벼운 것은?"

내 지갑.

영대는 그렇게 대답하고 싶은 것을 참았다.

걸음을 옮길 때마다 오른손에 들린 히터 상자가 오른 종아리를 때렸다. 상자 겉면에 굵은 고딕체로 '선풍기형 초강력 히터'라고 쓰여 있는 것이 왠지 창피했다. 이걸로 추위는 해결됐다. 하지만 생활은? 어리석게도 히터를 살 때 미처 헤아리지 못한 것이 있으니, 아르바이트를 구했다 해도 월급은 후불이라는 점이었다.

앞으로 한 달을 무엇으로 버틸 것인가. 머릿속이 멍했다. 산에서 반달곰과 마주쳤을 때 어떻게 대처해야 할지 고민해 본 적이 없는 것처럼, 이제껏 살아오면서 돈 걱정이라고는 한 번도 해 본 적이 없었으므로. 원장에게 첫 월급을 가불해 달라고 할까. 수업을 기똥차게 잘하면 그렇게 해 줄지도 모르지. 그러려면 일단 수업 준비를 철저히 해야 할 거라고 영대는 생각했다.

히터 상자를 들고 마트 지하의 서점으로 갔다. 학습지 수학 코너의 수많은 문제집들 중에서도 『수학의 정석』은 금방 눈에 띄었다. 낯익은 표지를 대하자 10년 만에 코흘리개 시절 친구를 만난 듯 반가운 마음까지 들었다. 영대는 악수를 청하는 기분으로 책장을 펼쳤다.

변화율과 도함수, 부등적분, 정적분, 벡터의 내적…….

이게 다 뭔가. 책장을 덮었다. 그는 목차조차 이해할 수가 없었다. 그 코흘리개 친구가 알고 보니 말도 못 붙일 만큼 엄청난 거물이 되어 있더라, 뭐 그런 느낌?

당연한 일이었다. 고등학교 졸업하고 나서 5년 동안 인수분해 한 번 안 하다가 갑자기 정석 문제를 술술 푼다면 그게 더 이상한 것 아니겠는가. 그래, 차근차근 해 나가면 될 것이다. 뭐든 노력하면 나아지게 마련이니까. 영대는 서점을 나왔다. 배가 고팠다. 어째 노력해도 잘 안될 것 같은 예감이 들었다. 첫 강의까지 나흘 남았는데 그동안 수업 준비를 다 할 수 있을까? 나도 못 푸는 문제를 어떻게 애들에게 풀라고 시키지? 학원생이 처음 보는 문제를 가져와서 풀어 달라고 하면 어쩌지?

고심하며 걷는 그의 앞에 아까 본 두 모녀가 걸어가고 있었다.

"세상에서 가장 빠른 새는?"

아이는 심드렁한데 여자는 지치지도 않고 연달아 수수께끼를 냈다.

"눈 깜짝할 새."

여자가 아이의 머리를 쓰다듬었다. 영대는 불현듯 엄마 생각이 났다. 그가 집을 나온 지 눈 깜짝할 새 열흘이 지나 있었다. 점퍼 주머니의 휴대폰을 꺼냈다. 엄마는 그가 새로 바꾼 휴대폰 번호도 여태 모르고 있었으니, 무려 열흘 만의 통화였다.

"아이고, 영대야아아!"

예상대로 엄마는 절규했다. 그동안 얼마나 걱정했는지 아느냐며 연락 좀 자주 하라고 영대를 나무랐다. 그리고 예상대로 물었다.

"밥은 먹었어?"

"응."

또 예상대로 물었다.

"어디 아픈 데는 없고?"

"응."

"방이 춥지는 않아?"

"응."

그는 하품을 했다. 어쩌면 엄마들이란 이렇게 한 치의 어긋남도 없이 예상했던 것만을 물어볼까. 그러나 전화를 끊기 직전 엄마는 그가 예상하지 못했던 말을 했다.

"돈 부쳤다."

영대의 묵은 근심 햇 근심이 단번에 싹 걷혔다. 돈 문제가 이리 쉽게 해결되다니. 신이 세상의 모든 가정에 일일이 머물 수 없어 어머니를 창조했다는 이야기는 아마 진리일 거라고 그는 생각했다.

맨손으로 반달곰을 물리친 사냥꾼처럼 보무도 씩씩하게 중국집으로 직행했다. 돈도 찾았겠다, 오랜만에 제대로 된 짜장면을 먹어 보고 싶었다. 그는 의자를 당겨 앉았다. 뜨끈하고 기름진 면발이 배 속에 들어가자 온몸에 힘이 솟구쳤다. 근육이 단단해지고 피가 뜨거워지고 눈앞도 더 잘 보였다. 이대로라면 중국집 문을 나서다가 총에 맞는다고 해도 안 죽을 것 같았다. 주인 여자가 자판기 커피를 한 잔 뽑아서 그에게 가져다주었다. 설탕과 프림이 듬뿍 들어간 커피는 조금 전에 먹은 모든 음식의 맛을 대번에 잊게 해 줄 만큼 달았다. 영대는 그 달달함을 음미하면서 문득 그녀를 떠올렸다. 그만큼이나 단것을 좋아한다던 여자, 김지영.

그는 두어 번 지영의 꿈을 꾸었다. 그녀는 그와 영화를 보았고, 그의 뺨에 입을 맞추었으며, 느닷없이 국회의사당 앞에서 그에게 참외를 깎아 주었다. 참외는 싱싱하고 물이 많고 달았다. 과연 꿈은 반대였다. 잠에서 깼을 때 그의 입 안은 소태같이 썼으니까.

내 팔자에 연애는 무슨.

집을 나올 때 그의 계획에 연애는 포함되어 있지 않았다. 그것은 엄청난 돈과 시간과 정열을 요구하는 일이었다. 영대에게는 자신의 꿈을 찾는 일이, 삶의 방향을 정하는 일이 무엇보다 중요했다…… 기보다는 그렇다고 믿고 싶었다. 지금도 그렇게 믿고 싶다. 그러나 한편으로 그는 은근히 바랐다. 그녀가 먼저 연락을 해 주기를. 자신이 얼마나 부족하고 못난 남자인지 알면서도 좋아해 주고 이해해 주고 기다려 주기를. 그렇게만 된다면 그는 집을 나올 때의 각오며 결심 따위 다 읽은 무가지처럼 팽개치고 그녀에게 달려갈 것이었다.

순간 주머니 속의 휴대폰이 진동을 했다. 그는 들고 있던 종이컵을 손에서 놓칠 뻔했다. 문자메시지가 도착해 있었다. 설마, 그녀가?

아시다시피 한때는 당신이 내 꿈의 전부였습니다.

그것은 잘못 온 메시지였다. 발신번호 7814. 벌써 세 번째였다, 주인 모를 번호로부터 뜻 모를 사연이 담긴 문자가 온 것이. 영대는 빈 종이컵을 구겼다. 커피의 단맛이 가시자 갈증이 났다. 이것이 잘못 온 메시지가 아니었다면. 내가 한때라도 누군가의 꿈의 전부가 되었던 적이 있다면. 그러나 알다시피 영대의 엄마조차도 영대를 그렇게까지 생각한 적은 없을 터였다.

그는 이번에도 메시지를 삭제하지 않았다. 아까보다 한결 가볍게 느껴지는 히터 상자를 들고 중국집을 나왔다. 다행히 사방 어느 곳에서도 총알 같은 건 날아오지 않았다.

8

　살면서 많은 방들을 거쳐 가듯, 사람들과도 숱하게 만나고 헤어지고 또 서로를 잊어 가며 살게 되리라는 것을 그때는 몰랐다. 어느 한 시절 자신에게 굉장히 중요했던 사람을 평생 동안 다시는 만나지 못하게 될 수도 있다는 것을, 정말 친했던 사람과 별다른 이유 없이 멀어질 수도 있다는 것을, 나는 짐작도 하지 못했다. 스무 살 시절에는 내 주위의 사람들이 내 세계의 전부라고 믿었고, 그들과 평생 연락하고 만나며 지내게 될 줄 알았다. 내가 이 거대한 책의 주인공이라는 사실을 잊고서. 주인공이 모든 등장인물들과 처음부터 끝까지 함께 가는 책은 존재하지 않는다는 사실을 망각하고서 말이다.

　해가 바뀌었다. 언제부터인가 동아리 사람들은 진주에

게 시호 오빠의 행방을 묻고, 시호 오빠에게 진주의 안부를 물었다. 마치 캠퍼스 커플이 되면 혼자 있어도 나머지 한 사람의 일거수일투족을 전부 꿰고 있어야 한다는 듯. 정작 두 사람은 캠퍼스 커플임을 공언한 적이 없는데도 그랬다. 학교 안에서는 늘 시호 오빠와 노래를 불렀던, 학교 밖에서는 늘 진주와 수다를 떨고 군것질을 하고 리포트를 썼던 나는 학교 안팎에서 홀로 남겨졌다. 물론 그건 나의 선택이었다. 두 사람은 무엇이든 나와 함께 하고 어디든 나와 함께 가려 했다. 그들의 배려는 그러나 대부분의 선량한 사람들이 무리에서 소외된 이나 결핍이 있는 이에게 지나친 친절을 보임으로써 오히려 당사자를 더욱 불편하게 하듯 나를 곤혹스럽게 만들었다. 연애를 시작한 이들이 흔히 사랑의 감정과 더불어 일시적으로 갖게 되는, 자신들을 둘러싼 우주와 그 속의 수많은 타인들을 향한 갑작스러운 관용과 호의를 나는 누리고 싶지 않았다.

셋이 함께 있을 때 가장 완벽하게 혼자였으므로 나는 스스로 그들의 시야에서 물러났다. 아침마다 거울 앞에서 갑옷을 입었다. 투구도 썼다. 창과 방패도 들었다. 진주와 시호 오빠는 내가 무장을 하고 있다는 것을 눈치채지 못했다. 하기야 그들은 안 그래도 서로에 대해 눈치채야 할 것들이 너무 많아서 나에게까지 눈을 돌릴 틈이 없었을 것이다. 나는 더 밝게 웃고 더 크게 말하고 더 씩씩하게 걸었다. 그게 나의 갑옷이고 창이고 방패였다. 움직임이 둔해지긴 했지만 견딜 만했다. 아니, 더 잘된 일이었다. 혼자가 되었으므로 사람들이 앞으로는 내 옆의 진주가 아니라, 내 옆의 시호 오빠가 아니라, 오로지 나 김지영을 보고 김지영에게 말을 걸고 김지영에게 다가오리라 믿었다.

영어 회화 수업 시간이었다. 교수는 젊은 미국인 여성이었다. 수업이 끝나 갈 무렵 그녀는 수강생들을 한 명씩 지목해 가며 그날 배운 구문을 활용한 질문을 던졌다. 왓 이즈 유얼 페이버릿 무비? 왓 이즈 유얼 페이버릿 컬러? 왓 이즈 유얼 페이버릿……. 그녀의 시선이 내게 꽂혔다.

"왓 이즈 유얼 페이버릿 송?"

나는 다른 학생들이 대답하던 대로 말머리를 열었다.

"마이 페이버릿 송 이즈……."

머릿속에 수십 곡의 민중가요들이 떠올랐다.

"이즈……."

교수가 내게 다가왔다. 그녀의 푸른 눈동자가 답을 재촉했다.

"쏘리. 아이 돈 라이크 뮤직."

강의실 안이 일순 조용해졌다. 왜 그랬는지 모르겠다. 민중가요를 입에 담고 싶지는 않았다. 순간적으로 알아 버렸던 것이다, 사실은 내가 그것들을 좋아하지 않는다는 것을. 그 노래들은 내 것이 아니었다. 나에게 속해 있는, 나의 몸에서 나온, 나의 영혼이 원하는 것이 아니었다.

"뺑쟁이. 너 민가 좋아하는 거 애들 다 아는데."

수업이 끝나고 강의실을 나오는데 등 뒤에서 누군가 내 어깨를 쳤다. 돌아보니 과 동기 남학생이었다.

"아까 니가 대답할 땐 내가 다 조마조마하더라."

"왜?"

"미국인 교수님한테 「들어라 양키야」 좋아한다고 하면 어쩌나 하고."

그는 웃지도 않고 말했다. 내 옆으로 여학생 두엇이 시험 범위에 대한 이야기를 주고받으며 지나갔다. 곧 중간고사가 있는 모양이었다. 나는 범위는커녕 시험 기간도 모르고 있었다. 복도 한가운데 서서 자문했다.

내가 지금 뭘 하고 있는 거지?

그러니까, 내가 왜 여기에 있는 거야?

하숙방의 문을 열자 창문 옆에 붙여 놓은 오래된 달력이 먼저 눈에 들어왔다. 인공위성 우리별 1호. 그것이 벽에 붙어 있던 고향 서점으로부터 나는 너무나 멀리 와 있었다. 방바닥에 누웠다. 오른뺨에 와 닿는 비닐 장판이 차가웠다.

서울에서 보낸 지난 1년 남짓한 시간들이 바람에 책장 넘어가듯 눈앞을 스쳤다. 별 관심이 없었으나 진주가 같이 하자고 해서 동아리에 가입했고, 열심히 활동할 의사도 없었으나 시호 오빠가 내 목소리가 좋다고 치켜세워서 동아리방에 부지런히 드나들었다. 그리고 어느 날 두 사람은 내 눈앞에서 사라져 버렸다. 나는 그저 이웃집 담장을 타고 넘어온 바람을 따라 춤을 추었던 것이다. 바람이 나를 춤추게 한 것을, 나는 내가 스스로 춤추고 있는 것인 줄 알았다. 이윽고 바람이 멎자 나의 세계는 인기 없는 웹사이트의 게시판처럼 적막해져 버린 것이다.

착각이었다. 혼자가 되고 난 후에 사람들이 내게서 보는 것은 내가 아니었다. 진주와 시호 오빠의 빈자리였다. 내게 다가와 말을 거는 것은 내게 궁금한 것이 있어서가 아니었다. 시호 오빠와 진주가 잘 사귀고 있는지가 궁금해서였다.

방바닥의 장판과 장판이 겹쳐지는 곳에서 개미 한 마리가 우왕좌왕하고 있었다. 바깥이 별안간 시끄러워졌다. 누군가 하숙집 대문 앞에서 말다툼을 벌이는 듯했다. 그들이 싸우는 것이 다 나 때문인 것 같았다. 장판 위의 개미가 쓸쓸하고 고단해 보이는 것도 모두 내 탓인 것만 같았다. 다시 달력 속의 우리별 1호를 올려다보았다. 그 아래 카운터에 앉아 재고 도서 목록을 정리하던 어머니 아버지의 모습이 떠올랐다. 자신들은 정작 손바닥만 한 장부책 속에 갇혀 살면서 딸은 더 큰 세상을 봐야 한다며 나를 서울로 올려 보낸 그들. 나의 하숙비는 한 달에 40만 원이었다. 그 돈을 다달이 송금해 주려면 대체 한 달에 몇 권의 책을 팔아야 할까. 나는 하루에 몇 권의 책들을 아무렇게나 소비하고 다녔던 것일까. 내가 먹는 밥도 책이고 내가 덮는 이불도 책이고 내가 듣는 수업도 책, 내 하숙방의 바닥과 벽과 천장도 책이었다.

바람이 불었다. 책으로 쌓아 올린 내 일상이, 아직 제대로 읽어 내지도 못한 내 청춘의 페이지가 한 장씩 한 장씩 넘어가고 있었다. 어떻게 손을 써 볼 겨를도 없이 빠르게. 그것이 아쉽고 억울해서 나는 장판에 짓눌린 뺨에 감각이 없어질 때까지 방바닥에 그대로 누워 있었다.

학교에서 조금 떨어진 곳에 싼 방을 얻었다. 염치없이 부모님에게 계속 거금의 하숙비를 보내 달라고 할 수는 없어서였다. 학교 후문에서부터 자취방이 있는 동네까지는 마을버스로 다섯 정거장이었다. 버스에서 내리면 곧바로 재래시장이 나왔다. 시장통의 상점들은 하나같이 노후하고 쇠락했다. 누군가의 끝장난 인생처럼 주저앉은 슬레이트 지붕들 위로 노을이 지면 그 풍경이 걸음을 멈추고 감상해도 아깝지 않을 정도로 근사하긴 했다. 하지만 노을 질 때를 빼면 거리는 언제나 더럽고 시끄러웠다.

중국에서 수입한 식료품을 취급하는 상점들이 즐비한 골목을 따라가면 그 끝에 내 자취방이 있었다. 초록색 대문을 열면 먼저 마당이 보였다. 왼쪽에는 상추와 호박이며 부추를 심어 놓은 텃밭이 있고 오른쪽에는 수돗가가 있었다. 수돗가 옆방이 주인 할머니가 사는 방. 텃밭 옆방이 내가 사는 방. 그러니까 방 두 개짜리 집에서 주인 할머니와 나 이렇게 두 사람이 같이 살았던 것이다.

할머니가 사는 방 앞에는 조그만 툇마루가 나 있었다. 그녀는 하루 종일 그곳에 앉아 텔레비전을 보았다. 텔레비전은 방 안에 있는데 문을 열어 놓고 멀찍이 마루에 앉아서 그것을 시청하는 것이었다. 이유인즉슨 시청 거리를 최대한 늘려 시력을 보호하려고 그런단다. 그녀는 텔레비전을 보다가도 내가 마루 앞을 지나가노라면 꼭 나를 불러 세웠다. 수돗가에서 물을 한 잔만 떠 달라고 청했다.

처음 그 부탁을 들었을 때 나는 수돗물이 비위생적이니 생수를 사 드시라고 말했다. 그녀는 들은 척도 하지 않았다. 슈퍼에서 파는 물이야말로 누가 어떻게 만들었는지 알 게 뭐냐며, 나라에서 소독한 수돗물이 최고라는 거였다. 수돗가에는 할머니의 전용 컵이 놓여 있었다. 조악한 손잡이가 달려 있는 빨간색 플라스틱 컵이었다. 나는 그것을 대충 헹군 후 수돗물을 받아 할머니에게 가져다주었다. 그러고는 잠시 망설였다. 그냥 가도 될지, 할머니가 물을 다 마실 때까지 기다려야 될지 알 수가 없었던 것이다. 망설이느라 시간을 지체하다 보니 결국 기다리는 것처럼 되어 버렸다.

"거 물맛 한번 달구나."

그녀가 턱에 묻은 물방울을 닦으며 내게 빈 컵을 돌려 주었다. 그런데 이게 웬일인가. 가만히 보니 컵 안쪽 면에 물이끼가 잔뜩 끼어 있는 게 아닌가?

수돗가에 쪼그리고 앉아 컵을 씻었다. 얼마나 오랫동안 씻지 않았으면 손가락이 닿는 면이 죄다 미끌미끌했다. 등 뒤에서 할머니가 물었다.

"결혼할 사내놈은 있는가?"

새파란 스무 살짜리 여자애에게 결혼이라니. 나는 황망 히 고개를 저었다.

"담배 피우는 놈은 돼도 술 마시는 놈은 안 된다."

나는 속으로 내가 아는 이 세상 모든 남자애들이 다 안 되겠군 하고 생각했다.

"왜요?"

"왜요는 무슨. 왜요는 일본 놈이 덮는 이불이지."

그런 유치한 말장난을 구사하는 할머니가 귀여워서 나 는 컵을 씻다 말고 웃음을 터뜨렸다. 물이 가득 담긴 고무 대야에 입을 크게 벌리고 웃는 내 얼굴이 비쳤다. 그것을 보는 순간 나는 내가 이 집을 좋아하게 되리라는 것을 알 았다.

그날 이후 수돗가의 플라스틱 컵은 늘 깨끗한 상태를 유지하게 되었다. 할머니와 나는 매일같이 수돗물이 든 컵을 건네고 받으면서 짧은 대화를 나누었다. 깨끗한 컵으로 마시는 물은 예전의 더러운 컵으로 마시는 것과 맛이 다르지 않을까 궁금했으나 그녀는 매양 달다고만 했다. 그러고는 곧 텔레비전으로 시선을 돌렸다.

어느 날 그녀의 시선을 따라 무심코 문지방 안쪽의 텔레비전을 바라본 나는 깜짝 놀랐다. 화면이 흑백이었던 것이다. 꼬마들이 회색 바나나를 먹으며 조잘거렸다. 검은색 소방차가 사이렌을 울리며 도로를 질주했다. 회색 초원에서 염소가 회색 풀을 뜯었다. 검정 립스틱, 회색 신호등, 검정 색동저고리…… 나중에는 화면에 검정 고무신이 나타나도 그것의 진짜 색깔을 의심해야 할 판이었다. 더구나 텔레비전 제품 자체는 그리 오래돼 보이지 않았다. 구닥다리 오리지널 흑백텔레비전이 아니었던 것이다. 나는 할머니에게 물어보지도 않고 내 마음대로 전파사의 수리 기사를 불렀다.

"컬러 신호 처리 회로가 망가졌네요. 그게 뭐냐면, 테레비가 컬러 신호를 받을 때 화면에 색을 나타내게 하는 장칩니다. 흑백 테레비엔 없는데 이건 원래 컬러 테레비라 그게 있거든요. 헌데 고장 나 있어요. 요것만 고치면 끝내주는 컬러가 나올 겁니다."

설명이 끝나자 할머니는 잘라 말했다.

"기술자 양반, 나는 끝내주는 흑백이 좋소."

수리 기사는 그냥 돌아갔다. 할머니는 나에게 우리 사는 세상이 온통 컬러풀한데 텔레비전 하나쯤은 흑백 세상이어도 괜찮지 않느냐고 했다. 색깔이 없어도 텔레비전을 보는 데 아무 지장이 없는 것을 무엇 하러 돈 들여 고치느냐고도 했다.

시간이 지나자 결국은 나도 그녀처럼 자연스럽게 흑백 세상에 길들여지게 되었다. 우리는 주말 저녁이면 툇마루에 나란히 앉아 회색 바다와 검은색 꽃다발과 회색 얼굴의 사람들이 등장하는 연속극을 보았다. 그리고 드라마가 종영되었을 때 똑같은 의견을 내놓았다. 아름다운 바다는 색이 없으면 아름다움이 죽고 아름다운 꽃도 색이 없으면 아름다움이 시들해지는데, 사람은 그렇지 않다고. 아름다운 사람은 색이 없어도 똑같이 아름답다고. 제법 마음에 드는 결론이었다.

나는 그 자취방을 좋아했다. 재래시장에서 파와 마늘과 바지락을 사서 부엌이랄 것도 없이 바람벽에 수도꼭지 달랑 하나 달린 시멘트 바닥에 앉아 된장찌개를 끓이고 있노라면, 이제야 비로소 진짜 자립 진짜 살림 진짜 서울 생활을 시작하게 되었구나 하는 생각마저 들었다.

그곳에 살기 시작한 후부터 학교에는 자주 빠졌다. 대신 방 안에서 닥치는 대로 책을 읽었다. 내가 만나는 사람이 나를 설명해 준다는 것이 나의 옛 명제였다면 나의 새 명제는 내가 읽는 책이 나를 설명해 준다는 것이 되었다. 실제로 책을 읽으면서 나는 나 자신에 대해 설명하고 싶어졌다. 설명할 수 있을 것 같다는 생각도 하게 되었다. 앞으로 원하지 않는 일은 하지 않겠다고, 원하는 일을 하겠다고, 내 목소리가 내 귀에 속삭이고 있었다.

방학이 시작되자 나는 부지런히 학교에 나갔다. 도서관에서 근로 아르바이트를 하기로 했던 것이다. 근무시간은 오전 9시부터 저녁 5시까지. 어머니 아버지는 누가 책방집 딸 아니랄까 봐 서울에서도 책 나르는 일을 하느냐고, 고향에 내려와 집안일이나 거들라고 퉁바리를 놓았다. 그러면서도 내가 난생처음으로 아르바이트라는 것을 시작했다는 사실을 은근히 대견스러워하는 눈치였다.

퇴근 시간이 가까워 올 무렵이었다. 도서관에는 학생이 드물었다. 내가 바퀴 달린 운반용 책장으로 책들을 옮기고 있는데 서가 사이에서 누군가 튀어나왔다.

"학기 중엔 얼굴도 안 내밀더니, 방학하니까 학교에 오네?"

진주였다. 그녀가 내 팔짱을 끼면서 웃었다. 그 무렵의 나는 동아리 활동을 아예 하지 않고 있었다. 진주의 자취방에도 출입을 끊다시피 했고 그녀에게 호출이 와도 시큰둥하게 반응하기 일쑤였다. 나는 미안함과 반가움이 뒤섞인 감정을 추스르느라 허둥대다가 그녀에게 남들은 다 물어도 나만은 묻지 말아야지 했던 것을 묻고 말았다.

"시호 오빠는 어딨어?"

진주가 턱짓으로 도서관 밖으로 나가자는 시늉을 했다. 너마저도 오랜만에 만났는데 그런 것부터 묻니 하는 가벼운 원망이 그녀의 눈동자에 어려 있었다. 나는 그녀의 양손에 들린, 별로 무거워 보이지도 않는 쇼핑백 중 하나를 빼앗아 들었다. 미안하다고 말하고 싶었지만 그럴 기회가 없었다. 도서관 건물 밖으로 나가자마자 한 떼의 사람들이 나를 소리쳐 불렀기 때문이다.

"야아, 이게 누구야, 지영이잖아!"

"김지영, 너 인마 살아 있었구나?"

황무지 선배들이 도서관 계단의 층계참에 모여 있었다. 누군가 나의 동아리 활동이 불성실하니 제명시켜 버리겠다고 진담 같은 농담을 했다. 나 혼자만 웃었으니 아마 농담 같은 진담이었나 보다.

"방학 중에 웬일로 이렇게 모이셨어요?"

그들은 탁활을 간다고 했다. 농활도 아니고 탁활이라니. 처음 들어 보는 말이었지만 나는 알아들은 척 고개를 끄덕였다. 진주가 나섰다. 가고자 하는 공부방은 어디어디쯤에 있다, 지영이 너는 성격이 차분해서 아이들과 책 읽고 노래 부르고 공작 놀이 지도하는 것을 무척 잘할 것 같다, 그러니 같이 가지 않겠느냐, 하고 말이다. 눈치 빠른 그녀는 나에게 표 나지 않게 탁활이라는 용어의 뜻을 알려 줌과 동시에 참여를 권한 것이었다. 시호 오빠를 비롯한 선배 몇 명은 이미 그곳에 가 있다고 했다. 선배들이 같이 가자며 나를 부추겼다.

"전 오늘 근로도 아직 안 끝났어요."

"괜찮아. 끝나고 늦게 합류해도 돼. 늦게까지 할 거니까."

"내일이 주말이라 고향 집에 내려가 봐야 해서요."

오늘 밤에 출발하는 기차를 탈 예정이라는 거짓말이 술술 나왔다.

"맞다 참, 기차표 예매해 놨다 그랬지?"

그렇게 또 다른 거짓말로 내 급조된 거짓말에 힘을 실어 준 것은 진주였다. 나는 그녀를 똑바로 쳐다보았다. 보는 이를 무장해제시키는 저 상냥한 웃음. 그녀는 예전과 변함이 없었다. 어느 봄날 학생회관 계단에서 처음 만났던 순간 그대로였다. 진주의 웃는 얼굴이 너무 밝아서였을까. 별안간 주위가 어두워지는 것처럼 느껴졌다.

그들을 보내고 나서도 나는 층계참에 한참을 앉아 있었다. 마음이 불편했다. 하지만 이제 원하지 않는 일은 하지 않을 작정이었다. 돌이켜 보면 나는 원하는 것을 하지 못할 때보다 원하지 않는 것을 해야 할 때 더 괴로웠다. 괴롭고 싶지 않았다. 남의 장단에 맞춰 춤추는 일은 이제 피하고 싶었다.

저녁 찬거리를 사서 자취방으로 돌아가야겠다고 생각하며 자리에서 일어났다. 이런. 내 손에 진주의 쇼핑백이 그대로 들려 있었다. 속에 든 것은 수수깡과 색종이와 가위와 딱풀, 고무찰흙 등이었다. 내용물을 확인해 보고 있는데 삐삐에 음성 메시지가 들어왔다.

"지영아, 내 쇼핑백 너한테 있지? 그거 오늘 탁활에 필요한 준비물이야. 정말 미안한데 이쪽으로 좀 와 줄 수 있니? 내가 정류장까지 나갈게. 여기가 어디냐면……."

진주였다. 공중전화 부스를 나오는데 하늘이 급격히 어두워졌다. 몇 걸음 걷기도 전에 가는 비가 흩뿌리기 시작했다. 우산을 가지러 자취방에 들렀다 나오면 시간이 너무 지체될 것 같아 망설이는데 때마침 정류장에 버스가 들어오는 것이 보였다. 나는 그대로 차에 올랐다.

버스는 재개발 지구를 굽이굽이 돌아 올라갔다. 진주가 나오겠다고 했던 중간 지점의 정류장에 다행히도 그녀는 아직 나와 있지 않았다. 버스는 종점까지 갔다. 그곳에서 내린 것은 나 한 사람뿐이었다. 눈앞에 펼쳐진 낯설고 기이한 세상이 그래서 더더욱 믿기지 않았다.

집들이 모조리 부서져 있었다. 지붕이 주저앉고 벽이 무너지고 창문이 깨져, 사방에서 시멘트 먼지가 전쟁터의 포연처럼 피어올랐다. 뼈만 남은 짐승의 사체마냥 철골만 남은 가옥도 눈에 띄었다. 그 안의 누추한 살림살이들이 고스란히 비에 젖고 있었다. 살풍경한 배경과 어울리지 않게 화사한 개나리색 철모를 쓴 사내들이 쇠망치를 든 채 골목을 휘젓고 다녔다. 길바닥에 나앉은 주민 몇이 통곡을 하다 말고 철모들에게 욕을 퍼부었다. 다른 몇은 넋이 나간 듯 허공을 응시하기만 했다. 실감 나게 제작된 전쟁 영화의 세트장 같은 그 판자촌을 나는 두리번거리며 돌아다녔다. 이곳에서 지금 무슨 일이 일어나고 있는 것인지 감히 짐작할 수가 없었다.

진주를 찾아야 했다. 어디로 가야 할지 알 수 없었으므로 무작정 길을 따라 걸었다. 사람이 지나갈 수 있을까 싶게 비좁은 골목 양옆으로 사람이 살 수 있을까 싶게 허름한 집들이 이어졌다. 방 한 칸짜리 집들이 갯바위의 홍합인 양 지나치게 다닥다닥 붙어 있는 것이 보기만 해도 숨이 막혔다. 그러나 그것들도 엄연한 방이고 집이었다. 사람사는 곳이었다. 담이 무너지고 천장이 내려앉은 방 안에도, 문짝이 떨어져 나간 옥외 화장실에도, 바로 몇 시간 전까지 사람이 살았던 흔적이 그대로 남아 있었다. 나는 말로만 듣던 달동네에 와 있는 것이었다. 방 같지 않은 방들이 늘어선, 서울 같지 않은 서울의 한 귀퉁이에.

그때 멀리서 어렴풋이 노랫소리가 들려왔다.

"단결만이 살 길이요…… 내 하루를 살아도 인간답게

살고 싶다……."

귀에 익은 곡조. 안치환의 목소리. 내가 시호 오빠와 함께 수십 번도 더 불렀을 「철의 노동자」였다. 깊은 밤 산속에서 불빛을 발견한 나그네처럼 안도하며 나는 노랫소리를 따라갔다. 비좁은 골목을 지나 가파른 고개를 넘어 마침내 당도한 그곳에는 시위대가 있었다. 50여 명쯤 될까. 그들은 마스크나 손수건으로 코와 입을 가린 채 서 있었다. 모두 남학생들이었다. 누구와 대치하고 있는 것인지 내가 서 있는 자리에서는 보이지 않았다. 아무래도 장소를 잘못 찾아온 것 같았다. 아까 진주는 책 읽고 노래 부르고 공작 놀이 할 거라고 하지 않았나. 이 난리 통에 수수깡이며 색종이며 고무찰흙 따위가 필요할 리 없었다.

"지영이 왔구나."

커다란 마스크 위로 눈만 내놓은 남자가 내 앞을 가로막았다. 감정이 담겨 있지 않은 듯하면서도 매서운 눈초리. 아, 시호 오빠였다. 그럼 내가 장소를 제대로 찾아왔단 말인가?

"진주는 어디에 있어요?"

"진주? 저기 골리앗으로 올라가 봐."

누군가 시호 오빠를 소리쳐 불렀다. 그는 나를 놔두고 곧장 그리로 뛰어갔다. 골리앗이 무어냐고 물어볼 틈도 없었다. 뒤로 돌아서자 바로 코앞에 철골 따위를 얼기설기

엮어 사오 층 건물 높이로 쌓아 올린 탑 형태의 구조물이
보였다. 꼭대기에 깃발이 휘날리고 있었다. 흰 천에 붉은
글씨로 '철대위'라 쓰인 깃발이었다. 그 옆에 설치된 스피
커에서 투쟁가가 흘러나왔다. 그 철탑 모양의 가건물이 바
로 골리앗이었다.

역시 원하지 않는 일은 하지 않았어야 했다. 두려움으로
몸이 벌벌 떨렸다. 나는 흔히들 공사판에서 아나방이라 부
르는, 구멍이 숭숭 뚫린 발판을 임시로 세워 만든 사다리
를 타고 골리앗 위로 올라갔다. 위험천만한 적국에 사신으
로 온 듯한 기분이었다. 진주에게 쇼핑백만 전하고 어서 안
전한 내 방으로 돌아가고 싶었다. 철탑 내부는 의외로 넓
었다. 사람들도 의외로 많았다. 바닥에 깔린 스티로폼 위
에서 철거민으로 보이는 여자들이 컵라면에 뜨거운 물을
붓고 있었다. 사방에 널린 라면 용기들을 피해 가며 나는
안쪽으로 들어갔다. 등에 '투쟁'이라 쓰인 조끼를 입은 남
자들이 난간에 기대어 아래를 향해 소리를 지르고 있었
다. 내 뒤를 따라 들어온 여학생 두 명이 웬 포대 자루를
그들에게 날라 주었다. 어디에도 진주는 없었다. 나는 난
간 쪽으로 갔다. 난간 밖으로 상체를 내밀자 골리앗 아래
쪽의 상황이 한눈에 훤히 보였다.

대학생 시위대 앞에 도열해 있는 이들은 아까 그 개나리
색 철모를 쓴 사내들이었다. 그들이 철거반원으로 고용된

용역 깡패들이라는 것을 나는 옆의 남자들이 나누는 대화로 미루어 짐작했다. 학생들과 용역들 사이에 전운이 감돌았다. 그들 뒤편에서는 여학생들이 돌멩이며 깨진 기와 조각들을 주워 포대 자루에 담고 있었다.

"어머나, 너 지영이잖아?"

황무지 선배가 내 옆에 서 있었다. 탁활을 하러 와 보니 강제 철거가 자행되고 있었다고, 용역들이 계고장도 없이 쳐들어와서 철대위가 대항할 준비를 못 했다고, 탁활이고 뭐고 지금 상황이 심각하다고, 그녀는 격앙된 어조로 말했다. 나는 머리가 둘 달린 괴물 당나귀가 태어났다는 지구촌 해외 토픽을 전해 듣는 것 같았다. 강제 철거, 용역, 계고장, 철대위……. 그것들에서 도망치고 싶었다.

"언니, 진주는 어디 있어요?"

"뭐 전해 받을 게 있다고 정류장으로 갔는데. 금방 올 거야."

바보같이. 진주는 삐삐의 메시지를 미처 확인하지 못한 모양이었다. 정류장으로 나오지 말라고, 내가 쇼핑백을 탁활 장소까지 가져다주겠다고, 출발하기 전에 그녀에게 음성을 남겼었는데.

갑자기 아래쪽이 시끌시끌했다. 용역들과 시위대 사이에 육탄전이 벌어지고 있었다. 스피커를 타고 흐르는 투쟁가의 선율에 타격 소리와 비명 소리, 화염병 터지는 소리가 더해졌다. 용역들의 뒤편에서 불길이 치솟았다. 그들 중 일부가 골리앗을 겨냥하여 새총을 쏘았다. 골리앗 위의 철 대위 사내들도 돌팔매질로 반격을 했다. 컵라면 용기들을 치우던 여자의 등에서 아기가 악을 쓰며 울었다.

"어떡하면 좋아."

고개를 돌리니 선배가 주먹을 부르쥔 채 눈물을 흘리고 있었다. 나는 헛기침을 했다. 눈을 부릅떴다. 왜 옆에서 누가 울면 같이 따라 울고 싶어지는 걸까. 부디 선배가 넌 그만 집에 가 보라고 말해 주기를 바라면서 나는 물었다.

"언니, 그럼 전 뭘 할까요?"

때마침 스피커에서 울려 퍼지던 투쟁가가 뚝 멎었다. 카세트테이프가 뒷면으로 넘어가기 직전 그 찰나의 정적 속에서 누군가 고함을 쳤다.

"야, 저 새끼 잡아!"

"저기 저 카메라 든 새끼 잡아! 빨리!"

나는 무심코 난간 밖을 내다보았다. 용역들과 시위대가 뒤엉켜 접전을 벌이는 곳 뒤쪽으로 남학생 하나가 어깨에 캠코더를 얹은 채 달리고 있었다. 그 뒤를 서너 명의 개나리색 철모들이 쫓고 있었다. 미로처럼 얽힌 좁은 골목길을 남학생은 절박하게 차고 구르며 달렸다. 달리면서 연방 뒤를 돌아보았다. 그는 마스크를 쓰고 있지도 않아 맨얼굴이 그대로 드러나 있었다. 나는 눈살을 찌푸렸다. 저 얼굴, 어디서 봤더라?

다음 순간 나는 내 입을 틀어막았다.

"지영아, 왜 그래? 괜찮아?"

선배가 물어볼 때까지 나는 깨닫지 못하고 있었다. 내 손가락 사이에서 신음이 흘러나오고 있었다는 것을. 선배가 옆으로 다가오더니 내가 보고 있는 것을 눈으로 좇았다. 남학생은 내리막길로 이어지는 골목으로 뛰어들고 있었다.

관이었다. 캠코더를 든 채 용역들에게 쫓기고 있는 그는, 나의 고향 친구 관이었다.

장마가 길었다. 연일 폭우가 쏟아졌다. 지붕을 두드리는 빗소리를 듣고 있노라면 귀가 얼얼해질 정도였다. 방 안의 공기는 또 얼마나 습한지 눈을 감고 두 팔을 앞으로 뻗으면 헤엄을 칠 수도 있을 것 같았다. 벽지가 들뜨고 곰팡이가 피었다. 방구석에 쌓아 놓은 책들이 우그러들었다. 팬티한 장을 빨아도 그것이 마르는 데 이틀이 걸렸다. 그런데도 나는 자취방에만 틀어박혀 있었다. 하루 종일 책을 읽었다. 뭔가 소일할 만한 것이 있어서 다행이었다. 책이야 얼마든지 많이 있었다. 서울에서 살기 시작한 후로 는 것이라고는 얼굴의 주근깨와 책밖에 없었으니까.

책 속의 주인공들은 언젠가는 서로 만나게 되어 있다.

그래야 줄거리가 진행될 테니까. 책 속의 주인공들에게는 우연이 잘 따른다. 그것도 대단히 극적인 순간에. 아니, 극적인 순간에 우연이 따르는 것이 아니라 우연이 따랐기 때문에 그 순간이 극적으로 승화되는 것이라 해야 할까.

이 세상이라는 한 권의 거대한 책. 내가 그 속의 주인공이라는 사실을 그때만큼, 그러니까 골리앗 위에 있는 내가 그 밑에 있던 관을 목격했던 순간만큼 뼈저리게 느꼈던 적은 아마 없을 것이다. 우연의 손길이 우리를 같은 바람이 부는 쪽으로 밀어 주었던 거라고 나는 믿었다.

내가 관과 정식으로 마주한 것은 골리앗에서 그를 보았던 날로부터 한 달쯤 지난 후였다. 만나기로 한 지하철역 입구에 정말 그가 서 있었다. 오랜만이라며 그가 먼저 입을 뗐다. 목소리가 잠겨 있었다. 그는 체격이 많이 여위고 피부색이 까무잡잡해졌지만 얼굴의 이목구비는 예전 그대로였다. 오른쪽 눈 옆의 점과 턱 밑의 흉터를 나는 반갑게 알아보았다. 관이 악수를 청하면서 웃었다. 눈 옆의 점이 잔주름에 가려졌다.

"얼굴이 하나도 안 변했네?"

"너도 그래."

서로 어색한 웃음을 주고받은 후 우리는 천천히 걸었다.

"그동안 어떻게 지냈어?"

"부모님들은 다 안녕하셔?"

궁금함이 앞서 대답할 틈도 없이 질문들이 이어졌다.

"그때 말이야, 용역들에게 붙잡히진 않았지?"

"참, 거긴 어떻게 왔었어?"

"너 혹시 운동하니?"

관은 소리 내어 웃었다. 네가 이겼어 하는 표정으로 말이다.

"나 옛날부터 운동 좋아했잖아."

나도 그를 따라 웃었다. 그랬다. 관은 농구도 잘하고 축구도 잘했다. 바닷가 소년답게 수영도 당연히 잘했고. 평소에는 숫기 없고 과묵하던 그가 공만 잡으면 생판 다른 사람처럼 활기차게 변하는 것을 나는 신기해하며 바라보고는 했었다.

관과의 재회는 기쁜 한편 떨떠름했다. 소식을 알지 못했을 때는 그가 간절히 보고 싶었는데, 막상 만나게 되자 내가 정말 그를 그리워하긴 했는지 확신이 서지 않았다. 그는 무엇엔가 많이 지쳐 보였다. 머리카락은 며칠을 감지 않았는지 제멋대로 뭉쳐 있고 피부는 반대로 푸석푸석했다. 본디 흰색이었을 면 티셔츠는 색이 누렇게 바랜 데다 겨드랑이 부분은 땀에 절어 있고 목 주위는 늘어날 대로 늘어나 쇄골이 다 보였다. 나는 관보다 한발 뒤에서 걸었다. 그의 청바지 엉덩이 부분에 노란색 페인트가 묻어 있었다. 볼품없이 키만 크고 삐쩍 마른 몸 때문에 안 그래도 엉망인 행색이 더욱 남루해 보였다. 환상을 충족시켜 주는 실체란 역시 없는 것일까. 그는 앳되면서도 총명하고 선량해 보이던, 내 기억 속의 소년이 아니었다.

내 내면의 미묘한 파동을 감지했는지 관이 자신의 옷차림을 내려다보며 쑥스럽게 웃었다. 사흘 동안 집에 못 들어가고 학생회실에서 잤다고 했다. 짐작대로였다. 지금의 그가 좋아하는 운동은 스포츠가 아니라 무브먼트였다. 나와 그 사이의 거리가 한층 멀어졌다. 부조리한 사회 현실을 개혁해 보겠다고 데모에 투신하느라 학생회실에서 살다시피 하면서 과제도 시험도 나 몰라라 하는 열혈 운동권. 무모하기까지 한 필요 이상의 정의감과 사회의식으로 무장한 그들이 학생으로서의 본분에 충실하기 위해 학업에 열중할 뿐인, 혹은 노는 것이야말로 청춘의 특권이므로 신나게 놀 뿐인 다수의 평범한 학우들에게 부채감이나 죄의식을 느끼게 하는 것을 나는 못마땅하게 여겨 온 차였다.

"그러니까 너는……."

못마땅한 관이 말했다.

"지영아, 나 배고파. 밥 먹으러 가자."

맥이 풀렸다. 어쩌면 그는 정말 배가 고픈 게 아니라 화제를 바꾸고 싶은 건지도 모르겠다는 생각이 들었지만 아무래도 상관없었다. 중요한 것은 내가 지금 그와 함께 있다는 사실이었다.

우리는 약속이나 한 듯 똑같이 동태찌개를 시켰다. 초반의 대화는 석을 중심으로 이어졌다. 우리가 공통적으로 아는 유일한 인물이 석이었으므로. 석이가, 석은, 석한테, 석을……. 탁자를 사이에 두고 마주 앉은 것은 관과 나 둘뿐인데, 해외 어학연수를 가서 국내에 있지도 않은 석까지 셋이 앉아 있는 것 같았다. 그건 우리가 석을 빼면 화제가 없을 만큼 사이가 소원해져 있고, 그만큼 서로를 어색해하고 있다는 얘기였다.

동태찌개는 짜고 싱거웠다. 짠맛과 싱거운 맛이 한 음식에 공존한다는 것을 논리적으로 설명하기는 어렵지만, 얕은 맛은 짜고 깊은 맛은 싱거웠다고 하면 될까. 나는 갑자기 삼숙이탕이 먹고 싶었다. 그런데 관이 식당 주인에게 들리지 않도록 목소리를 낮추며 내게 묻는 게 아닌가?

"삼숙이탕 먹고 싶지 않니?"

반가운 나머지 나도 모르게 목소리가 크게 나왔다.

"어? 나 방금 그 생각 했는데."

"중앙시장 2층집이 제일 맛있었어."

"맞아 맞아. 아, 진짜 먹고 싶다."

그것은 우리 고향 마을의 향토 음식으로 알려진 매운탕의 한 종류였다. 공통분모로서의 삼숙이탕을 추억하면서 우리는 비로소 긴장을 풀고 저 10대 시절의 허물없던 사이로 돌아갈 수 있었다. 대화 속에서 석도 자연스레 사라졌다.

카페로 자리를 옮겼다. 관은 어머니와 함께 고향을 떠나 곧바로 상경을 했단다. 어머니는 거처를 정하자마자 점집을 열었다고 했다.

"모든 일이 잘 풀렸어. 집도 쉽게 얻었고 어머니 점집도 잘됐거든. 나도 원하던 대학에 입학할 수 있었고."

관은 아이스티를 두어 모금 마셨다. 그의 목 중간쯤에 솟은 결후가 오르락내리락했다. 그냥 눈에 보이는 것을 보고 있을 뿐인데 왠지 보아서는 안 될 것을 훔쳐보고 있는 것처럼 민망한 기분이 들었다. 그는 어머니 이야기를 계속했다. 고향에서는 신내림을 받았다고 노골적으로 눈총을 받았지만 서울에서는 점을 보든 굿을 하든 남의 눈치를 볼 필요가 없었단다. 시대가 바뀌면서 무속인에 대한 편견이 줄어든 덕분이기도 할 거라고 그는 말했다.

"서울에서의 삶이 불행하진 않았어. 그런데 말이야. 행복하지도 않더라고. 참 이상해. 오히려 고향에서 살았을 때 힘든 일이 더 많았는데, 돌이켜 보면 고향에서는 늘 행복하기만 했던 것 같거든."

관은 남은 아이스티를 마저 들이켰다. 컵 속의 얼음들이 서로 부딪치는 소리가 청량했다.

"그래서였나 봐. 고향으로 돌아가고 싶다는 생각을 자주 했어."

그는 상경한 후로 고향에 내려간 적이 한 번도 없다고 했다. 뭔가 잘못해서 떠난 것도 아닌데 떠났다는 것만으로 이미 잘못한 것처럼 되어 버린 기분이었다나. 그는 갈증이 나는지 제 컵의 물을 다 마시고 내 컵의 물까지 마셨다. 컵을 감싸 쥔 손가락들이 뼈마디가 드러나도록 앙상했다. 그의 손등에 도드라진 푸른 정맥이 묘하게 아름다워 보인다고 나는 생각했다. 그가 빈 컵을 만지작거리면서 말했다.

"그리고 나, 너 생각 많이 했다."

카페의 아르바이트생이 물병을 들고 탁자로 다가왔다. 그녀가 컵에 물을 따른 후 몸을 일으키자 잠시 그녀의 상체에 가려져 보이지 않았던 관의 모습이 다시 시야에 잡혔다. 아, 그는 관이었다. 예전의 그 숫되고 다정하고 귀여운 소년의 모습 그대로였다.

"눈이 올 때마다, 옛날에 너랑 같이 눈 더미에 얼굴 도장 찍던 게 생각났어."

까마득한 옛날에 그랬듯 그는 환하게 웃었다. 나는 흡사 자취방 툇마루에 앉아 흑백텔레비전을 보는 듯한 기분이었다. 흑백 화면 속의 관은 아름다웠다. 손등의 정맥은 여전히 푸르렀지만, 어차피 아름다운 사람은 색이 있든 없든 똑같이 아름다운 법이었다.

관은 자신이 서울에 올라온 후 어떻게 살았는지 이야기를 늘어놓았다. 적절한 순간마다 고개를 끄덕이고 맞장구

를 쳐 가며 호응했지만 사실 나는 그의 말을 거의 알아듣
지 못했다. 머릿속으로 끊임없이 조금 전에 그가 했던 말
만 되감기하고 있었으니까. 그리고 나 너 생각 많이 했다.
눈이 올 때마다 너랑 같이…….

"너 지금 그거 남기는 거야?"

관의 눈이 내 앞에 놓인 아이스크림 볼에 꽂혀 있었다.
세 덩이의 아이스크림 중 두 덩이가 남아 있는 상태였다.

"응. 배불러서 다 못 먹겠어."

대답이 끝나기 무섭게 관은 볼을 제 앞으로 끌어당기더
니 아이스크림을 퍼먹기 시작했다. 조금 전까지 내가 쓰던
숟가락으로 말이다. 말릴 새도 없었다.

"아니, 자, 잠깐만. 내가 스푼 새로 갖다줄게."

나는 당황해서 말까지 더듬었다. 그가 손을 내저었다.
카운터에 있던 아르바이트생은 아마 보았을 것이다. 관이
숟가락을 입으로 가져갈 때마다 내가 당혹감과 부끄러움
과 기쁨이 뒤섞인 감정을 어쩌지 못해 무릎 위에 올려놓은
열 손가락을 구부렸다 폈다만 수없이 반복하고 있던 것을.

9

다섯 번째 노트는 거기에서 끝났다.

판매원이 장담했던 대로 히터는 성능이 좋았다. 강도를 약하게 맞추고 5분만 틀어 놓아도 앞에 앉은 사람의 가슴이며 얼굴이 델 듯 뜨거워졌다. 시험 삼아 몸체를 기울여 보았더니 정말로 전원이 즉각 차단되었다. 이 좁고 추운 방에서 그것은 금송아지나 다름없었다. 영대는 조심스러운 손길로 히터를 끄고 콘센트의 플러그를 뽑았다. 오전 8시. 밖은 아직 어두울 것이었다. 그의 지하방보다야 밝겠지만.

이 시간에 그가 깨어 있는 것은 지극히 드문 일이었다. 그는 일찍 일어난 것이 아니라 아예 자지를 않았다. 새벽 2시쯤 잠들어 오전 10시쯤 깨는 것이 습관이 된지라 아침 일찍 일어나야 하는 오늘 같은 날에도 혹 늦잠을 잘까 봐 불안

해서였다. 한숨도 못 잤지만 그는 긴장이 되어서인지 피곤한 줄도 몰랐다.

교복 차림의 소녀들이 팬시점 밖에서 쇼윈도에 진열된 상품들을 들여다보고 있었다. 매장 안으로 들어와서 구경해도 좋을 것을 소녀들은 밖에서만 눈동자를 굴리다가 곧 자리를 떴다. 그녀들이 조금만 더 주의를 기울였다면 새로 출시된 팬시 제품들 외에도 매장 안에서 머리가 천장에 닿을 듯 높은 곳에 선 채 창밖을 내다보는, 새로 출시된 한 청년을 발견할 수 있었을 것이다. 예전에 매장 앞을 지나다닐 때 청년은 생각했다. 쇼윈도 안의 상품들은 실제보다 더 근사해 보인다고. 지금 청년은 매장 안에 서서 생각하고 있었다. 쇼윈도 밖의 행인들은 실제보다 더 여유롭고 행복해 보인다고.

그렇다면 안에 있든 밖에 있든 대저 인생이란 그 사이에 강화유리라도 한 장 끼워 두어야 조금이라도 더 괜찮아 보이는 것일까. 청년은 고개를 갸웃거렸다. 그가 내다보고 있는 팬시점 밖 거리에는 행인이 많았다. 신촌 일대는 1년 내내 붐비는 곳이었다. 특히 밸런타인데이나 크리스마스, 12월 31일 같은 날 저녁에는 인도를 걸어서 10미터 전진하는 데 거의 10분이 걸리기도 했다. 환산하면 시속 60미터인 셈. 거리를 메운 인파를 볼 때마다 그는 의문이 생기곤 했다.

사람이 저렇게 많은데, 다들 바빠 보이는데, 저들도 외로

울까?

멍청하기 짝이 없는 질문이라는 것은 그도 알고 있었다. 하지만 정말 궁금했다. 그들이 외롭지 않다면 억울할 것 같고 외롭다면 허무할 것 같았다. 그러니 답을 모르는 게 차라리 나으려나. 어쨌거나 자신은 남들 눈에 바빠 보인 적이 없을 거라고, 왜냐하면 실제로 바쁘게 산 적이 없으니까, 하고 그는 태평하게 생각했다.

매장의 출입문이 열렸다.

"어서 오세요!"

영대는 씩씩하게 외쳤다. 여태까지 어떠했든 간에 이제부터는 바빠져야 했다. 그렇다. 오늘부로 그는 신촌 거리에 자리한 대형 팬시점의 아르바이트생이 되었다. 25년 인생에서 처음으로 생계 전선에 뛰어든 것이다. 그렇다. 보습 학원에는 가지 않았다. 현직 강사의 추천을 받고 원장의 최종 면접에서도 합격했는데 말이다. 면접을 본 다음 날아침이었을 것이다. 신촌역 근처의 패스트푸드점에서 똥을 누고 나오는 길에 그는 팬시점 출입문 앞에 한 남자가 서 있는 것을 보았다. 남자는 왼쪽 어깨와 왼쪽 턱 사이에 휴대폰을 끼운 채 입으로는 통화를 하고, 두 손으로는 출입문에 포스터를 부착하고 있었다. 가위로 접착테이프를 자르는 동안 땅에 내려놓은 포스터는 맥없이 말렸고, 말린포스터를 펴는 동안 잘라 놓은 테이프 조각들은 저희끼리

붙어 버렸다. 설상가상으로 남자의 휴대폰이 땅에 떨어지는 순간 영대는 저도 모르게 그쪽으로 다가갔다.

"제가 좀 도와드릴까요?"

남자를 도와 포스터를 무사히 부착하고 나서 보니 그것은 아르바이트생 모집 공고문이었다. 아르바이트면 어떤 일을 하는 거냐고 물었을 뿐인데 남자는 영대의 어눌한 말투가 성실한 청년 특유의 징표라도 된다고 믿었는지, 아니면 조금 전 그의 호의에 채용으로써 보답해야겠다는 의무감이 들었는지, 무턱대고 함께 일할 것을 권했다. 점장의 인상이 좋아서, 고졸이냐고 비아냥거리거나 월급을 제멋대로 깎거나 할 사람 같지는 않아서, 영대는 냉큼 그러겠노라 했다. 보습 학원에 출근하기로 약속했던 것은 안중에도 없었다. 이미 시작한 일도 여차하면 중간에 그만두는데 시작도 안 한 일 그만두는 게 대수랴. 현수가 팬시점 판매원 노릇 같은 건 해 봐야 경력도 되지 않는다며 언제까지 그렇게 되는대로 살 거냐고 물었을 때 속이 뜨끔하긴 했다. 하지만 그것도 그때뿐이었다.

영대가 맡은 공식 업무는 본사에서 들어온 신상품을 판매대에 진열하고 재고품을 정리하여 본사로 돌려보내는 일이었다. 그러나 그것보다 더 중요한 비공식 업무가 있었다. 절도 용의자 색출. 점장의 표현을 빌리면 '망할 놈의 도둑 잡기' 업무였다. 출입구 앞에 최신형 도난 방지기를 설치해 놓았는데도 도난 사건이 끊이지 않는다고 점장은 탄식했다.

하여 영대는 진종일 매장 한가운데 등받이 없는 의자를 가져다 놓고 그 위에 올라서서 고객들의 동태를 살펴봐야 했다. 고객은 대부분 여자였다. 열에 아홉도 아니고 백에 아흔아홉이 10대에서 20대 초반의 여성들이었다. 그들은 쓸데없이 화려하기만 한 문구용품과 요란한 색상의 우산, 터무니없이 비싼 인형, 영대의 눈에는 이거나 그거나 저거나 다 비슷해 보이는 액세서리 들에 열광했다. 30대로 보이는 여자들도 깜찍한 디자인의 머그잔이나 다이어리, 알람 시계 등을 발견하면 여고생처럼 감탄사를 내지르며 호들갑을 떨었다. 의자 위에서 영대는 그녀들을 이해할 수는 없지만 그녀들이 귀엽다고는 생각했다.

귀엽다고 느끼는 여자들 속에서 절도 용의자를 찾아내기란 쉽지 않은 법. 영대는 두 눈 부릅뜨고 매장 안의 고객들을 감시했지만 그의 눈에 들어온 것은 예쁜 것들에 혹하기 잘하는 천진난만하고 순진무구한 소녀들뿐이었다. 그녀들을 보는 데 지치면 창밖을 흘깃거리기도 하면서 영대는 돈 벌기 참 쉽군 하고 흐뭇해했다. 학원 강사를 하지 않기로 한 것은 그 생애 몇 번 없을 현명한 결정이었다.

첫날은 아무 사건 없이 지나갔다. 둘째 날도 평화롭게 흘러갔다. 의자 위에 서서 영대는 평생 이렇게 살면 어떨까 생각해 보았다. 나쁘지 않을 것 같았다. 셋째 날이 되었다. 여고생이 캐릭터 세면도구 세트를 훔치다가 걸렸다. 그녀를 잡아낸 것은 영대가 아니라 점장이었다. 넷째 날에는 20대 여성 두 명이 각기 귀걸이와 다이어리를 슬쩍하다가 발각되었다. 그녀들을 잡아낸 것도 점장이었다. 다섯째 날에는 남중생이 가죽 필통을 절취하다가 들켰다. 그를 잡아낸 것은 점장이 아니었지만 영대도 아니라는 게 문제였다. 의자 위에서 종일 뭘 하는 거냐고, 손님들 가르마 구경이나 하고 있느냐고, 점장이 호통을 쳤다. 남중생의 절도를 막아 낸 카운터의 여자 아르바이트생이 나이가 큰오빠뻘인 영대를 손가락질하며 아직 신입이라 서툴러서 그런 거라고 점장을 진정시켰다. 영대는 죄송하다고 네 번 말했다. 매장 안의 고객들이 그를 네 번 곁눈질했다. 의자 위에 서서 영대는 평생 이렇게 살면 어떨까 다시 한번 생각해 보았다. 젠장. 죽는 게 나았다.

출근 여섯째 날. 단발머리 소녀가 액세서리 진열대 앞에서 왔다 갔다 했다. 영대는 그쪽을 예의 주시하고 있었다. 소녀는 반지를 껴 보았다가 빼고 팔찌를 껴 보았다가 빼고는 모두 도로 내려놓았다. 그러더니 표 안 나게 좌우를 살펴보는 게 아닌가. 그녀가 매장을 빠져나가기 직전 영대는 목청을 높였다.

"저기요, 저기요!"

소녀가 뒤를 돌아보았다. 영대와 그녀의 눈이 마주쳤다. 영문을 모르겠다는 듯 무연한 눈동자를 반짝이며 소녀는 손가락으로 제 가슴을 가리켰다.

"저요?"

"아, 아뇨. 아닙니다."

그가 머리를 긁적이는 동안 소녀는 출입구에 설치된 도난 경보기를 별 탈 없이 통과했다. 사라진 물건도 전혀 없었다. 영대가 괜한 의심을 했던 것이다. 정장 코트 차림의 남녀 한 쌍이 나란히 매장으로 들어왔다. 무심코 그들을 눈으로 좇다가 영대는 고개를 숙였다. 모든 고객을 잠정적 절도범으로 보는 이 일이 과연 옳은가에 대해 회의가 들었다. 그가 다시 고개를 든 것은 카운터가 소란스러워졌을 때였다.

"코트 주머니에 이거 나머지 한쪽 집어넣었잖아요!"

카운터의 아르바이트생이 다그치고 있는 이는 정장 입은 여자였다. 함께 온 정장 입은 남자가 아르바이트생과 여자를 번갈아 쳐다보았다. 값을 치르려던 참이었는지 남자의 손에 큐빅 장식이 화려한 고가의 머리핀 한쪽이 들려 있었다. 원래 한 쌍으로 나온 제품이었다.

"뭐라고? 니가 봤어?"

정장 여자가 앙칼지게 되받아쳤다.

"그럼 어디 주머니 좀 봐 봐요!"

아르바이트생이 여자의 코트를 향해 손을 뻗었다. 순간 여자가 뒤로 몸을 빼며 비명을 질렀다. 그녀는 코트의 주머니를 움켜쥔 채 매장 밖으로 뛰쳐나갔다. 순식간의 일이었다. 야, 빨리 쫓아가! 누가 외쳤는지는 모르겠다. 정신을 차리고 보니 영대의 두 다리는 어느새 매장 밖을 달리고 있었다. 여자는 10미터도 못 가 그에게 팔을 잡혔다. 영대가 어떻게 말을 꺼낼까 머뭇거리는데 뒤에서 누군가 그의 팔을 잡았다. 정장 입은 남자였다.

"그 손 놓으세요. 제 약혼녀입니다."

영대는 여자에게서 손을 뗐다. 그녀는 길바닥에 쪼그려 앉더니 손바닥으로 제 얼굴을 감쌌다. 남자는 두 손을 옆구리에 올린 자세로 하늘을 쳐다보았다. 행인들이 길 한복판에 앉거나 서거나 기묘한 삼각 구도를 형성하고 있는 세 사람을 힐끔거리며 지나갔다.

영대는 다시 새벽 2~3시에 잠들어 오전 10시쯤 깨는 생활로 돌아왔다. 사람은 적응의 동물이었다. 그는 이제 잠만 자는 방에서 사는 데 아무 불편을 느끼지 못하는 경지에 도달했다. 밤이든 낮이든 졸리면 잤다. 배가 고프면 짜파게티를 먹고 담배를 피웠다. 심심하면 인터넷으로 웹툰이나 미국 드라마 시리즈를 몰아서 보았고 그러다 눈이 아프면 라디오를 들었다. 행복하다고 할 수는 없었지만 그렇다고 불행하지도 않았다. 가끔은 컵 짜파게티 말고 냄비에 끓여 먹는 오리지널 봉지 짜파게티가 그립기도 했다. 작동이 될지는 모르겠으나 주방에는 버너도 있고 열어 본 적은 없으나 찬장 안에도 냄비 같은 게 있을 테니, 마음만 먹는다면 못 먹을 것도 없었다. 그러나 귀찮았다. 단지 귀찮아서 그는 예전에 사 두었던 봉지 짜파게티가 방구석에 처박혀 있는데도 매번 컵 짜파게티를 먹었다.

팔베개를 하고 누웠다. 누운 자세에서 왼팔을 뻗어 히터를 켰다. 오른팔을 뻗어 라디오를 틀었다. 배철수의 목소리가 흘러나오는 것으로 미루어 지금 시각은 저녁 6시에서 8시 사이였다.

과연 탁상시계는 7시 5분을 가리키고 있었다. 시계의 초침은 현재 이 방 안에서 유일하게 움직이는 것이었다. 영대는 그것의 움직임을 주시했다. 60초를 기다려서 분침이 움직이는 것도 확인했다. 이제 시침 차례였다. 그는 시침이 움직이는 것은 여태껏 한 번도 본 적이 없었다. 지루한 눈싸움이 시작되었다. 5분이 지났다. 10분이 지났지만 시침은 요지부동이었다. 눈이 아팠다. 제기랄. 영대는 포기하고 모로 누웠다. 눈앞에 모기 시체들이 다닥다닥 붙은 벽지가 있었다.

이게, 진짜 삶일까.

그는 다시금 오래전의 목소리 하나를 떠올리고 있었다.

이렇게 시시하고 지루한 게 진짜 인생일까. 그때 정환의 눈은 화단 너머를 향해 있었다. 그는 무엇을 보고 있었을까.

눈을 감았다. 진짜 삶이니 가짜 삶이니 하는 것에 대해서 진지하게 생각해 보지는 않았다. 영대는 아무래도 상관없다고 생각했다. 무엇도 그에게는 중요하지 않았다. 그는 죽도록 하고 싶은 일도 없고 죽어도 하기 싫은 일도 없었다. 경험해 보지 못한 것들을 궁금해한 적도 없고 잃어버린 것들을 아쉬워해 본 적도 없었다. 무언가에 사무쳐 본 적도 없으니 뼛속 깊숙이 희열에 젖거나 분노에 떨었던 적도 당연히 없었다. 텔레비전으로 야구 중계를 보다가 응원하던 팀이 역전패당하면 울분이 솟지만 그러다가도 배달되어 온 짜장면이 맛있으면 금세 기분이 풀어지곤 했다.

그런데, 그게 나쁜가? 잘못된 것인가? 내가 비정상인가?

영대는 누군가에게 물어보고 싶었다.

휴대폰에 문자메시지가 도착했다. 그의 전화번호를 아는 사람은 엄마와 현수 두 명뿐이었다. 그 두 사람의 메시지를 확인하는 일이야 하등 급할 것이 없으므로 오랜만의 기별인데도 휴대폰을 집어 드는 그의 표정은 시큰둥했다.

나 지영이야. 이번 주말에 시간 좀 빌려줄 수 있니?

그는 누운 자리에서 일어나 앉았다. 통화를 하는 것도 아닌데 라디오의 볼륨을 낮추었다. 휴대폰을 다시 들여다보았다. 정말 지영이었다. 소음이 있는 것도 아닌데 그는 히터를 껐다. 천장을 한번 쳐다보았다. 다시 휴대폰을 들여다보았다. 다섯 번을 확인해 보아도 문자는 그대로였다. 그녀는 내 전화번호를 어떻게 알았을까. 나는 그녀의 번호를 알면서도 전화 한 번 안 했는데. 그녀가 먼저 연락을 해 왔다는 것이 믿기지 않아서 몇 분을 더 망설이다가 그는 답장을 작성했다. 고심 끝에 고른 문장은 단 네 음절이었다.

당연하지.

당연하게도 그는 문자를 전송하자마자 후회했다. 안부를 먼저 물었어야 하는데. 주어와 술어를 갖춰 썼어야 하는데. 기뻐 날뛰는 표정의 이모티콘이라도 하나 집어넣을걸. 자신의 답문이 성의 없이 비쳤을까 봐 그는 전전긍긍했다. 두 번째 문자가 왔다.

너한테 부탁할 게 있어. 들어줄 거지?

부탁? 나한테? 히터를 껐는데도 방 안의 공기가 후끈 달아올랐다. 여자가 뭔가를 부탁해 온다는 것은 그녀로부터 '당신은 멋진 남자'라는 말을 듣는 것과 같은 것이었다. 더구나 좋아하는 여자가 부탁을 하는데 그것을 거절할 수 있는 남자는 이 지구상에서 광릉 크낙새보다도 드물리라. 영대는 갑자기 전지전능해졌다. 그녀의 부탁이라면 아무리 어려운 것이라도, 예컨대 생수 맛을 A4 용지 한 장 분량으로 묘사해 보라든가, 군부대 앞에서 프리허그 피켓을 들고 서 있으라고 해도, 그는 할 수 있을 것 같았다.

지영은 자세한 이야기는 만나서 하자고 했다. 장소와 시간을 정하는 문자가 몇 번 더 오갔다. 모든 것이 일사천리로 정해졌다. 영대는 라디오의 볼륨을 높였다. 배철수의 목소리가 감미롭게 들릴 수도 있다는 것을 그는 처음 알았다.

"그러니까, 연기를 하라는 거지?"

지영은 고개를 끄덕였다. 그녀의 핫초코 잔에 꽂힌 빨대에 분홍색 립스틱이 묻어 있었다. 영대는 공연히 목이 탔다. 제 앞에 놓인 잔에서 빨대를 빼내고 잔째로 들이켰다. 핫초코는 미지근하게 식어 있었다.

지영의 사연은 이러했다. 어렸을 때 알고 지냈던 동네 오빠와 십수 년 만에 조우했다. 알고 보니 그 오빠가 온오프라인 인맥을 총동원하여 그녀를 수소문한 끝에 극적으로 찾아냈다는 것. 오빠는 지영이 자신의 첫사랑이었다며 적극 구애를 한다. 그녀는 오빠에게 관심이 없다. 거절 의사를 밝혔는데도 그는 막무가내로 그녀를 따라다닌다. 남자 친구가 있다고 해도 믿어 주지 않는다. 정말 있으면 데려와 보라고 했단다. 여기까지.

고로 지영은 영대에게 그 오빠 앞에서 남자 친구 행세를 해 달라는 것이었다.

"무리한 부탁을 하는 거라면 미안해."

영대는 전혀 무리한 부탁이 아니라며 손사래를 쳤다. 그

는 속으로 그녀의 진의를 파악하려 애쓰느라 다디단 핫초
코 맛도 못 느끼고 있었다. 지영은 분명히 그에게 '남자 친
구라는 걸 보여 줘.'가 아니라 '남자 친구인 척해 줘.'라고
말했다. 영대는 아직 그녀의 남자 친구가 아니라는 말이
다. 그녀는 내가 마음에 들지 않는 것일까. 아니면 이런 경
우 내가 어떻게 반응할지 시험해 보려는 것일까.

빨대를 빈 잔에 도로 집어넣었다. 세 번째나 네 번째도
아니고 겨우 두 번째 데이트에서 이런 쇼를 해 달라는 부
탁을 받다니. 물론 어려운 일은 아니었다. 지영이는 제 여
자 친구입니다. 앞으로는 귀찮게 하지 말아 주십시오. 이
런 식으로 정중하게 경고하면 상황은 종료되리라. 가만, 지
영이 오빠라고 말했으니까 그 남자가 나보다 나이가 많다
는 거지? 영대는 냅킨으로 입가를 닦으며 물었다.

"그 형님은 연세가 어떻게 되시니?"

지영이 눈을 흘겼다.

"형님? 니가 그 오빨 언제 봤다고 형님이야?"

영대는 아차 싶었다. 지영이 불쾌하게 여기는 상대를 높
여 불렀으니 그녀가 발끈할 만도 했다. 그 새끼는 몇 살이
나 처먹었어? 이렇게 물어봤어야 하는데. 그게 훨씬 남자
답고 박력 있어 보였을 텐데.

"우리보다 네 살 많아."

이름은? 무슨 일 해? 학교는 어디 나왔어? 궁금한 것이

많았으나 영대는 입을 다물었다. 상대방에 대해 많이 알면 알수록 면전에서 모질게 굴기가 어려워지는 법. 영대에게 '그 새끼'는 단칼에 물리쳐야 할 적일 뿐 그 이상도 이하도 아니었다. 지영이 두 팔로 턱을 괴었다. 그녀는 웃고 있었다. 반짝이는 분홍색 입술 사이로 희고 고른 치아가 드러났다. 영대는 엉겁결에 눈을 내리깔았다.

"밥은 잘 챙겨 먹니?"

"응? 응."

"사는 데가 춥지는 않아?"

"응? 응. 히터 틀어 놓으면 괜찮아."

"어머, 그럼 방이 되게 건조할 텐데. 목은 안 아파?"

지영은 영대의 엄마가 그에게 물었던 것들을 똑같이 묻고 있었다. 그는 가슴이 뭉클했다. 여자들은 원래 다 이런 가. 이렇게 자상하고 상냥하고…… 돌연 그녀의 손이 그의 얼굴로 다가왔다. 영대는 저도 모르게 흡 하고 숨을 멈추었다. 지영은 그의 점퍼 깃에 붙어 있던 머리카락 한 올을 떼어 냈다.

"너 그거 알아? 어떤 사람 몸에서 이렇게 머리카락을 떼어 주면, 그 사람이 애인과 이별하게 된대. 그러니까 나는 지금 너를 애인이랑 헤어지게 만든 거야."

"나 애인 없는데?"

참았던 숨을 내쉬면서 영대는 항변했다. 지영이 뭔가 오해하고 있지 않나 싶었다.

"좋아하는 사람 없어?"

"응, 없어."

"너 나 안 좋아하는구나?"

그녀는 말끝에 웃음을 터뜨렸다. 영대의 얼굴이 시뻘게 졌다. 아, 그게 그런 뜻이었나. 그는 제 머리통을 쥐어박고 싶었다.

"아니, 그게 아니라, 내 말은……."

제기랄. 그는 입술을 깨물었다. 만약 은근슬쩍 감정을 고백함으로써 여자의 환심을 살 수 있는 절호의 순간에 얼 마나 재치 있고 유연하게 대처하느냐로 그 사람이 사는 방 의 넓이가 정해진다면, 그는 평생을 맨홀 뚜껑 위에서 살 아야 할지도 몰랐다.

"영대야, 있지, 너랑 나는 인연이 있는 것 같아."

"무슨…… 인연?"

그는 달아오른 뺨을 두 손으로 문질렀다.

"내가 세상에서 가장 사랑하는 사람 이름이 오영대거 든. 너 처음 봤을 때 이름이 그 사람이랑 똑같아서 굉장히 반가웠어."

지영의 눈이 잠시 허공에 머물렀다 그에게로 향했다. 혹 시 그녀의 첫사랑 이름이 오영대인가. 영대는 침을 삼켰다. 발견 즉시 잽싸게 떼어 낼 작정으로 눈에 불을 켜고 그녀의 옷에 붙은 머리카락이 없나 살펴보면서 물었다.

"니가 세상에서 제일 사랑하는 사람이 누군데?"

"우리 엄마."

요런 머리끝에서부터 발끝까지 사랑스러운 아가씨를 보았다. 영대는 그녀의 옷에서 머리카락을 찾는 일을 그만두었다. 온몸 구석구석으로 짜릿하게 퍼져 나가는 희열을 탁자 밑의 두 주먹에 모아 움켜쥐었다. 자신과 이름이 같은 장모님을 가질 기회를 제공해 주는 여자는 그리 쉽게 만날 수 있는 것이 아니다. 게다가 이름이 같은 것으로 인연이 있고 없고를 논한다면 그도 할 말이 있었다. 스프링 노트의 주인공 김지영과 지금 그의 눈앞에 앉아 있는 김지영도 이름이 같지 않은가.

"실은 나도 너랑 인연이 있는 것 같다고 생각했어."

"어머, 정말? 왜?"

영대는 스프링 노트의 이야기를 해 줄까 말까 망설였다. 그는 일곱 권의 스프링 노트 중 다섯 권을 읽었다. 여섯 번째 노트는 현재 그의 가방 안에 들어 있었다. 지영이 이야기를 해 달라고 졸랐다. 영대는 입을 열다 말고 고개를 저었다. 어떻게 이야기해야 좋을지 몰라서였다. 어디서부터 어떻게 말해야 한단 말인가. 김지영의 스무 살 시절을. 그녀의 봄과 여름과 가을, 겨울을.

10

그해에는 유난히 비가 자주 내렸다. 가을이 깊었다. 주인 할머니는 비 오는 날이면 종종 툇마루에 휴대용 가스버너를 내놓고 파전을 부쳤다. 미나리와 홍합 살, 곱게 간 돼지고기와 실파가 색색이 토핑으로 얹힌 파전이었다. 하루는 할머니가 방에 처박혀 책만 읽고 있던 나를 굳이 밖으로 불러냈다. 나는 툇마루 한쪽에 엉덩이를 붙이고 앉았다. 그녀가 프라이팬에 식용유를 둘렀다.

"비 오는 날이면 왜 부침개가 먹고 싶어지는지 아는가?"

할머니는 하고 싶은 말이 있으면 그냥 하지 않고 옆 사람에게 질문을 던지고 나서 당신이 바로 그 답변을 내놓는 방식으로 하기를 좋아했다.

"기름에 전 부치는 소리가 비 오는 소리하고 비슷해서

그런 것이야."

그녀가 시키는 대로 빗소리에 귀를 기울여 보았다. 듣고 보니 정말 비슷한 것 같기도 했다. 하지만 나는 그날따라 부침개보다 소주가 더 당겼다. 파전을 안주 삼아 소주를 마시면 어떨까 싶었다.

"할머니, 제가 나가서 소주 한 병 사 올까요?"

"뭣이?"

할머니가 눈을 부라렸다. 그녀가 치켜든 뒤집개에서 밀가루 반죽이 뚝뚝 떨어져 마루에 흰 얼룩을 만들었다.

"젊은 처자가 거 아주 그냥 못 하는 소리가 없네."

나는 그러고도 한참이나 더 꾸지람을 들어야 했다. 술은 공산당 괴뢰군보다 더 흉악한 것이어서 절대 믿어서도 안 되고 가까이해서도 안 된다나. 초등학교 때나 들어 보고 그 이후로는 한 번도 접해 본 적 없는 괴뢰군이라는 단어를 파전 부치는 자리에서 듣게 된 것이 우스웠으나 할머니의 표정은 심각했다. 나는 그녀가 술꾼 남편을 만나 젊은 시절에 마음고생깨나 한 것이 아닐까 추측했다. 네, 할머니. 그녀의 사연이 궁금했지만 파전이 다 익었기에 서둘러 맹세부터 했다. 앞으로 다시는 술을 마시지 않겠다고.

그날부터 나는 밤마다 술을 마셨다. 술잔 옆에 안주인 양 책을 펴 놓고 소주를 홀짝였다. 원체 술에 약했던 터라 한두 잔만 마셔도 머릿속이 핑 돌면서 취기가 올라왔다.

책 읽기에 집중이 안 되는 게 당연했다. 책을 들여다보고 있으면 낱말들이 하나씩 흩어졌다가 모이면서 책장 가운데 구멍이 생겼다. 그 속을 들여다보면 구멍 속에 다른 구멍이 있고 그 속에 또 다른 구멍이 있었다. 한없이 구멍 안으로 빨려 들어가다 보면 귀에 익은 목소리가 들렸다.

나, 너 생각 많이 했다.

나를 설레게 하는 것은 관의 얼굴이 아니라 그의 목소리의 잔상이었다. 가끔은 그가 했던 말이 믿기지 않아서 종이 위에 그대로 옮겨 써 보기도 했다. 그러면 그것의 실체가 조금 더 분명해졌다. 발화되는 순간 휘발되고 마는 음성언어의 찰나를 박제화하는 것이 문자언어라는 것을, 나는 그의 목소리를 기록하는 과정을 통해 체감했다.

너를 보고 있으니까 꼭 고향에 와 있는 기분이야.

옛날보다 더 예뻐진 것 같아.

언젠가는 다시 만나게 될 거라고 믿었어.

그 달콤한 수사들의 향연. 나는 밤마다 그것들을 해체하고 분석하고 조립했다. 그 속에 담긴 사실과 진실을 구분해 내기 위해 술잔 앞에서 홀로 분투했다.

관은 나를 그저 오래된 고향 친구로 여기는 거야. 몇 년 만에 서울 땅에서 만났으니 얼마나 반갑겠어? 그렇지만 내 생각을 많이 했다고 했잖아. 그리고 아무에게나 예쁘다는 말을 할 리는 없어. 멍청하긴, 그건 그냥 립 서비스야. 친구끼리 그런 말도 못 해? 그래도 관은 나랑 특별한 친구였단 말이야. 그건 다 옛날 얘기지. 전에 한 번 보고는 여태 연락 한 번 없는 거 보면 몰라? 그거야 너무 바빠서…….

싸움은 격렬했지만 승패는 쉬이 나지 않았다. 이겨도 완전히 이기지 못하고 져도 완전히 지지는 못했다. 양성구유의 존재처럼 기쁨과 슬픔은 매번 한 몸으로 나를 찾아왔다. 전리품이 있다면 뾰족한 불면의 시간들뿐이었다. 밤이 깊어도 잠을 이루지 못하는 날들이 잦아졌다. 그에 따라 나의 주량도 조금씩 늘어났다. 근심은 수마(睡魔)를 이기지만 그 근심을 이기는 것이 또 취기인지라, 잠들기 위해 밤마다 성실하게 술을 마셨던 것이다. 그래도 이따금 새벽에 눈이 뜨이는 것까지는 어찌할 수 없었다. 여명 속에서 사위를 돌아보면 벽을 따라 이열 종대로 세워 놓은 소주병들이 보였다. 끝까지 다 마신 것은 하나도 없어서 병마다 남아 있는 소주의 양이 달랐다. 잠결에도 나는 젓가락으로 저 병들의 주둥이를 때리면 병마다 각기 높낮이가 다른 소리가 나겠지 하고 생각했다. 날이 밝으면 연주를 한번 시도해 보리라 결심도 했고. 언제나 결심에서 그쳤지만.

한 달이 지나도록 관에게서는 연락이 오지 않았다. 나는 내가 그를 기다리고 있다는 사실을 인식하지도 못하면서 그를 기다렸다. 누군가를 막연히 기다리기만 한다는 것이 세월을 헛되이 보내는 것처럼 느껴지기도 했다. 그럴 때면 그가 내게 건넸던 다정한 말들을 곶감 꼬치에서 곶감 빼 먹듯 하나씩 떠올려 보았다. 그러고는 행복에 겨워 혼자 실실거리며 웃었다. 그 짓을 되풀이하는 데에도 싫증이 나면 울분을 터뜨렸다.

어떻게 나를 기다리게 할 수 있지?

어째서 나를 좋아해 주지 않는 거야?

하루에도 몇 번씩 내 감정은 극에서 극으로 널을 뛰었다. 이 사나운 감정의 소용돌이를 그가 까맣게 모르고 있으리라는 것이, 그의 내면은 찻잔 속의 커피처럼 마냥 고요하리라는 것이 나를 허탈하게 했다. 나는 관이 마땅히 나를 좋아해 주어야 한다고 믿었다. 그에 대해 이토록 잘 아는 내가 아니면 그가 대관절 누구를 좋아한단 말인가.

따지고 보면 그래야 할 필연성도 없었다. 내가 관에 대해 특별히 더 잘 안다거나 많이 안다고 할 수 있는 것도 아니었다. 초등학교 때까지는 그가 나보다 키가 작았다는 것? 그의 집에서는 늘 화장품 냄새 같은 은은한 향내가 진동했다는 것? 그의 어머니가 콧등에 미인점이 있고 눈이 부리부리한 미인이었다는 것? 그가 나처럼 중앙시장 2층 집의 삼숙이탕을 즐겨 먹었다는 것? 단지 어린 시절을 공유했다는 것만으로 나는 남들이 결코 끊을 수 없는 억세고 질긴 인연의 동아줄이 그와 나를 묶어 주고 있다고 믿었다. 그것이 착각이었음을 깨닫는 데는 겨우 한 달밖에 걸리지 않았다. 관이 어떻게 대학 입시를 치렀는지, 학교에서는 누구와 친하게 지내는지, 여자 친구를 사귀어 본 적은 있는지, 심지어 그가 지금 어디에 있는지도 나는 모르고 있었으니까.

100미터를 전력 질주하고 난 뒤처럼 온몸의 기운이 빠졌다. 인간이 자신의 존엄성을 의심하게 되고 자신의 가치를 불신하게 되는, 그럼으로써 스스로 가장 초라해지는 순간이 좋아하는 대상으로부터 외면당할 때라는 것을 나는 그 무렵에 깨달았다. 조금이라도 덜 초라해지기 위해 내가 할 수 있는 일이라고는 고작 오늘은 어느 상표의 소주를 마실 것인가, 몇 잔이나 마실 것인가 따위를 결정하는 것밖에 없었다.

어렸을 때는 내가 나중에 커서 위대한 인물이 될 줄 알았다. 서점집 주인답게 아버지는 한글을 갓 뗀 자신의 딸에게 가장 먼저 읽힐 책을 서가 전체에서 고르고 또 골랐다. 그래서 내게 처음 쥐여 준 책이 위인전이었다.

잔 다르크는 스무 살에 조국을 위해 병사들을 이끌고 전쟁터에 나갔다. 에디슨은 스물두 살에 자신의 발명품으로 최초의 특허를 받았다. 김구는 스무 살에 의병단에 가입했고 아인슈타인은 스물일곱 살에 특수상대성이론을 발표했다. 헬렌 켈러는 스물네 살에 시각과 청각을 잃은 상태에서도 케임브리지대학을 우등으로 졸업했고 윤봉길은 스물다섯 살에 조국의 독립을 위해 폭탄 테러를 했으며 테레사 수녀는 스물일곱 살에 세상의 아프고 가난한 사람들을 위해 평생 헌신하기로 결심했다.

스무 살이란 그런 나이였다. 그들과 똑같은 스무 살 시절을 살면서 나는 뭔가를 이루기는커녕 이루겠다는 의지조차 없었다. 기껏 어린 시절 친구였던 남자애를 짝사랑하는 일에나 매달려 있었다.

하기야 스무 살 시절에 누군가를 좋아하지 않는다면 그게 무슨 스무 살이겠는가. 모름지기 모든 나이에는 그 나이에 맞는 감수성이 있고 욕망이 있는 것을. 지극히 자연스러운 감정을 가지고 있으면서도 나는 그것을 부끄러워했다. 내가 원하는 것이 그깟 연애 감정의 향유가 아니라 다른 거창한 무엇이어야 한다고 믿었다. 그것이 평범하기만 한 내가 나 나름대로의 특별함을 획득할 수 있는 길이라고 생각했다. 그래야 했다. 나는 이 거대한 책 속의 주인공이었으니까.

내가 잘하는 일이 무엇인지 고민해 보았다. 생각만으로는 정리가 되지 않아 연습장에 떠오르는 대로 끼적였다. 공부를 잘하나? 운동에 능한가? 언변이 유창한가? 영어를 잘하나? 아니면 그림을 잘 그리나? 그것도 아니면 악기를 잘 다루거나 노래를 잘 부르나? 혹은 용모가 출중한가? 어떤 항목에도 동그라미를 칠 수가 없었다.

일기를 쓰기 시작한 것은 그때부터였다. 나에게 별다른 재능이 없다는 것을, 인생이 너무 길게 느껴진다는 것을, 내가 정말로 원하는 것이 무엇인지 모르겠고 그래서 나의 미래가 내 것인지도 모르겠다는 것을, 아니, 다른 것 다 떠나서 관에게 연락이 오지 않는다는 것을, 나는 일기장에 썼다. 생각만 하는 것과 생각을 글로 쓰는 것은 차원이 완전히 다른 일이었다. 나는 후자가 내게 선사하는 각성의 서늘함과 위안의 따스함을 기꺼이 받아들였다. 덕분에 불면의 밤으로부터도 점차 해방될 수 있었다.

관을 다시 만난 것은 그로부터 두 달이 더 지난 후였다. 오지 않는 그의 연락을 기다리며 내가 밤마다 소주를 홀짝이던 무렵에 그가 폭력 시위를 주동한 혐의로 구치소에 수감되어 있었다는 사실을 나는 그가 풀려나온 후로도 한참 동안이나 몰랐다. 알았다면 나 자신이 더욱 초라하게 느껴졌을 것이다. 나와 다른 사람이었으니까. 그는 내가 갈 수 없는 길을 가고 있었으니까. 그럼으로써 관은 나에게 좋아하는 사람과 정서적으로 합일할 수 없는 자의 비애를 안겨 주었을 것이다. 혹시 내 아버지는 그것을 예상하고 딸이 힘들어할 것을 미연에 방지하고자 했을까. 그래서 일찍이 나에게 그와 친하게 지내지 말라고 당부했던 것일까.

아닌 게 아니라 눈에 띄게 핼쑥해진 얼굴로 관이 입을 열었다.

"너희 아버지는 지금도 나를 싫어하시겠지?"

나는 흠칫 놀랐다. 관은 알고 있었던 것일까.

"옛날부터 그러셨잖아. 그걸 어떻게 모르겠어?"

그는 이실직고할 것이 있다고 했다. 목소리가 갈라져서 나왔다.

"솔직히 억울하더라. 왜 날 싫어하시나 하고 말이야. 내 어머니가 무당인 게 내 잘못은 아니잖아. 무당이 나쁜 것도 아니고. 그래서 나도 어린 마음에 너희 아버지를 골탕 먹이고 싶은 마음이 있었나 봐. 어느 날 문제집을 사러 너네 서점에 갔어. 너희 아버지가 나를 보시고도 못 본 척하시니 화가 나더라. 화를 꾹 참으면서 문제집을 살펴보고 있는데 등 뒤에서 손님이 소설책을 찾는 거야. 제목도 기억나. 순간 내 바로 앞의 책꽂이에 그 책이 꽂혀 있는 게 보였어. 너희 아버지가 '예, 재고가 한 권 있습니다.' 하더니 내 쪽으로 다가오셨지. 난 재빨리 그 책을 내 가방 안에 숨겼어. 그것도 모르고 너희 아버진 책꽂이를 한참 뒤지셨어. '이상하다, 어제도 봤는데.' 하시며 옆의 옆 책꽂이까지 다 찾아보셨지. 나중엔 너희 어머니까지 합세하셨지만 결국은 못 찾았어. 너희 아버지, 손님에게 죄송하다고 몇 번이나 사과하시더라."

관은 그 책을 가방에서 도로 꺼낼 기회를 잡지 못해 그대로 집으로 가져갔다고 했다. 그것을 서점에 다시 갖다

놓은 것은 사흘이나 더 지난 후였다. 책을 읽는 데 사흘이 걸렸기 때문이다. 그는 책을 일부러 손님의 발길이 뜸한 사회과학 서적 코너 맨 아래 칸에 꽂아 두었다. 본래 자리인 문학 코너에 꽂을 수는 없었다. 그 책이 사라졌다 나타난 것이 자신의 소행임을 혹시라도 내 부모님이 알아챌까 봐 두려웠던 것이다. 그는 말하는 내내 내 눈을 똑바로 보지 못했다.

"그 책 제목이 뭐야?"

"여덟 번째 방."

어떤 젊은 남자가 아주 조그만 방에서 살아가는 이야기라고 관은 덧붙였다.

"너희 아버지께 죄송해. 정말 유치한 짓이었어. 지금 생각해도 부끄럽다."

아니라고, 먼저 미안해해야 할 사람은 이유 없이 너를 미워했던 나의 아버지라고, 나는 그렇게 말하려다가 입을 다물었다. 손님 앞에서 책을 찾아내지 못해 허둥거렸을 아버지의 모습을 연상하자 그 우스꽝스러운 장면들을 딛고 밟아 가며 내가 이곳 서울까지 올라왔다는 생각이 들었기 때문이다.

"우리 아빠 너 안 미워하셔. 예전에도 진심으로 미워하셨던 건 아닐 거야. 나한테 니가 어디서 어떻게 사는지 궁금하다고 하셨던 적도 여러 번 있거든."

관이 눈을 크게 떴다. 눈 옆의 점이 눈가 근육을 따라 움찔
거렸다.

"정말이야?"

"정말이야."

거짓말이었다. 관은 그래도 마음이 놓이지 않는다는 표
정이었다.

"그 책, 혹시 아직도 사회과학 코너에 있을까?"

"설마. 만약 아직도 거기 있다면 다음에 내가 엄마 아빠
몰래 문학 코너에 꽂아 놓을게. 아니, 우리 같이 가자. 너
고향에 가 보고 싶다고 그랬잖아."

관은 기꺼이 그러겠노라 했다.

자취방으로 돌아와 나는 일기장에 썼다. 조만간 관과 함
께 고향에 다녀와야겠다고. 그렇게 쓰고 나자 일이 벌써
절반은 성사된 것처럼 느껴졌다. 신통한 노릇이었다. 성사
여부를 떠나, 일기장은 어느새 나에게 예언과 약속의 땅
같은 존재가 되어 있었다. 일단 쓰면 쓴 대로 이루어질 것
같은 허황된 꿈이 나를 들뜨게 했다. 이전까지는 현실에서
일어났던 일들만을 기록했다. 그러나 나는 차츰 아직 일어
나지는 않았으나 현실에서 일어날지도 모르는 일들, 그리
고 일어나기를 바라는 일들까지 일기장에 쓰게 되었다.

내가 원하는 것이 무엇인지는 여전히 알 수 없었다. 하
지만 일기를 쓰는 동안만큼은 단지 내가 무엇을 원하는지

모른다는 이유 때문에 괴로워하지 않아도 좋았다. 나는 일기 쓰기에 더욱 몰두했다. 그렇게 내 20대는 천천히 흘러갔다. 내가 좋아하지만 나를 좋아해 주지 않는 사람에 대한 원망과 갈망과 함께, 아직 내 것인지 아닌지도 모를 형체 없는 꿈과 함께.

그러므로 누군가 내 스무 살 시절 꿈이 지나온 어느 방에 남아 있느냐고 묻는다면 나는 대답할 것이다. 아마 그 방에 있을 거라고. 마당에 상추며 부추가 자라는 텃밭이 있고 빨간색 플라스틱 컵이 놓인 수돗가가 있고 툇마루 안쪽 방에 흑백텔레비전이 있는 집. 나도 모르는 새 나의 꿈이 최초로 잉태되었던 그 시장통 골목 끝 자취방에 말이다. 그곳에서 다른 방으로 또 다른 방으로 옮겨 다니는 동안, 곁에 있는 사람은 가까워졌다가 멀어지고 살림살이는 줄었다가 늘고 내 머리카락은 길어졌다가 짧아졌지만, 나는 변함없이 일기를 썼다.

어쩐지 내가 어디로 가고 있는지 조금은 알 것 같다는 생각이 들었다.

아버지가 말했다.
"하루 종일 책이 한 권도 팔리지 않았어."
어머니가 옆에서 거들었다.
"단 한 권도 안 팔렸다니까."

나는 웃었다. 그런 날도 있겠거니 생각했다. 어머니 아버지는 서점을 경영한 지 20년이 훌쩍 넘었지만 책이 한 권도 팔리지 않은 날은 하루도 없었다고 입을 모았다. 나는 걱정하지 않았다. 이렇듯 어머니 아버지가 한목소리를 내는 경우가 여간해서는 없었으므로, 그깟 하루 장사 공친 것쯤이야 가정의 화목을 위해서는 되레 반길 만한 현상이 아닌가 했다.

며칠이 지났을까. 아버지는 말했다.

"하루 종일 서점에 들어온 사람이 한 명도 없었어."

어머니가 덧붙였다.

"단 한 명도 안 들어왔다니까."

나는 또 웃었다. 그런 날도 있겠거니 이번에도 그리 생각했다. 어머니 아버지는 웃지 않았다. 그들은 한목소리로 말했다.

"왜 책이 안 팔리는 거지?"

"어째서 서점에 손님이 오질 않는 거야?"

수상쩍은 불황의 나날들이 이어졌다. 우리 서점만의 문제가 아니었다. 바닷가 전체에 외지 사람이라곤 그림자도 찾아보기 힘들었다. 해변을 따라 늘어선 이웃 횟집들에서도 다들 한탄을 했다. 왜 회를 안 먹는 거지? 어째서 횟집에 손님이 오질 않는 거야?

시일이 더 흐르자 어머니 아버지는 아예 아무 말도 하

지 않게 되었다. 매대에 높이 쌓인 책들을 혼기 놓친 자식들 바라보듯 하며 한숨만 쉬었다. 그로부터 시일이 더 흐르자 아버지는 외출이 잦아졌다. 어디로 가서 무엇을 하다가 귀가하는지는 어머니도 나도 알지 못했다. 어머니는 낮잠이 늘었다. 서점 카운터의 안쪽에 목뼈가 부러진 사람처럼 고개를 푹 숙이고 앉아 몇 시간씩 졸기 일쑤였다. 그녀의 정수리 뒤쪽 벽에 부착된 베스트셀러 목록만이 사랑을 고백했다가 거절당한 청년마냥 풀 죽은 얼굴로 서점 안을 굽어보고는 했다.

대학생이 되고 나서 세 번째 맞는 여름이었다. 방학은 길었다. 손님이 있거나 없거나 나는 꼬박꼬박 해변서점에 나갔다. 어머니가 깨어 있을 때는 그녀와 수다를 떨었다. 어머니가 졸 때는 문학 코너의 서가들을 어슬렁거렸다. 어딘가로 떠나지도 못하고 한자리에서 늙어 버린 책들을 눈으로 가만가만 어루만지면서. 마음에 드는 책이 나타나면 그 자리에 주저앉아 읽기도 했다.

아버지가 늘 애물단지라 부르던 인문학 코너의 서가에도 가 보았다. 재고 상황이 심각했다. 해변서점이 개업하던 해에 서가에 꽂힌 후 여태 안 팔린 책도 있었을 정도니까. 그것들을 훑어보던 나는 어느 순간 입을 딱 벌리고 말았다. 눈에 가장 잘 띄는 자리에 에리히 프롬, 레비스트로스, 화이트헤드, 롤랑 바르트와 마빈 해리스 등의 책들이 줄

줄이 꽂혀 있었던 것이다. 그것들은 내가 황무지 선배들이 읽으라고 하니까 읽었던 책들이었다. 절반의 의무감과 절반의 허영심으로 읽었기에 책장을 덮고 돌아서면 내용이 머릿속에서 하얗게 날아가 버리던 그 책들은 본디 우리 고향 서점에서는 취급하지 않는 종류의 서적들이었다. 팔릴 확률이 거의 없는 그것들을 부모님은 내가 지나가듯 이야기하는 족족 서점에 들여놓았던 것이다. 그들은 그렇게 해서라도 서울에서 홀로 살아가는 딸의 속도를 따라잡고 싶었던 것일까.

서가 사이를 돌아다니다 보면 어느 순간 아버지의 목소리가 들리는 것 같기도 했다.

"이 책들이 너한테 밥 먹여 주고 옷 입혀 주고 학교에도 보내 주는 거다."

화들짝 놀라 주위를 두리번거리면, 카운터 안쪽에서 졸고 있는 어머니뿐 서점 안에는 아무도 없었다.

그렇게 하는 일도 없이 두어 장의 달력을 구겨 버렸을 즈음이었다. 나는 어머니가 횟집과 민박집과 슈퍼를 겸하고 있는 옆집에서 쌀을 꾸고 있는 것을 목격했다. 세상에, 쌀을 꾸다니. 돈을 꾸는 것도 아니고 이 대명천지 21세기에 쌀을 꾸다니. 우리 집의 경제 사정이 그렇게나 어려워졌단 말인가.

눈감아 버리고 싶은 현실이 점점 더 덩치를 불리자 눈

뜨고 있기가 버거워졌다. 나는 날마다 해도 지기 전에 잠자리에 들었다. 날마다 꿈을 꾸었다. 하나같이 사소하고 엉뚱한 꿈들이었다. 예를 들면 맛있게 먹고 있던 복숭아에서 토막 난 벌레가 나오는 꿈이라든가 공중전화 부스에서 수신자 부담 전화를 걸었는데 아무도 받아 주지 않는 꿈, 잃어버린 줄 알았던 목걸이를 친구 집에서 발견했지만 돌려 달라고 말하지 못하는 꿈. 그런 것들 말이다.

꿈과 꿈 사이에 해변서점의 문 닫는 시간은 점점 앞당겨졌다. 아버지의 외출은 점점 길어지고 어머니의 밥상은 점점 가난해졌다. 나는 꿈꾸는 것이 두려워졌다. 잠자리에 들 때마다 불길한 예언만 가득한 참서(讖書)를 읽는 기분이 들었다.

개강을 며칠 앞둔 날, 나는 도망치듯 상경을 했다. 자취방에서 나를 기다리고 있던 것은 지난 학기의 성적표였다. 예상대로 학점은 형편없었다. 어차피 후진 대학인데 여기서 높은 학점을 받은들 무슨 소용이랴 자조하면서 나는 한편 성적이 우수한 동기들을 부러워했다. 수업을 아예 등한시하고 당당하게 낙제점을 받는 동기들에게도 비슷한 감정을 느꼈다. 나에게는 수업을 충실하게 따라갈 근기도, 대놓고 수업을 빼먹을 용기도 없었으니까. 학기가 바뀔 때마다 재수를 하겠다며 학교를 그만둔 동기들의 빈자리가 손으로 낱알을 뜯어 먹은 옥수수처럼 듬성듬성 눈에 띄었지만, 내게 그들처럼 새 인생을 모색할 패기는 더더구나 없었다.

여러 과목을 통틀어 A 학점을 받은 과목은 딱 하나였다. '인간관계론'이라는 교양 수업이었다. 기쁘다기보다 어리둥절했다. 실제 삶에서의 인간관계는 젬병이어도 출석만 잘하고 과제만 잘 내면 학점이 잘 나온다는 데에 이 나라 제도권 대학 교육의 맹점이 있겠지 하는 생각이 들었다. 당시 나의 인간관계는 아주 빈약하고 위태로웠으므로. 그것은 수많은 허수와 하나의 실수로 이루어져 있었다.

하나의 실수, 그것은 관이었다.

관과 나는 열흘에 두 번꼴로 만났다. 서울의 남쪽 학교에 다니는 그와 서울의 북쪽 학교에 다니는 내가 닷새에 한 번꼴로 만나기란 말만큼 수월하지 않았다. 우리는 서로의 수업 시간표를 통째로 꿰게 되었다. 둘 다 출석에 지장이 없도록 만나는 요일과 시간을 가려서 정하다 보니 저절로 그리되었다. 관은 우리가 만나는 날 내가 수업을 빼먹는 일은 없을 거라 여겼겠지만 천만에. 나는 그를 만나지 않는 날에도 수업에 불참하는 일이 허다했다. 우리는 대체 어떤 사이인가 고민을 하느라고 말이다.

그와 나는 한 번도 서로의 감정을 확인해 보지 않았다. 나는 그에게 무슨 의미인지, 그는 나에게 어떤 의미인지,

내 머릿속의 물음표는 세상 구경을 해 본 적이 없었다. 그래서 그와 함께 있으면 나의 앞면은 즐겁고 행복했지만 나의 뒷면은 고리단추가 떨어져 나간 바지를 입고 있는 것처럼 안절부절못했다.

우리는 대개 나의 학교 근처에서 만났다. 딱히 할 일이 없었으므로 하루 종일 발 닿는 대로 걸어 다녔다. 학교를 기점으로 하여 어제는 서쪽으로, 오늘은 북쪽으로, 내일은 남쪽으로.

"어머나, 저기 못 보던 스파게티집이 생겼네?"

"앗, 저 비디오방 유리창이 깨졌잖아?"

"오오, 저 집은 지붕에 페인트칠을 새로 했구나."

거리에서 이전과 뭔가 달라진 것들이 눈에 띌 때마다 우리는 시조의 낙구처럼 감탄사부터 내질렀다. 그래 놓고는 대단한 발견이라도 한 양 마주 보며 웃었다. 그게 다였다. 다른 연인들처럼 영화를 보러 다니지도, 맛집 순례를 하지도, 풍광 좋은 곳에서 드라이브를 하지도 않았지만 아무래도 좋았다. 그때의 나는 아마 관과 함께라면 발에 꼭 끼는 하이힐을 신고 국토 대장정을 하라고 해도 했을 것이다.

날이 추워지자 우리는 걷는 것을 그만두었다. 대신 버스를 탔다. 노선이 긴 시내버스를 골라 타고 창밖으로 스쳐 지나가는 서울 곳곳의 풍경을 감상하는 척하며 실은 서로의 내면을 탐구했다. 그렇게 시간을 보내고 출발 지점으로 되돌아오는 길에 관은 종종 내 어깨에 기대어 잠들었다. 버스가 노면이 울퉁불퉁한 지점을 통과할 때면 그의 머리가 잠시 허공으로 들렸다 다시 내 어깨를 찧었다. 그때마다 나는 실감했다. 관이 정말 내 옆에 있구나, 우리는 지금 함께 있구나, 하고. 그 깨달음이 가슴에 사무쳐서 나는 숨도 마음 놓고 크게 쉬지 못했다. 관의 까칠한 뺨과 오른쪽 눈 옆의 점을, 완고해 보이는 입술과 턱 아래 흉터를 훔쳐보며 이 아이는 몇십 갑자의 인연을 돌고 돌아 드디어 나에게로 온 것일까 생각할 뿐이었다.

초등학생의 세계가 방과 전과 방과 후 둘로 나뉘듯, 나의 세계는 그렇듯 관이 내 옆에 있는 시간과 관이 내 옆에 없는 시간 둘로 나뉘었다. 두 세계의 경계가 너무나 명료해서 불안했다. 그의 세계는 어떠한지 알고 싶었다. 하나로 이어져 흐르는지, 나처럼 여럿으로 나뉘는지, 나뉜다면 그 기준은 무엇인지. 알 수 없었으므로 나는 그를 만날 때마다 똑같은 편지를 되풀이해서 받는 기분이었다. 답장을 보내는데도 그는 그것을 받지 못하고 내게 또 똑같은 편지를 보내는 것이다. 그래도 그때 나는 편지를 받을 수 있다는 것만으로도 행복하다고 생각했다.

가을에서 겨울로 넘어가던 어느 밤. 자정이 가까운 시각이었다. 나의 집 근처 버스 정류장에서 헤어지곤 하던 여느 때와 달리, 관은 시간이 늦었으니 집 바로 앞까지 바래다주겠다고 우겼다. 그때 나는 낡은 빌라의 꼭대기 옥탑방에 살고 있었다. 옥탑방답게 여름엔 덥고 겨울엔 춥고 수압은 약한데 소음은 심한, 그럼에도 옥탑에 딸린 마당을 나 혼자 쓸 수 있어 좋았던 곳. 그 마당에서 한밤에 줄넘기를 하다 문득 난간 너머를 내려다보면 발아래 동네 전체를 집어삼키고 있는 스모그가 강어귀에 서린 안개처럼 운치 있어 보이던 곳. 내가 이만 들어가 보겠다며 건물 1층 공동현관문의 손잡이를 쥐었을 때였다. 뒤에서 관의 조심스러운 목소리가 내 소매를 잡아끌었다.

"나 니 방 한 번만 구경해 보면 안 돼?"

나는 관을 향해 몸을 돌렸다.

"내 방을? 지금?"

손잡이를 쥔 채 머뭇거렸다. 밤이 깊은 시간이었다. 우리는 더 이상 10대 소년 소녀 들이 아니었고. 하지만 문득 그 옛날 관의 집, 그의 어머니가 일 나가고 없는 방에서 둘이 노닥거렸던 날들이 떠올랐다. 나는 그때처럼 서로가 서로에게 가장 특별하고도 친밀한 존재였던 시절로 돌아가고 싶었다.

관은 신발도 벗지 않고 신발장 앞에 엉거주춤 선 채로 방 안을 들여다보았다.

"방 좋네. 넓고 아늑하다."

나의 옥탑방은 넓지도 아늑하지도 않았다.

"튼튼하게 잘 지어진 집 같은데 그래."

튼튼하게 잘 지어진 집도 결코 아니었다. 관이 하나 마나 한 말들만 골라서 하는 것을 보니 그가 긴장해 있음을 알 수 있었다. 우리는 방바닥에 마주 앉았다. 그의 점퍼 자락이 장판에 끌리는 것을, 그가 책상다리 자세를 취했다 풀었다 하는 것을, 나는 잠자코 바라보았다.

"뭐 마실래? 우유도 있고 주스도 있어."

관은 고개를 저었다. 우리는 아무것도 하지 않고 잠시 그대로 앉아 있었다. 어느 틈엔가 세상의 모든 소음이 사라져 버렸다. 갑자기 비정상적으로 발달된 우리의 청력은 탁상시계의 초침 소리가 방 안을 초조하게 오가는 것을 포착했다. 창밖 어디선가 고양이가 울었다.

"옛날 생각난다. 그땐 니 방에서 매일 놀았었는데."

부자연스러운 정적을 깨고자 던진 나의 말에 관은 소리 없는 웃음으로 동조했다. 하지만 그 옛날 그의 방에 쌓여 있던 해변서점의 책들도, 그와 함께 풀었던 수학 문제집도, 인기 가요를 틀어 놓았던 카세트도, 어른이 출타하고 아이들만 남은 집 특유의 들뜬 분위기도, 나의 방에는 없었다. 시디 수납장을 꼼꼼히 살펴보던 그가 자신이 좋아하는 노래를 들려주겠다며 시디 한 장을 꺼냈다. 시디플레이어에서 흘러나온 곡은 정태춘의 「북한강에서」였다. 관이 노래를 따라 흥얼거렸다.

"강가에는 천천히…… 안개가……."

가사를 자꾸 틀렸다.

"좋아하는 노래라면서 가사도 다 못 외웠어?"

나도 다 못 외웠으면서 그를 타박했다.

"좋아하는 노래는 가사를 외우면 안 돼. 그러면 신비감이 사라지거든."

"에이, 그런 게 어딨어?"

"정말이야. 나도 그래서 일부러 안 외운 거야."

우리가 쓸데없이 말을 많이 하고 있다는 것을 그도 나도 알고 있었다. 노래가 끝났다. 노래를 틀기 전보다 더 농밀한 침묵이 우리를 에워쌌다. 관이 이번에는 해적판이 대부분인 비디오테이프 수납장을 살피다가 자신이 좋아하는 영화라며 그중 한 개를 꺼냈다.

방의 불을 껐다. 어둠 속에서 우리는 벽에 등을 기대고 나란히 앉아 이와이 슌지의 영화 「러브레터」를 보았다. 누가 강요한 것도 아닌데, 벌 받는 어린 학생들처럼 그도 나도 부동자세를 취하고 있었다. 탁상시계의 초침 소리도 창밖의 고양이 울음소리도 더는 들리지 않았다. 그러나 우리는 바로 옆에 있는 서로의 숨소리를 들었다. 침 삼키는 소리도 들었다. 사람이 침을 그렇게 자주 삼킨다는 것을, 그 소리가 그렇듯 크게 들린다는 것을, 나는 그날 처음 알았다. 텔레비전 화면에서는 나카야마 미호가 눈물 젖은 눈으로 먼 산을 응시하고 있었다. 그러나 그녀의 애절한 눈빛도 우리의 관심을 사지는 못했다.

"재미없니? 재미없지?"

관을 향해 몸을 틀었다. 얼마나 오랫동안 꼼짝도 않고 있었는지 내 어깻죽지가 갑옷처럼 딱딱해져 있었다. 어깨 근육을 손으로 주무르며 나는 재차 물었다.

"우리 영화 그만 볼까?"

"실은 너한테 할 말이 있는데."

관의 시선은 여전히 텔레비전 화면에 고정되어 있었다. 화면에서 반사된 빛으로 그의 옆얼굴이 발개졌다 파래졌다 시시각각 색깔을 달리했다.

"아니야. 나중에 얘기할게."

"무슨 얘긴데?"

"……."

"지금 해 봐. 궁금하잖아."

관이 화면에서 눈을 떼고 나를 바라보았다.

"너, 내 몸을 보고 싶지 않니?"

나는 손놀림을 멈추었다. 내 몸을 보고 싶지 않니? 관은 분명히 그렇게 말했다. 나는 분명히 그렇게 들었다. 아아, 이게 대체 무슨 소리일까. 너 지금 뭐라 그랬니? 물어보고 싶었으나 말이 입 밖으로 나오지 않았다. 나는 어떻게 응수해야 할지 몰라 어깨에 올려놓은 손을 내리지도 못한 채 눈동자만 굴렸다.

관은 자리에서 일어서더니 스웨터를 벗었다. 셔츠도 벗었다. 그리고 청바지를 벗었다. 나는 그를 정면으로 보고 있지는 않았지만 이제 그가 몸에 걸친 것이 팬티밖에 없다는 것을 알았다. 텔레비전 속에서는 봐 주는 이도 없는데 눈이 쉬지 않고 쏟아져 내렸다. 내 가슴속으로도 어떤 떨림이, 어떤 예감이, 눈발보다 더 무섭게 내려앉고 있었다. 관은 양말을 신고 있으면 이상해 보일 것 같았는지 양말도 벗었다. 그리고 방바닥에 누웠다. 그가 내 팔을 잡아끌었다. 손가락이 뜨거웠다.

"지영아, 이리 가까이 와 봐."

목소리가 꽉 잠겨 있었다.

관의 몸을 보고 싶다는 생각을 해 본 적은 한 번도 없었다. 보기 싫다는 게 아니라 그의 몸을 보느냐 안 보느냐에 대한 생각 자체가 아예 없었던 것이다. 하지만 그가 아무에게나 몸을 보여 주지는 않겠지. 나에게 보여 주겠다는 건 그만큼 내가 그에게 특별한 존재라는 얘기겠지. 오직 그 사실이 고맙고 귀해서 나는 그에게 무릎걸음으로 다가갔다. 누워 있는 그의 벗은 몸을, 난생처음으로 보는 성인 남자의 알몸을 외면하지 않았다.

관은 눈을 감고 있었다. 숨을 몰아쉬느라 그의 맨가슴

이 오르락내리락했다. 방 안이 몹시 덥고 습했다. 안개 속에 서 있는 것처럼 눈앞이 흐릿했다. 창밖 어디선가 다시 한 번 고양이가 울었다.

그날 나는 일기를 쓰지 않았다.

첫눈이 내렸다. 아버지가 서점의 거래처 여자와 밀월여행을 떠났다가 들켰다. 어머니는 하루에도 수차례씩 죽고 싶다고 말했다. 해변서점은 파산 직전의 상태에 이르렀다. 그리고 관은 나에게 자신의 몸을 보여 준 날 이후로 더 이상 연락이 되지 않았다. 나는 휴학을 결심했다. 등록금을 마련할 길은 당장도 요원하고 앞으로도 요원해 보였다.

나를 둘러싼 모든 상황들이 끔찍하게 진부하고 남루했다. 내가 아무렇지도 않게 잘 살아가고 있다는 것조차 상투적으로 느껴졌다. 그것을 참을 수 없어 거리를 걷다가도 나는 문득문득 멈추어 서고는 했다.

이것도 결국엔 한 줄일 뿐이야. 지나고 나면 아무것도 아니지. 에계, 고작 한 줄이라니까.

냉장고 속처럼 춥고 좁은 옥탑방 구석에 쪼그리고 앉아 나는 그렇게 스스로를 달랬다. 그 외에는 다른 도리가 없었다. 그래 봐야 겨우 한 줄이잖은가. 1년은 365일이고 10년은 3650일이지만 지나고 나면 모두 한 줄일 뿐이지 않은가. 많은 일들이 있었다, 그녀의 삶은 파란만장했다, 50년이라는 세월이 흘렀다…… 이런 식으로. 그 짧은 문장 속의 허무가 나를 위무했다.

물론 그렇게 여긴다고 문제가 당장 해결되는 것은 아니었으나 잠시나마 현실을 잊을 수는 있었다. 그 잠깐의 평안을 위해 나는 고농축 체념으로 조제된 '어차피 한 줄' 진통제를 즐겨 복용했다. 그리고 기다렸다. 언젠가 그런 날이 오겠지. 지금 이 순간을 돌이켜 보며 가볍게 웃어넘길 수 있는 그런 날이 오겠지. 모든 것은 지나가게 마련이니까. 생각해 보면 내가 당장 할 수 있는 일은 막연한 앞날을 기다리는 것밖에 없었다.

과연 시간이 흐르자 아버지는 거래처 여자와 헤어졌다. 어머니도 죽지 않았다. 해변서점은 요행 파산을 면했다. 그러나 관은 여전히 소식이 없었다.

내가 무엇을 잘못했을까.

기다림은 근심이 되었다가 분노가 되었다가 종내는 모멸감이 되었다. 나는 관에게 내 방을 알려 준 것을 후회했다. 귀가할 때마다 멀리서 옥탑방이 있는 빌라가 보이면 괜히 긴장하게 되었던 것이다. 그가 현관 앞에 서 있는 것은 아닐까. 건물 안으로 들어와 계단 어딘가에 앉아 있는 건 아닐까. 아니, 꼭대기 옥탑까지 올라와 나를 기다리고 있는 것은 아닐까. 기대가 번번이 어긋날 때마다 나는 한꺼번에 여러 해를 늙어 버리는 기분이었다. 그를 방으로 들이는 게 아니었다. 서쪽으로, 북쪽으로, 동쪽으로, 우리는 끝없이 떠돌았어야 했다. 유랑을 즐기던 이들이 방에 정주하려 했다니, 어리석게도.

가사를 외우고 나면 노래의 신비감이 사라지듯이 몸을 외우고 나니 관계의 신비감도 사라진 것일까. 방에 혼자 앉아 있으면 그날 밤의 기억들이 덧나는 상처처럼 일어났다. 시퍼런 날을 세우고 나를 찔러 댔다. 사방에서 그의 목소리가 들렸다. 실은 너한테 할 말이 있는데. 지영아, 내 몸을 보고 싶지 않니? 지영아, 이리 가까이 와 봐…….

봄꽃이 피었다. 나는 건물 주인으로부터 석 달 안에 방을 비워 달라는 통보를 받았다. 옥탑방을 포함한 건물 전체가 곧 헐린단다. 건물이 서울시 소유의 부지에 세워진 것이었고 일대가 모두 10년도 넘게 재개발구역으로 묶여 있었다는 것은 나도 알고 있었지만, 재개발이 그렇게 빨리 이루어질 줄은 몰랐다. 서울시에서 이 근방의 건물들을 모두 허물고 근린공원을 조성할 계획이라고 했다. 살던 방에서 졸지에 쫓겨나는 꼴이 되었지만 차라리 잘됐다고 나는 생각했다. 그 옥탑방을 떠나고 싶었으니까. 관이 내 방에 다시 찾아온다 해도 더는 나를 만날 수 없도록. 한순간도 너를 기다린 적이 없노라고, 네가 내 방으로 찾아오기를 기대한 적도 없노라고, 나는 부재로써 관에게 알려 주고 싶었다.

학교에 휴학계를 제출했다. 학과장이 형식적인 면담을 요청했다. 과 내에 나 같은 여학생이 있었는지 필시 알지도 못했을 노교수는 앞에 앉은 나를 잘못 배달된 우편물 대하듯 메마른 눈길로 바라보았다.

"자네는 휴학하고 나서 뭘 하려고 하는가?"

아마도 그는 내가 마지막 두 학기만을 남겨 놓고 있기도 하니 어지간하면 휴학을 만류하려고 했으리라. 학교마다 휴학생이 들끓는다던가. 우리 대학도 예외는 아니어서 재정 상태가 악화 일로로 치달은 지 오래라는 소문이 돌았다.

나는 돈을 벌 계획이라고 대답하려 했다. 다음 학기의 등록금은 물론이고 지금 당장의 생활비도 여의치 않은 상태였다.

"글을 써 보려고 합니다."

순간 내 입에서 즉흥적으로 튀어나온 말을 나는 의심했다. 느닷없이 글이라니. 써 본 글이라고는 일기가 고작인 주제에.

"글? 어떤 종류의 글을 말하는 것이지?"

"그냥 글이요. 제가 쓸 수 있는 모든 종류의 글."

"그래도 장르가 있어야 할 게 아닌가. 소설을 쓸 건가?"

교수의 추궁은 형식적인 면담치고는 끈질긴 데가 있었다.

"예. 소설을 써 보고 싶어요."

나는 미리 준비해 온 대사를 읊듯 거침없는 나의 대답

에 속으로 경탄했다. 내가 또 어떤 거짓말을 늘어놓을지 스스로도 궁금했다. 마치 나 자신의 연기를 구경하는 관객이 된 기분이었다. 어차피 연기이니 교수가 만약 시를 쓸 것이냐고 물었다면 아마 시를 쓰겠다고 대답했을 것이다. 그런데 참 묘한 일이었다. 전부터 생각해 왔던 바를 말한 것이 아니라, 일단 말부터 한 것인데 생각이 그를 따르게 되었다고 할까. 소설을 써 보고 싶다고 말한 순간부터 나는 갑자기 소설을 쓰고 싶어졌다. 아무 생각 없이 엉겁결에 내뱉은 말이지만 그것은 앞으로 소설을 쓰겠노라는 나의 최초의 공언이요, 천명이었던 것이다.

면담을 마쳤다. 나는 교수실 건물의 계단을 걸어 내려오면서 내가 휴학을 했다는 것을 알려 주어야 할 사람이 한 명도 없다는 사실을 깨달았다. 사람들과 관계 맺는 데 이토록 서투른 내가 인간관계론 수업에서 어떻게 A 학점을 받았는지 다시금 의아해졌다. 지난 3년이라는 시간 동안 잠깐이라도 나의 곁에 머물렀던 이들의 얼굴을 떠올려 보았다.

그들은 모두 어디로 갔을까.

잠시 다리가 후들거렸다. 그러나 계단 어디를 보아도 층계참은 보이지 않았다.

11

카페는 천장이 높았다. 출입구 오른쪽 벽에 크기부터가 보는 이를 압도하는 초대형 유화 한 점이 걸려 있었다. 마네인지 모네인지 화가는 정확히 기억나지 않으나 눈에 익은 화풍이 중고등학교 시절 미술 교과서에서 보았음 직한, 꽃병 앞에 한 소녀가 부채를 들고 서 있는 그림이었다. 영대와 지영은 종업원의 안내에 따라 창가 자리로 향했다. 걸음을 옮길 때마다 사방에서 난데없이 꽃향기가 진동했다. 정작 카페 내부에는 꽃이 한 송이도 보이지 않았으므로, 그 향기의 기원이 벽에 부착된 자동 분사식 방향제임을 알 턱이 없었으므로, 영대에게는 그것이 마치 그림 속의 꽃병에서 풍겨 나오는 것처럼 느껴졌다.

"너 핫초코 시킬 거지?"

지영이 메뉴판을 펼쳐 보기도 전에 물었다. 오늘은 핫초코 말고 조금 색다른 차를 마셔 보리라 마음먹었던 영대는 순순히 고개를 끄덕였다.

벨벳 천을 씌운 의자가 비현실적이리만치 폭신폭신했다. 지영이 메뉴판을 들여다보는 동안 영대는 샹들리에가 매달린 천장을 올려다보았다. 천장이 너무 높아서 제대로 보려면 고개를 뒤로 꺾다시피 해야 했다. 숨은그림찾기에 열중한 아이처럼 그는 한참이나 천장만 주시했다. 그곳에 찾아야 할 무언가가 있기라도 하다는 듯.

그랬다. 거기엔 실로 무언가가 있었다. 이를테면 지금 영대에게는 없는 것이.

"지금 뭐 보는 거야?"

"아, 그냥, 아무것도 아냐."

그는 지영에게 웃어 보였다. 천장에서 눈을 뗐다. 마음은 거기 두고 눈만 뗐다. 그는 순간적으로 기억해 냈던 것이다. 어린 시절 자신의 꿈이 무엇이었는지를.

그것은 천장이 높은 회사에 다니는 것이었다. 어떤 종류의 회사인가 하는 것은 부차적인 문제였다. 영대에게 중요한 것은 이미지였다.

일단 회사 건물의 이미지. 빌딩의 출입구는 회전문으로 되어 있다. 로비는 넓고 깔끔하며 대리석이 깔린 바닥은 보행자의 얼굴이 비칠 정도로 매끄럽다. 무엇보다 천장이 높아 출입자들에게 호방함을 느끼게 하는 동시에 위압감을 준다. 제복 차림의 경비가 상주하며 방문객들의 신분을 일일이 확인하는 것은 당연지사.

다음은 영대 자신의 이미지다. 그는 감색 정장을 입고 문양이 제법 과감한 실크 넥타이를 맸다. 재킷 속에 받쳐 입은 와이셔츠는 깃이 빳빳하게 서 있다. 구두는 끈만 보아도 유명 제화 상품임을 알 수 있을 만큼 단정하면서도 맵시 있다. 그러나 가장 중요한 것은 그의 목에 걸려 있다. 출입증을 겸한, 전자 칩이 내장된, 한국인이라면 누구나 다 아는 회사의 로고가 박힌 아이디 패찰을 목에 건 영대를 볼 때마다 경비는 깍듯이 거수경례를 붙인다.

한마디로 그는 트렌디 드라마에 흔히 등장하는 대기업 사원의 이미지를 제게 입혀 주고 싶었던 것이다. 막연하기 짝이 없는 꿈이었지만 꿈이 막연하다고 해서 비난받을 이유는 없었다. 아니, 이미지의 디테일이 살아 있다는 점에서는 그의 장래 희망이 오히려 제 또래 남자아이들 대부분이 꿈꾸던 과학자나 대통령, 우주비행사보다 훨씬 더 현실적이라고도 할 수 있었다.

이제 성인이 된 영대. 그는 천장을 올려다보고 있다. 어린 날 자신이 꿈꾸었던 대로 아주 높은 천장이다. 그러나 이곳은 회사가 아니라 그가 어쩌다 들르게 된 카페에 불과했다. 호방함도 위압감도 느껴지지 않았다. 그는 초조해하고 있었다. 자신, 자신이 좋아하는 여자, 그 여자를 좋아하며 자신과는 아무 일면식도 없는 제삼의 남자. 이렇게 세 사람이 한자리에서 만난다면 무슨 이야기를 할 수 있을까 걱정하고 있었다. 살다 보니 이렇게 희한하게 얽힌 만남도 있네요 운운하기라도 해야 하나. 물론 가장 중요한 대사는 이미 정해져 있었다.

'저는 지영이의 남자 친구입니다.'

하지만 그 한마디를 내뱉은 다음에는? 다들 곧바로 헤어질 것이 아니라면 무슨 얘기든 이어 나가야 할 것이다. 영대는 지영의 등 뒤편에 걸려 있는 그림에 눈길을 주었다. 아무 얘기나, 그래, 벽에 걸린 그림을 화제로 삼아 보는 것도 나쁘지 않으리라. 대강 이런 식으로 운을 떼는 것이다.

"옛날에 학교 다닐 때 난 마네랑 모네가 늘 헷갈렸어."

지영이 메뉴판에서 눈길을 거두며 웃었다.

"맞아. 이름이 비슷하니까. 둘 다 인상파 화가고."

"저 그림은 마네가 그린 거야, 아님 모네가 그린 거야?"

영대가 턱으로 그림을 가리켰다. 지영은 앉은 자세 그대로 고개만 뒤로 돌렸다.

"저건 르누아르가 그린 거잖아."

"아아, 르누아르, 그렇구나."

"나도 다른 그림은 잘 모르는데, 저건 좋아하는 그림이라서 아는 거야."

지영은 영대가 무안할까 봐 염려했는지 묻지도 않은 말을 친절하게 덧붙였다.

"아아, 그렇구나. 니가 좋아하는 그림이구나."

영대는 필요 이상으로 오래 고개를 끄덕였다. 빌어먹을. 그림 이야기는 하지 않는 편이 나을 것 같았다. 지영이 색채가 어떻다는 둥 그림의 구도에서 부채의 역할이 무어라는 둥 설명을 이어 나갔으나 그는 듣지 못했다. 그의 맞은편 출입구에 한 남자가 등장했기 때문이다. 올 것이 왔군. 그 남자가 바로 자신과 지영이 기다리던 '그 새끼'임을 영대는 한눈에 알아보았다. 감색 정장 재킷에 깃이 빳빳한 와이셔츠를 받쳐 입은 남자는 주위를 두리번거리지도 않고 곧장 그들의 탁자 쪽으로 왔다.

"지영아."

남자의 말투가 제 누이를 부르듯 다정했다. 지영은 앉은 자세 그대로 손만 치켜들었으나 영대는 의자에서 몸을 일으켰다. 남자의 얼굴보다 그가 매고 있는 넥타이가 먼저 눈에 들어왔다. 바탕은 하늘색이요, 중앙에 커다란 황금빛 자물쇠가 그려진 실크 넥타이였다. 재킷에 가려진 부분에 혹시 열쇠가 그려져 있는 것은 아닌지, 영대는 쓸데없이 그런 게 궁금했다.

"처음 뵙겠습니다."

남자가 명함을 내밀었다. 명함을 받았을 때는 그 자리에서 찬찬히 살펴보고 상대의 직업이나 직급 등에 대해 의례적으로 한두 마디 건넨 후 지갑에 넣는 게 예의라는 것쯤은 영대도 알고 있었다. 명함의 앞면에는 영문으로, 뒷면에는 한글로, 남자의 성명 및 소속 회사며 직책 등이 쓰여 있었다. Merchandiser. 그것이 남자의 직업이었다. 머천다이저? 들어 본 단어 같긴 한데 뜻이 기억나지 않았다. 떠오르는 것이라고는 발음이 비슷한 그랜다이저, UFO 군단을 무찌르는 우주 로봇 그랜다이저뿐이었다. 영대는 재빨리 명함을 뒤집었다. 머천다이저. 거기에는 한글로 그렇게 쓰여 있었다. 젠장. 그러니까 남자의 직업이나 직급에 대해 의례적으로라도 한두 마디 하려면 먼저 머천다이저가 무슨 뜻인지부터 물어야 했다. 죽어도 그렇게 물어보긴 싫었으므로 대신 그는 명함의 표면을 오랫동안 조심스럽게 어루만짐으로써 예의를 표했다. 종이의 질감이 달걀 껍데기를 곱게 빻아서 뿌려 놓은 것 같았다.

"지영아, 이분 소개 안 해 줄 거야?"

머천다이저가 지영에게 물은 것을 영대가 중간에서 받았다.

"아, 예. 저는 오영대라고 합니다."

공연히 얼굴이 뜨거워졌다. 정면에서 보니 남자는 이목구비가 큼직큼직하고 눈두덩 위가 움푹 들어간 것이 상당히 서구적인 얼굴이었다. 하지만 뭐랄까, 생기다 만 채 게 바라 같다고 할까. 완벽한 미남이라고 하기에는 결정적인 무언가가 살짝 빠져 있었다. 종업원이 탁자로 다가왔다.

"핫초코 시키신 분이 어느 분이세요?"

"아, 예. 접니다."

종업원이 탁자에 내려놓는 것을 보고서야 영대는 남자가 시킨 것이 에스프레소, 지영이 주문한 것이 초콜릿 시럽과 생크림이 듬뿍 얹은 카페모카라는 것을 알았다. 남자가 코끝으로 웃었다. 마음속으로 영대와 지영을 한데 싸잡아 단것이나 좋아하는 어린애쯤으로 치부하고 있을지도 몰랐다. 그러나 영대는 쓴 것과 단것 중 어느 쪽을 선호하느냐를 기준으로 남자와 자신들 두 사람의 편이 나뉘는 것 같아서 외려 흐뭇했다. 그는 혼자가 아니었으므로. 그와 지영은 같은 편이었으므로.

머그컵을 양손으로 감싸 쥐었다. 그는 자신의 임무를 잊지 않고 있었다. 본론으로 곧장 들어가는 게 나을 성싶었다. 입속으로 먼저 한번 읊조려 보았다.

'저는 지영이의 남자 친구입니다.'

허리를 세우고 어깨를 폈다. 헛기침을 두어 번 했다. 그리고 마침내, 관운장이 더운 탁주가 식기 전에 돌아오겠다고 청룡언월도를 휘두르며 적진을 향해 말을 달려 나가듯 그는 뜨거운 핫초코가 식기 전에 세 치 혀를 휘둘러 일을 끝내고자 입을 열었다.

"저는……."

"지영이 남자 친구시죠?"

남자가 한발 빨랐다.

"아, 예. 그렇습니다."

젠장. 영대는 고개만 주억거렸다. 손끝 하나 까딱 않고 짐을 덜었다면 던 것인데 홀가분하기는커녕 억울했다. 단역배우가 데뷔 무대에서 단 한마디뿐이었던 대사를 주연 배우에게 빼앗긴 심정이랄까. 지영이 스푼으로 생크림을 떠서 입으로 가져가며 뜻 모를 미소를 지었다.

"지영이가 제 첫사랑인데…… 원통하네요."

말은 그렇게 하면서 남자는 실은 원통할 것도 없다는 듯 입을 크게 벌리고 웃었다. 어금니 안쪽까지 그 흔한 금니도 하나 없이 치아가 죄 고르고 깨끗하다는 데에 영대는 열패감을 느꼈다. 한 여자를 가운데 놓고 남자 둘이 싸워서 승리한 건 자신인데 왜 그런 처량한 감정이 이는지 모를 일이었다.

"두 사람, 아주 잘 어울립니다."

남자의 목소리는 패배자답지 않게 호기로웠다. 영대는 컵의 손잡이를 그러쥔 손가락에 힘을 주었다. 이유는 알 수 없지만 남자가 방금 내뱉은 대사는 그가 아니라 자신의 몫이었어야 할 것 같았다. 시선을 컵에 고정했다. 컵에 반 나마 차 있는 핫초코 위에 어디서 본 듯한 문장 하나가 어른거리고 있었다.

내가 지금 여기서 뭘 하고 있나.

"실례지만 영대 씨는 학생이십니까?"

남자의 질문과 함께 컵 속의 문장이 화다닥 흩어졌다. 영대는 휴학 중이라고 대답했다. 남자는 실례지만 휴학하고 무슨 일을 하고 있느냐 되물었다. 영대는 이 아르바이트 저 아르바이트를 전전하고 있노라 답했다. 남자는 실례지만 현재는 무슨 아르바이트를 하고 있느냐 캐물었다. 예의 바른 척하면서 의도적으로 계속 실례를 해 대는 저 개자식의 저의는 뭘까 하고 불쾌해하기에 영대는 너무 단순했다. 그는 지영과 남자를 번갈아 쳐다본 후 입을 열었다.

"혹시 1000원으로 100만 원 버는 법 아세요?"

며칠 전의 일이었다. 인터넷으로 취업 정보를 수집하던 그는 구인 게시판에서 눈길을 끄는 제목 하나를 발견했다.

'단돈 1000원으로 앉아서 100만 원 버는 비법!'

사기일 가능성이 농후했으나 영대의 오른손 검지는 해당 게시물을 1234번째로 클릭하고 있었다.

'지금 당장 아래 계좌로 1000원을 입금하시면 정말 손하나 까딱 안 하고 앉은자리에서 100만 원을 버는 비법을 알려 드립니다. 절대 사기 아닙니다. 안 믿으면 당신만 손해!'

믿기지 않는 정보였으나 1000원은 큰돈도 아니니 속는 셈 치고 송금해 보기로 했다. 과연 휴대폰 결제를 끝내자마자 장문의 문자메시지가 도착했다.

"그 내용이 뭐였는 줄 아십니까?"

남자와 지영의 눈이 반짝반짝 빛났다.

"문자엔 이렇게 쓰여 있었어요. 저와 똑같이 하십시오. 1000원으로 100만 원 버는 법을 알려 준다고 게시판에 글 올리시면 됩니다. 빠를수록 좋습니다."

남자와 지영은 동시에 웃음을 터뜨렸다. 그러나 두 사람 다 그것을 영대가 남을 웃기려고 지어낸 얘기로만 여기지 그가 실제로 겪은 일이라고는 생각하지 않는 눈치였다. 남자가 실컷 웃고 나서 기어이 다시 물었다. 그래서 요즘은 어떤 아르바이트를 하고 있느냐고. 영대는 차마 실제로 게시판에 1000원으로 100만 원 버는 법 글을 올렸노라 이야기할 수가 없었다.

"아, 예. 가장 최근에는 팬시점에서 도둑 잡는 일을 했습니다."

남자는 무척 흥미로워했다. 영대는 말이 나온 김에 저간의 사정을 소상하게 들려주었다. 아직 누구에게도 해 준 적 없는 이야기였다.

"어머, 그래서 알바를 그만뒀단 말이야? 그 약혼녀 커플 때문에?"

지영의 목소리가 높아졌다.

"응? 아니 뭐, 꼭 그것 때문이라기보다는 그냥……."

"그럼 앞으로는 어떤 일을 하실 겁니까?"

실례라는 말을 생략한 남자가 이번에야말로 정말 실례라 할 물음을 던졌다. 영대는 콧등을 찡그렸다. 마른 코를 들이마셨다.

"아, 예. 그러니까 아직은…… 잘 모르겠습니다."

탁자 위 세 개의 찻잔을 둘러싸고 침묵이 흘렀다. 영대는 의자 등받이에 상체를 기댔다. 오른 손등이 이유 없이 가려웠다. 왼손 손톱을 세워 긁었다. 손등이 금세 벌게졌다. 누군가의 휴대폰이 울렸다. 남자가 주머니에 손을 넣으며 자리에서 일어섰다.

"내가 진짜 니 남자 친구인 것처럼 굴어서 기분 상하진 않았니?"

남자가 전화를 받기 위해 카페 밖으로 나가자 영대는 지영에게 물었다.

"너 바보니?"

지영이 입을 샐쭉거렸다.

"내가 설마 내 기분 상할 일을 내 입으로 부탁했겠어? 그리고 말이야, 세상에 좋아하지도 않는 남자한테 자기 남자 친구 행세를 해 달라고 하는 여자가 어딨니?"

오, 세상에. 지금 영대는 지영에게 우회적으로 고백을 받은 것이었다. 만세 삼창을 해도 모자랄 상황이었다. 그런데 이게 어찌 된 일인가. 영대는 아무렇지도 않았다. 전혀, 조금도, 하나도, 기쁘지가 않았던 것이다.

"넌 너무 착해."

지영이 제 뺨으로 흘러내린 머리카락을 귀 뒤로 넘겼다.

"내가 뭐가 착해?"

"니가 잘못한 것도 없는데 알바를 그만뒀잖아. 그것만 봐도 알아."

틀린 말이었다. 그건 착한 게 아니라 간뎅이가 작은 거야. 혹은 그냥 전부 다 귀찮은 거고. 난 말이야, 예기치 못한 상황들과 맞닥뜨리는 것이 늘 두려웠어. 그것들을 헤쳐 나가는 것이 귀찮았어. 그래서 번번이 포기했던 거라고. 영대는 그렇게 대꾸하려고 했다. 지영이 탁자 위로 상체를 숙였다. 그녀의 목소리가 낮아졌다.

"그런데 말이야, 넌 뭔가를 끝까지 해 본 적이 한 번이라도 있니?"

오른 손등이 계속 가려웠다. 영대는 손등을 긁는 왼 손가락들에 힘을 주었다. 스스로도 궁금했다. 자신의 의지에 따라 끝까지 해낸 일이 하나라도 있기는 한가.

초등학교 저학년 때 그는 조립식 로봇을 모으는 데 열중했다. 그의 형이 그것을 수집하는 취미를 갖고 있었기 때문이다. 하지만 형과 달리 영대가 로봇 조립을 끝까지 마치는 경우는 한 번도 없었다. 조립하다 보면 언제나 형의 로

봇이 더 근사해 보여서 자신의 로봇에는 흥미를 잃게 되기 일쑤였던 것이다. 고학년 때는 기타를 배웠다. 뜸북뜸북 뜸북새 논에서 울고, 하고 연주하면서 흥얼거리는 것도 곧잘 했다. 그러나 딱 거기까지였다. 같은 기타 학원에 다니던 동갑내기 여학생을 짝사랑하고 있었는데 그녀가 어느 날 기타는 이제 시시하다며 학원을 그만두었기 때문이다. 덩달아 학원을 그만두고 나니 기타는 그의 방 한쪽에 병풍처럼 서 있는 신세로 전락하고 말았다. 중학교 때는 피아노를 배우는 데 심취했다. 영대의 우상이었던 미모의 여자 배우가 자신의 이상형을 피아노 잘 치는 남자라고 밝힌 다음부터였다. 하지만 그가 바이엘을 막 뗴었을 때 그녀는 결혼과 동시에 연예계 은퇴를 선언했다. 상대 남자는 피아노 따위 절대로 치지 않을 것 같은, 오로지 실용과 능률만 중시할 것 같은, 말하자면 변압기나 휴대폰 충전기나 사무용 책상처럼 딱딱하고 답답해 보이는 사업가였다. 결국두 남녀는 얼마 못 가 이혼을 했다던가. 그뿐 아니다. 영대는 무에타이 도장에 다닌 적도 있었다. 현수 녀석이 같이 배우자고 조르는 통에 마지못해 입문했다. 도장에 비치된, 타인의 땀이 밴 주먹들이 숱하게 들어갔다 나온 공용 글러브에서 풍기는 쉬어 빠진 걸레 냄새를 맡을 때마다 토악질이 올라왔지만 참았다. 영대가 참을 수 없었던 것은 대련에 대한 공포였다. 상대에게 맞는 것이 두려웠고 때리는 것도 두려웠으니 무에타이는 근본부터가 그와 맞지 않았다. 그러니 학원이 적자를 면하지 못하고 문을 닫게 되었을 때 차라리 다행이라고 가슴을 쓸어내렸을 수밖에.

영대는 탁자 위에 놓아둔 제 휴대폰을 만지작거렸다. 비슷한 경우들을 헤아리자면 끝도 없었다. 잠시라도 연정을 품었던 이성에게 마음을 고백하려다 말았던 적은 또 얼마나 많은지. 고백을 독려할 때 흔히 쓰이는, 열 번 찍어 안 넘어가는 나무 없다는 속담을 그는 결코 이해하지 못했다. 어떻게 열 번이나 찍을 수 있단 말인가. 한 번 찍는 것도 그토록 어려운데. 요행 여자 쪽에서 먼저 호감을 드러내어 사귀게 된 적도 있었다. 그마저도 오래가지는 못했다. 지희인지 현주인지 혜정인지, 누군가는 그렇게 부르짖었다. 너 나랑 왜 만났니? 날 좋아하기는 했었니? 영대 자신도 까닭을 알 수 없었다. 분명히 저도 상대방에게 끌리는 부분이 있었으니까 사귀기 시작했을 텐데 어느 틈에 마음이 식어 버렸던 것일까.

절실하지 않았기 때문인지도 모른다. 정말로 간절히 원하지는 않았기 때문인지도 모른다. 영대는 그렇게 생각했다. 그가 이제껏 한 번이라도 뭔가를 끝까지 해낸 적이 없다면, 늘 망설이기만 하다 중간에 포기했다면, 그것은 자신이 진정으로 원하지 않았기 때문이었다. 그에게는 진정으로 원하는 것이 없었다. 깊은 꿈은 없고 오로지 얕은 욕망만 있었다.

"그게…… 내가 끝까지 한 게……."

통화를 끝낸 남자가 탁자 쪽으로 걸어왔다. 남자의 잘 닦인 구두코에서 광채가 나는 것을 영대는 보았다. 단정하면서도 맵시 있는 게 척 봐도 값비싸 보이는 구두였다.

"무슨 얘길 그렇게 심각하게 하고 있었어?"

영대는 남자를 정면으로 쳐다보았다. 남자는 손윗사람이다. 나이만 더 많은 게 아니라 대학을 졸업한 후 현재 직장에 다니고 있는 어엿한 사회인이다. 저나 지영보다 인생에 대해 아는 것이 조금이라도 더 많을 것이다. 더구나 빳빳한 와이셔츠와 실크 넥타이와 값비싼 구두를 걸치고 곱게 빻은 달걀 껍데기를 뿌려 놓은 듯 고급한 질감의 종이로 제작된 명함을 가진 남자라면 더 말해 무엇하랴. 그는 아마도 천장이 높은 회사에 다니고 있을 것이다. 출입구에 회전문이 있고 로비에 제복 차림의 경비가 상주하는 건물의 회사에. 남자는 영대가 어린 시절 품었던 꿈을 이룬 사람인 것이다.

"아, 예, 저기, 여쭤보고 싶은 게 있는데요."

남자의 얼굴에서 웃음이 걷혔다. 표정이 심각해지니 영락없는 체 게바라였다. 영대는 하마터면 존경한다고 말할 뻔했다. 지영이 의자를 앞으로 당겨 앉았다. 그녀가 남자보다 더 호기심 어린 표정을 짓고 있었다.

"조금 뜬금없다고 생각하실지도 모릅니다만…… 사람은 꿈을 이루기 위해 살아가잖아요. 그러니까, 자신이 인생에서 진짜 원하는 것이 무엇인지 찾기 위해 살아가잖습니까."

"으음, 계속하십시오."

남자가 고개를 끄덕이더니 탁자에 두 팔을 올려놓았다. 짙은 남성용 향수 냄새가 맞은편의 영대에게 건너왔다.

"그렇다면 꿈이 없는 사람은 어떻게 하죠? 꿈이 없는 사람은 왜 살아야 할까요?"

대수롭지 않게 물었지만 영대는 목이 탔다. 그가 무의식 깊숙한 곳에 25년간 품고 있었던 의문의 요체가 바로 이것이 아니면 무엇이겠는가. 꿈이 없는 자, 왜 살아야 하는가.

"전제가 잘못된 것 같아."

먼저 입을 연 것은 지영이었다.

"잘못되다니?"

"꿈이 없으면, 그게 사람이야?"

영대는 잠시 할 말을 잃었다. 그런 식의 논리가 성립할 수도 있다는 것이 놀라웠다.

사람은 꿈이 있어야 한다, 꿈이 없으면 사람이 아니다…….

"글쎄, 그 논리는 비약이 지나친 것 같다. 사람은 대개 이루든 이루지 못하든 꿈을 갖게 마련이지만 꿈이 없다고 해서……."

남자의 목소리는 신부가 미사를 집전하듯 높낮이 없이 고르고 차분했다. 그런데도 영대는 듣는 데 집중할 수가 없었다. 누군가의 휴대폰이 울렸다. 남자가 말을 멈추더니 영대를 바라보았다. 지영도 그를 바라보았다. 그의 휴대폰 액정 화면에 낯선 전화번호가 반짝이고 있었다. 영대는 자리에서 일어났다. 카페 입구를 향해 걸었다. 입구 오른쪽 벽에 르누아르의 그림이 걸려 있었다. 부채를 든 소녀. 그림 속의 꽃들이 싱싱했으나 그것들에서 향기가 날 리 없다는 것을 그는 잘 알고 있었다.

거리는 이미 어두웠다. 행인들의 머리 위로 상점 간판의 조명들이 하나둘씩 다투어 켜졌다. 영대는 휴대폰의 스피커 볼륨을 높였다. 안녕하십니까? 고객님께 대단히 유용한 부동산 정보를 알려 드리려고 합니다. 바람이 불었다. 그는 수도권 일대의 알짜 매물 정보에 귀 기울이며 천천히 걸었다. 휴대폰을 귀에 대고 있으니 조금 덜 쓸쓸한 것 같기도 했다.

꿈이 없으면 사람이 아니다, 사람은 꿈이 있어야 한다……

영대의 두 발은 그의 의견을 물어보지도 않고 저희들끼리 알아서 카페가 있는 쪽의 반대 방향으로 나아갔다. 편의점을 지나쳤다. 그러니까 너는 사람도 아니야. 누군가 영대의 귓가에 속삭였다. 한의원과 노래방을 지나쳤다. 그러니까 너는 아무것도 아니야. 영대는 머리를 흔들었다. 꿈이 없으면 정말 사람이라고도 할 수 없는 것인가. 꽃가게와 레코드점을 지나자 버스 정류장이 나타났다. 버스가 오는 쪽을 쳐다보며 그는 뭔가 한 가지라도 끝까지 해 본 적이 있느냐는 지영의 질문에 결국 대답을 하지 못했다는 사실을 뒤늦게 깨달았다. 아무래도 상관없었다. 어쩌면 다시는 그녀를 만날 일이 없을지도 모르므로.

근데, 내가 진짜 끝까지 해 본 게 하나도 없나? 하나도?

두 손을 점퍼 주머니에 찔러 넣었다. 도로 건너편에 자리한 서점이 눈에 띄었다. 아마 하나도 없을 것이다. 하다 못해 끝까지 읽은 책도 없지 않은가. 세상에 오직 한 권뿐인 책, 그만이 읽을 수 있는 김지영의 노트 '여덟 번째 방'마저도 말이다.

버스가 그의 앞에 정차했다.

12

집을 구하러 다닐 때 필수적으로 고려하게 되는 조건들이 있다. 교통이 편리한 곳인지, 난방 체계가 효율적인지, 편의 시설들이 가까이에 있는지, 방음은 잘되는지, 치안이 나쁜 지역은 아닌지 등등.

방을 보러 다니기 시작하면서 나는 그 조건들을 하나씩 하나씩 포기하게 되었다. 옥탑방에서 살던 기간 동안 집값들이 큰 폭으로 뛰어올라, 같은 액수의 돈으로는 예전의 방보다 훨씬 더 열악한 방을 구할 수밖에 없었던 것이다. 부모에게서 더 이상의 경제적 지원을 기대할 수 없게 된 데다 수중에 따로 목돈을 지니고 있는 것도 아니었으니 내가 가진 돈은 옥탑방의 보증금이 전부였다. 그 돈으로 입주할 수 있는 방은 열이면 열 모두 치명적인 결함을 가지고 있었다. 앞서의 필수 조건들을 충족시키기는커녕, 장마철만 되면 방바닥이 물에 잠긴다든가, 난방 설비라고 갖춰진 것이 20년 된 연탄아궁이라든가, 자신의 방으로 들어가려면 다른 사람의 방을 먼저 가로질러야 한다든가, 마을버스 정류장에서부터 비좁고 가파른 산길을 30분이나 더 걸어 올라가야 집이 나온다든가, 하는 식으로.

서울은 이상한 곳이었다. 열악하다 못해 해괴한, 사람이 도저히 살 수 없을 것 같은 집들을 지어 놓는다는 게 그랬고, 그런 집에도 결국은 누군가 들어가 산다는 것이 또한 그랬다. 지방 사람들이 서울 올라와서 가장 먼저 놀라는 게 있다면 그건 바로 천장 없이 솟아 있는 집값이고 방값이었다. 자식을 서울로 올려 보낸 이들의 등골이 휘는 것은 당연했다. 자식에게 괜찮은 방을 얻어 주려면 나머지 가족이 사는 고향 집이 괜찮지 못했다. 반대로 고향 집이 괜찮으려면 자식이 사는 방이 괜찮기가 어려웠다. 나중에는 양쪽 다 괜찮을 수가 없었다.

그래도 기어이 서울 주소를 얻겠다고 나는 이리저리 발품을 팔았다. 열악하다 못해 해괴한 방들을 돌아다니다 보면 내 존재가 한없이 비루하고 보잘것없게 느껴졌다. 아버지는 내게 언제나 더 넓고 더 높은 곳을 지향하라고 했는데 나는 더 좁고 더 낮은 곳들만 찾아다니는 꼴이었다. 몹쓸 방과 방을 떠도는 사이 내 존재는 점점 더 비루해지고 더 보잘것없어졌다. 방이 존재를 규정했다.

석 달의 유예 기간이 절반 이상 흘렀을 즈음, 다행히도 살길이 트였다. 서울시에서 재개발 지역의 거주자들에게 보상금과 이사 비용을 지급해 준다는 것이었다.

보상금 지급이 본격화되면서 건물에 세 들었던 사람들이 속속 이사를 갔다. 어떤 밤엔가는 건물 전체에서 달랑 나의 옥탑방 하나에만 불이 들어와 있기도 했다. 옥탑의 창문 두 개에 나란히 불이 켜진 것이 멀리서 보면 해골의 눈구멍처럼 음산해 보였다. 빈집의 현관문 위쪽에 부착된, 계량기를 빼 버려 속이 텅 빈 전기 검침기도 섬뜩해 보이긴 마찬가지였다. 눈 코 입이 없는 사람의 얼굴이 나를 내려다보는 것 같았으니까. 세입자들은 집을 떠나기 전에 각기 도시가스며 전기며 수도를 철거해야 했다. 이번 경우는 단순히 옛 방을 두고 새 방으로 이사 가는 것이 아니었다. 이사를 가고 나면 옛 방은 이 지구상에서 완전히 사라져 버리는 것이었다.

얼마 후면 곧 허물어질 옥탑의 마당을 나는 꼭꼭 힘주어 밟으며 걸어 다녔다. 서울시의 계획대로 이곳은 공원이 되겠지, 시민들은 잔디밭에서 분수대에서 화단에서 소풍을 즐기겠지, 한때 자신들의 머리 위에 한 칸짜리 방이 있어 누군가 그곳에서 수많은 낮과 밤을 보냈다는 것을 상상조차 못 하겠지, 생각하면서.

이사 갈 방을 구한 날이었다. 천신만고 끝에 찾아낸 나의 여섯 번째 방은 다세대주택의 반지하 골방이었다. 옥탑에서 지하로, 꼭대기에서 밑바닥으로, 서울은 내게 끄트머리만을 허락하는구나 싶었다. 계약을 마치고 돌아오니 이미 해거름이었다. 나는 저녁을 먹을 생각도 않고 문가에 서서 옥탑방의 구석구석을 살펴보았다. 방에도 얼굴이 있고 표정이 있다. 방도 사람과 함께 세월을 따라 늙어 간다. 나와 한 시절을 함께 보낸 옥탑방은 세상의 모든 풍파를 몸으로 견뎌 낸 펀칭볼처럼 해진 얼굴을 하고 있었다. 그러면서도 표정만은 담담하고 의연해 보였다. 그 얼굴이 나에게 괜찮다고, 걱정 말고 떠나가라고, 그렇게 말하는 것 같아서 나는 도리어 마음이 스산해졌다.

창밖이 바라보이는 자리에 앉았다. 달이 이르게 떴다 했더니 달 주위로 밤하늘을 집어삼킬 듯 커다란 달무리가 번져 가고 있었다. 나는 시디플레이어의 볼륨을 높였다.

"강가에는 안개가 안개가 가득 피어나오……."

눈을 감았다. 스피커에서 희부연 안개가 느릿느릿 피어올랐다. 촘촘한 물방울의 입자들이 사방으로 퍼져 나가더니 내 몸을 휘감고 방 전체를 감싸 안았다. 나는 눈을 감은 채 노래를 따라 불렀다. 부르다가 막히면 노래를 처음부터 다시 들었다. 가사는 좀처럼 외워지지 않았다. 바람이 창을 흔들고 지나갔다. 눈을 떴다. 안개가 사방으로 흩어지고 있었다.

누군가 현관문을 두드렸다. 처음에는 바람 소리인 줄 알았다. 그다음에는 환청을 들었다고 생각했다. 세입자들 대부분이 이사를 가 버린 마당에 보상금 논의 문제로 내 방을 찾을 이도 없을 테고, 그 외에 이 방을 아는 사람이라면 관밖에 없었으니까. 그러나 문 두드리는 소리는 집요하게 이어졌다.

"지영아, 김지영!"

환청이 아니었던 것이다.

"누구세요?"

문을 열자 바깥의 차고 습한 공기가 내 뺨을 후려쳤다. 유리문 안쪽으로 얼굴을 들이민 사람이 누구인지를 나는 한참 후에야 알아보았다.

관은 코밑에서 턱까지 수염이 덥수룩했다. 안 그래도 야윈 얼굴에 뺨이 푹 꺼지고 광대뼈가 튀어나와 인상이 영 달라 보였으나 어쨌든 그는 관이었다. 나는 방에서 새어나간 불빛이 그의 그림자를 인질처럼 마당에 붙들어 놓고 있는 것을 멀거니 바라보았다. 북한강의 안개와 함께 정태춘의 목소리가 그 그림자 위로 드리워졌다. 희한한 일이었다. 그림자에도 색깔이 있을까. 그날 나의 옥탑 마당에 못박혀 있던 관의 그림자는 푸르스름한 보랏빛을 띠고 있었다. 그것은 기이하게 아름다웠고 애잔했다. 그리고 몹시 지쳐 보였다.

"난 니가 이사 가고 없을 줄 알았어."

방으로 들어서는 그에게서 안개 냄새와 뒤섞인 술 냄새
가 났다. 관을 다시 만나면 바로 어제 만났다가 헤어진 것
처럼 아무렇지도 않게 응대함으로써 그동안 그가 내게 퍼
부었던 가혹한 무관심에 복수하리라 별러 온 나였으나, 막
상 눈앞에 앉은 그를 보자 팔다리의 힘이 빠졌다.

관은 그동안 연락을 못 해서 미안하다고 했다. 연락을
할 수 있는 상황이 아니었단다. 그래도 내 생각을 자주 했
다고 했다. 나만은 자신을 있는 그대로 바라봐 줄 것 같았
다는 것이다.

"그런데 가끔은 니가 아주 멀게 느껴지기도 해."

"……."

"너한테는…… 그늘이 없거든."

관은 나에게 이제껏 혼자서 밥을 먹어 본 적이 한 번도
없는 사람 같다고 했다. 학창 시절에 부모에게든 선생에게
든 한 번도 매를 맞아 본 적이 없는 사람 같다고도 했다.
원하는 것은 무엇이든 가질 수 있는 삶을 살아온 사람 같
다고, 내가 자신과는 다른 종처럼 느껴진다고 했다. 결핍
을 모르는, 상처가 없는 사람 같다나. 그는 점퍼 주머니에
서 담뱃갑을 꺼냈다. 라이터를 찾는지 다른 주머니들도 뒤
졌다. 그는 언제부터 담배를 피우기 시작했을까. 하기야 그

를 만나지 못했던 시간 동안 그에게 또 어떤 변화가 있었을지 내가 무슨 수로 알겠는가.

내가 멀게 느껴진다고? 그건 내가 너에게 할 말이야. 너는 언제나 제멋대로지. 네가 오는지 안 오는지, 온다면 언제 오는지, 전혀 알지도 못하는 상태로 나는 늘 기다리기만 해야 하니? 우리의 관계는 뭐니? 너는 나를 어떻게 생각해? 나를 좋아하니? 단 한순간이라도, 나를 좋아한 적이 있기는 하니?

물어볼 용기가 나지 않았다. 나는 그가 방바닥에 내려놓은 담뱃갑을 집어 들었다. 한 개비 남아 있던 마지막 담배를 빼냈다. 필터 아래쪽에 인쇄된 제조창 식별 번호들을 찾았다. 그 숫자들의 합이 홀수면 묻고 짝수면 묻지 않겠다고 다짐했다. 568. 합은 홀수였다. 너 한 번이라도 나를 좋아한 적이 있니? 나는 숨을 크게 들이마셨다.

"너 한 번이라도……."

"나는 무당의 아들이 아니야."

그가 담배도 없이 라이터를 켰다.

"우리 어머닌 무당이지만."

"……."

"나는 그냥 나야."

그는 라이터를 껐다 켰다 했다.

"죽었다 깨도 절대 극복할 수 없는 나의 열등감은 어머

240

니가 무당이라는 거야. 그건 혈액형 같아서 바꿀 수도 없지. 난 그걸 내 입으로 먼저 말하고 다니면 조금 덜 괴로울 줄 알았어. 그런데 아니더라. 숨기면 숨기는 대로, 밝히면 밝히는 대로, 사람들이 내게 보이는 반응은 결국 하나였어. 오, 너 무당 아들이구나."

고요한 방 안에 라이터가 꺼졌다 켜졌다 하는 소리가 울려 퍼졌다. 어머니와 크게 다툰 후 그녀가 종적을 감추는 바람에 관은 그녀를 찾아 전국의 기도처와 굿판을 떠돌아다녔다고 했다. 자신이 지금 뭘 하고 있나 회의가 들 때마다 내 생각이 났다고. 그는 어렸을 때부터 내가 부러웠다고 했다. 평범한 아버지와 평범한 어머니 밑에서 사랑받고 자라는 내가 세상에서 가장 행복해 보였다나. 관이 그런 이야기를 꺼낸 것은 처음이었다.

"내가 학생운동을 했던 것도 사실은 도망치고 싶어서였어. 집에서, 어머니에게서, 조금이라도 멀리 떨어지고 싶어서. 집단 속에 익명으로 숨어 있고 싶어서."

나는 내 손바닥 위의 담배만 들여다보았다. 저번에는 미처 볼 수 없었던 그의 또 다른 알몸을 보는 기분이었다. 그는 학교고 뭐고 다 그만두고 싶다고 했다. 새로운 사람들과 관계를 맺을 때마다 어쩔 수 없이 움츠러든다고, 자신을 정말로 이해해 줄 수 있는 사람은 아무도 없는 것 같다고도 했다.

그래도 네 어머니는 누구보다 너를 사랑하시잖아. 그리고 또 나도 있잖아. 네가 어떤 사람이든 난 개의치 않아. 내가 언제까지나 네 옆에 있어 줄게.

나는 말하지 못했다. 진심이었는데도 그것이 너무나 상투적으로 느껴졌기 때문이다. 누군가를 진심이되 상투적이지 않게 위로하는 법 하나 모르는 내가 너무 한심하고 딱해서 나는 빨리 나이 들어 버리고 싶었다. 서툰 대로라도 그때 만약 관에게 나의 마음을 표현했더라면, 그랬더라면 이후 우리의 관계는 조금 달라졌을까.

나는 그에게 숫자 568이 찍힌 담배를 돌려주었다.

"지영아! 김지영!"

또 누군가 내 방 창문을 두드렸다. 이번에는 여자의 목소리였다. 지영아, 안에 있으면 문 좀 열어 봐! 이번에도 환청이 아니었다. 관이 나를 쳐다보았다. 나는 창문가로 다가갔다.

"어? 니가 어떻게 여기를……."

"너야말로 어떻게 된 거야? 휴학했다면서?"

진주는 과일이 잔뜩 든 비닐봉지를 품에 안고 있었다. 화장기 없는 얼굴이 어둠 속에서 창백하게 빛났다. 나는 반쯤 열린 창으로 눈을 돌렸다. 캄캄한 밤의 유리창에 내 등 뒤의 풍경이 비치고 있었다. 관은 불도 붙이지 못한 담배 한 개비를 만지작거리고 있었다. 어딘가 필라멘트가 끊긴 전구처럼 멍해 보이는 얼굴이었다.

우리 세 사람은 근처 술집으로 자리를 옮겼다. 진주는
과 사무실에서 일러 준 주소만 보고 내 방을 찾아왔다고
했다. 학교도 잘 안 나오더니 말도 없이 휴학까지 해 버렸
다는 소식을 듣고 걱정이 되어서 와 봤다는 것이었다. 과
연 정 많고 배려심 깊고 의리 있는 아이였다, 그녀는. 관을
앞에 두고 그녀와 나는 밀린 이야기를 나누었다.

"아, 그렇게 돼서 휴학을 한 거구나."

"그럼 옥탑방은 곧 헐린다는 거네?"

"보상금이 나왔다니 그나마 다행이다."

나는 진주에게 그간의 경위를 간략히 설명해 주었다. 그
러나 새로운 방의 계약을 이미 끝냈고 당장 며칠 내로 이
사 갈 예정이라는 이야기는 하지 않았다. 우리끼리만 한참
이야기를 하다 보니 맞은편에서 말없이 소주를 마시고 있
는 관에게 신경이 쓰였다. 아마 진주도 그랬으리라.

"너희들 저 영화 봤니? 난 참 좋았는데."

별안간 진주가 술집 벽에 붙어 있던 영화 포스터를 가리
켰다. 관을 의식하고 화제를 바꾼 것이었다. 포스터 속에
는 날개 달린 거대한 동상이 있고 그 오른쪽 어깨에 남자
가 한 명 앉아 있었다. 제목은 「Wings of Desire」. 처음 보
는 포스터에 처음 듣는 제목이었다. 뜻밖에도 관이 중얼거

리듯 말했다.

"「베를린 천사의 시」, 좋지."

"어머, 봤구나? 혹시 너도 빔 벤더스 좋아해?"

관은 그의 영화는 거의 다 보았노라고 했다.

그때부터 두 사람은 내가 모르는 어느 독일 영화감독에 대해 이야기했다. 「베를린 천사의 시」와 「파리 텍사스」와 「부에나 비스타 소셜 클럽」에 대해서도. 하나같이 내가 아직 보지 못한 영화들이었다. 나는 'Wings of Desire'와 '베를린 천사의 시' 사이의 의미적 간극에 대해 생각했다. 두 사람은 영화에 관한 의견을 나누더니 영화음악에 관해 이야기했다. 술잔이 비는 속도만큼 그들이 말을 주고받는 속도도 빨라졌다. 쿠바와 브라질, 러시아와 아르헨티나, 스페인…… 화제가 다시 세계 각국의 음악으로 번졌다. 이게 웬일인가. 포르투갈의 음악에 이르자 두 사람의 목소리가 동시에 높아지고 밝아졌다. 우연하게도 둘 다 각별히 좋아하고 즐겨 듣는 것이 포르투갈의 민속음악 파두라는 것이었다.

"파두는 포르투갈어로 운명, 숙명을 뜻한다지?"

"웅. 그래서 파두가 그렇게 구슬프고 처연하게 들리나 봐. 노래에 그 시대 독재의 그늘 아래 탄압받던 이들의 숙명이……."

나는 소처럼 우두커니 앉아 그들이 내 귀에 아말리아

로드리게스니 페르난도 마차도 소알레스니 경을 읽는 것을 들었다. 미국도 아니고 일본이나 중국도 아닌, 지도에서도 찾아본 적 없는 저 서유럽 끝의 조그만 나라. 한 번도 들어 본 적 없는 그곳의 음악이 나를 그리도 무참하게 만들 줄은 몰랐다.

관이 진주의 잔에 소주를 따랐다. 얼굴에 희색을 띠고 이국의 음악에 대해 열변을 토하는 그는 내가 아는 그 관이 아닌 것 같았다. 아니, 조금 전 어머니 이야기를 할 때의 그와도 딴판이었다. 무당의 아들과 월드 뮤직이라니. 그 이질적인 조합 앞에 당황해 있던 나는 다음 순간 내 사고의 편향됨을 깨닫고 놀랐다. 다른 많은 사람들처럼 나 역시 그가 무당의 아들이라는 전제와 무당의 아들은 어떠어떠하리라는 기대 혹은 어떠어떠해야 한다는 선입견을 가지고 있었던 것이다. 그게 미안해서 나는 애꿎은 소주잔만 비웠다. 그래도 정신은 말똥말똥하기만 했다. 내 손이 내 잔에 소주를 따랐다. 관이 예술영화와 월드 뮤직에 관심 있었을 줄은 몰랐는데. 내 앞에서는 한 번도 그런 이야기를 한 적이 없는데. 나는 그가 정태춘의 노래와 이와이 슌지의 영화를 좋아한다고만 생각해 왔는데.

나는 두 사람의 이야기에 낄 틈도 낄 수도 없었다. 셋 중에서 소외된 한 사람은 이런 경우에 대개 안주 접시만 들여다본다. 나는 접시에 새침하게 앉아 있는 골뱅이에게

'넌 어떤 영화를 좋아하니?' 하고 묻고 싶었다.

내가 좋아하는 영화는 장국영이 출연했던 홍콩 누아르와 휴 그랜트가 나오는 로맨틱 코미디, 좋아하는 음악은 서태지와 넥스트와 이승환이 부른 대중가요들, 그리고…… 좋아하는 안주는 골뱅이. 하지만 아무도 내게 그런 것들을 물어 주지 않았다. 안타깝다는 듯 탁자 위의 소주잔이 저 혼자 스르르 미끄러지다 멈추었다.

이야기가 길어지자 진주가 자꾸만 나를 힐끔거렸다. 그녀가 나를 대화에 참여시키려 애쓰는 기미를 나는 읽었다. 하지만 모르는 체 딴전을 피웠다. 대화에 끼어 봐야 할 수 있는 말이 빤했으니까. 아, 그러니? 아아, 난 몰랐는데. 아, 그렇구나. 아아, 그들의 화제는 예술에서 혁명으로 전쟁에서 세계화로 종횡무진이더니 이윽고 요즘 대학가의 시위까지 갔다. 그들은 자신들이 우연하게도 함께 참석했으나 서로 알지 못했던 까닭에 스쳐 지날 수밖에 없었던 많은 집회들에 대해 이야기했다. 서로가 공통적으로 알고 있는 운동권 선배들에 대해서도 이야기했다. 엇, 너 그 형도 알아? 어머, 너 그 언니 아는구나. 맞아, 그 선배 나랑 친해. 세상 참 좁구나. 그래, 언제 한번 같이 보자. 관은 시호 오빠도 알고 있었다. 드디어 내가 아는 사람 이야기가 나왔지만 어쩐지 그 순간 나는 더욱더 고립되는 느낌이었다.

술집 안의 손님은 우리 외에 연인 사이로 보이는 대학생

남녀 한 쌍이 다였다. 스피커에서 흘러나오던 음악 소리가 잦아들었을 때 나는 그들이 나누는 대화의 한 토막을 들었다.

"그만 일어나자."

"오빠, 우리 어디로 가?"

"지리산으로 갈까, 태백산으로 갈까?"

이 시간에? 차도 끊겼는데? 나는 속으로 그렇게 물었다. 차라리 그들을 따라나서고 싶었다. 그 지리산과 그 태백산이 근방의 술집 이름을 일컫는 것이었음을 알았을 때는 내가 이미 혼자서 홀짝거린 술에 흐드러지게 취한 후였다.

탁자에 엎드려 아마 나는 속으로 그런 생각을 하고 있었을 것이다. 관에게 내 마음을 고백하지 않기를 잘했다고. 일어나 봐, 지영아. 어차피 우리는 서로 어울리지 않는다고. 그가 나를 좋아할 리가 없다고. 지영아, 괜찮아? 어린 시절의 기억은 그냥 그것대로 내버려 두자고. 관의 말마따나 그와 나는 전혀 다른 종이라고.

"일어나 봐. 지영아, 괜찮아?"

누군가 나를 흔들어 깨웠다. 한기가 몰려왔다. 나는 두 팔로 내 어깨를 감싸 안으며 눈을 떴다. 코앞에 진주의 얼굴이 있었다. 관과 내가 서로 어울리지 않는 한 쌍이라는 것을 그녀는 보아 버렸다. 아니, 그녀로 인해 내가 그 사실을 명백히 인지하게 되었다. 어차피 알게 될 일이었으나 나는 누군가를 원망이라도 하지 않으면 안 될 것 같았다. 그녀는 왜 하필 오늘 나를 찾아왔을까. 어쩌자고 그녀는 관과 선호하는 영화며 음악의 취향이 비슷할까.

"시호 오빠랑은 잘돼 가?"

그 상황에서 할 질문이 아니었다. 진주는 먹던 밥에서 머리카락이 나왔을 때처럼 곤혹스러운 표정을 지었다. 나는 취한 가운데서도 나 자신이 치졸하다는 걸 알 수 있었다. 시호 오빠와 그녀의 사이가 어떤지 따위, 하나도 궁금하지 않았으니까. 진주가 그동안 내게 보여 준 우정과 호의를 나는 한순간에 질투로 갚아 버린 것이었다. 취기가 올라오는 척 고개를 푹 숙였다. 내가 정말로 원망하는 건 진주도 아니고 관도 아니었다. 그건 나였다. 매력 없는 나. 보잘것없는 나. 어리석고 유치하고 비겁한 내가 나를 참담하게 했다.

이튿날 아침 눈을 떴을 때 진주는 옥탑방 부엌에서 밥상을 차리고 있었다. 나는 숙취가 덜 깬 상태에서 황송하게도 그녀가 끓여 준 콩나물국으로 해장을 했다. 밥상을 물리고 나니 정오였다. 진주가 음악을 틀겠다며 시디플레이어를 조작하는 동안 나는 전날 그녀가 사 온 사과를 깎았다.

"나 있지, 자퇴했어."

진주는 마치 '나 방금 밥 먹었어.' 하듯 대수롭지 않게 말했다.

"뭐? 자퇴?"

과도를 쥔 내 손이 허공에 정지했다.

"응. 편입하려고. 옛날부터 생각했던 거야."

어젯밤에는 옆에 관이 있어서 말하지 못했단다. 자신이 진짜로 원하는 것이 이곳에 없음을 깨닫는 데 1년, 그것을 찾는 데 다시 2년이 걸렸다고 진주는 털어놓았다. 그녀는 교사가 되고 싶다고 했다. 대학 초년 시절 내 눈앞을 가로막고 있던 셀로판지 벽은 내게만 있는 것이 아니었던 모양이다. 진주는 3년 만에 그것을 뚫고 진짜 세상을 만나러 가는 것이었다. 마땅히 축하해 줄 일이었다. 학교를 그만둔다고 인연이 끝나는 것은 아니니 앞으로도 계속 연락하자며 진주는 웃었다. 나도 웃었다. 학교를 떠난다고 인연이 끝나는 것은 아니었다. 학교를 떠나지 않아도 인연이 끝날 수 있는 것처럼. 스피커에서 음악이 흘러나왔다. 처음 들어 보는 곡이었다.

"파두 중에서도 내가 제일 좋아하는 노래야."

그녀가 허밍으로 노래를 따라 흥얼거렸다.

"아말리아의 목소리, 참 신비스럽지 않아?"

신비스러웠다. 포르투갈의 음악이라던가. 가사를 알아들을 수 없는 그 먼 나라의 노래를 듣는 동안 이상하게도 마음이 차분히 가라앉았다. 곡이 끝날 무렵 나는 비로소 알아차릴 수 있었다. 내가 어느 틈엔가 「북한강에서」의 가사를 전부 외우게 되었다는 사실을. 관의 말은 맞았다. 그 노래는 더 이상 내게 아무 신비감도 주지 못했다. 그 노래를 함께 들었던 관에게도, 이제는 아무것도 기대하지 않을 수 있게 되었음을 알았다.

진주가 집으로 돌아간 것이 오후 3시. 나는 천천히 이삿짐을 쌌다. 새로 이사 갈 집의 주소는 누구에게도 알려 주지 않을 작정이었다. 전화번호도 바꿀 계획이었다. 이 옥탑방이 헐린다는 것이, 영원히 사라진다는 것이 다행스럽게 느껴졌다. 방과 함께 그 속의 모든 기억들도 소멸하기를 나는 바랐다.

이렇게 또 몇몇의 인연들과 스쳐 지나가게 되는구나.

속으로 막연히 그런 생각을 품었다. 실제로도 그것이 마지막이 되었다. 진주와도 관과도 그날 이후 다시는 만날 수가 없었다.

해변은 갈수록 황량해졌다. 해변서점도 침몰하는 배처럼 점점 기울어 갔다. 어머니 아버지는 빚을 내어 자금을 끌어모았다. 아버지가 외도를 했던 것 때문에 소원해졌던 두 사람의 관계는 죽어 가는 서점을 살리자는 절대적이고도 유일한 기치 아래 전보다 오히려 돈독해졌다. 그들은 고객에게 구입한 책 가격의 10퍼센트에 값하는 할인 쿠폰을 나눠 주고 단골 고객에게는 추가 할인도 해 준다는 내용의 광고문을 쇼윈도에 붙였다. 안 팔릴 것 같은 책들은 아예 들여놓지도 않았다. 잘 팔리는 책들을 조금이라도 더 눈에 잘 띄는 곳에 비치하기 위해 출입구 앞의 매대 위치를 바꾸거나 그 주변을 꾸며 보기도 했다.

그들이 해변서점을 회생시키고자 백방으로 뛰어다닐 때 나는 하릴없이 카운터에 앉아 할 일 없이 할인 쿠폰의 개수나 세어 보곤 했다. 색도화지에 흑백 잉크로 할인 금액만 달랑 인쇄한 그것들은 아버지가 직접 디자인한 것이었다. 그 나름대로 위조를 방지한답시고 그는 쿠폰마다 일일이 자신의 인장을 찍었다. 구부정한 등에 허옇게 센 머리털, 눈 밑의 와잠이 툭 불거진 모습으로 책상 앞에 앉아 손가락 두 마디만 한 종이 쪼가리들을 붙들고 있는 그에게서 나는 더 이상 세계의 마천루와 거대 건축물과 우주 항공 산업의 미래에 대한 이야기를 들을 수 없으리라 생각했다.

처음 세어 보았을 때 쿠폰의 개수는 100개였다. 사흘이 지나도 100개. 일주일이 지나도 100개. 보름째 되던 날 여전히 100개인 쿠폰들을 세어 보고 나서 나는 부모님에게 선언했다. 고향에 내려와 서점 일을 돕겠다고. 아버지가 극구 반대했다. 사람은 모름지기 더 높고 더 넓은 곳에서 살아야 한다는 것이었다. 젊은 사람일수록 더더욱 그렇다고. 마소의 새끼는 제주도로 사람의 새끼는 서울로. 그는 우리별과 무궁화와 아리랑을 들먹이며 우주로 위성도 쏘아 올리는 시대가 아니냐고 했다. 그런 점에서 아버지는 옛날과 크게 달라진 것이 없었다. 아니, 달라진 것이 없는 것처럼 보이고 싶어 했다. 그래서 나도 전혀 안심이 되지 않았지만 안심이 된 것처럼 보여야 했다.

쫓기듯이 서울로 돌아온 후에도 복학은 하지 않았다. 학교로 돌아가야 할 이유를 찾지 못해서였다. 나는 별다른 재주도 기술도 자격도 필요 없는 단순 서비스직 아르바이트를 하며 돈을 벌었다. 1년에 한 번꼴로 이사를 했다. 반년에 한 번꼴로 아는 사람의 결혼식장이나 아는 사람이 아는 이의 장례식장에 들락거렸다. 그렇게 아무 생각 없이 살 수도 있다는 것이, 그렇게 살아도 시간이 잘만 흘러간다는 것이 신기했다.

그래도 일이 모두 끝난 늦은 밤이면 전기스탠드를 켜 놓고 책상 앞에 앉아 스프링 노트를 펼쳤다. 휴학계를 제출할 때 학과장에게 호언했던 것을 떠올리곤 했다. 그때 나는 별다른 재주도 기술도 자격도 없는 사람이, 별다른 가능성이나 꿈도 없는 사람이, 유일하게 천착할 수 있는 것이 글쓰기라고 믿고 있었다. 그것은 마치 천국으로 통하는 문인 줄 알고 지옥문으로 잘못 들어간 것처럼 어마어마하고 무시무시한 착각이었다. 글쎄, 어쩌다가 그런 착각을 하게 되었을까.

나는 노트에 연필로 글을 썼다가 두 줄씩 금을 그어 버리고 다시 썼다가 금을 긋기를 반복했다. 무엇인가 속에 있는 이야기를 내뱉고 싶은데, 그것을 어떻게 소설로 형상화해야 할지 알 수가 없었다. 몇 페이지쯤 써 놓고 보면 내 글은 두서없고 장황한 일기에 불과했다. 바닷가 마을에서 자라다가 서울로 올라온 여자가 이사를 다니는 이야기라니. 게다가 스스로를 주인공으로 삼기에 나는 너무나 평범한 사람이기도 했다.

"누구나 자신의 이야기에서부터 출발하는 거야."

언젠가 관은 말했다.

"자신의 이야기를 쓰는 사람은 특별해. 글을 통해 스스로의 삶을 정리할 줄 알거든. 자기 삶의 주인이 된다고나 할까. 대부분의 사람들은 죽을 때나 되어서야 자신의 삶을 정리하지. 자기 삶의 주인이 자기인지 아닌지 깨닫지도 못하는 사이에 죽음을 맞이한단 말이야."

우리가 아직 학생이었을 때, 어딘가로 향하는 버스 안에서였을 것이다. 그는 또 말했다. 세상에 전적으로 평범하기만 한 사람이 어디 있느냐고. 누구나 노트 몇 권쯤의 분량으로 할 말은 있는 법이라고. 10년을 살았든 100년을 살았든 말이다. 맞는 이야기였다. 거리를 걷고 있는 저 평범한 사람들이 자신들 속에 그 어떤 특별한 사연을 숨기고 있을지 감히 누가 알겠는가. 나는 내 속에도 똬리 틀고 있을 게 분명한 나만의 특별함을 글을 쓰는 행위를 통해 찾아내

보고 싶었다.

관의 말에 용기를 얻어 쓰기 시작했던 첫 번째 소설. 그것은 아직도 나의 스프링 노트 속에 남아 있다. 아직도 끝나지 않았다. 첫 소설을 완성하면 관에게 꼭 보여 주겠노라 약속했는데. 이제는 지키지도 못하게 되었다. 석은 언젠가 지나가듯이 말한 적이 있다. 관이 자원입대했다는 것 같더라고. 그 후로는 아무도 그의 소식을 듣지 못한 모양이더라고. 그것을 끝으로 석은 더 이상 관을 입에 담지 않았다.

관은 아직도 도망치는 중일까. 집에서, 어머니에게서, 조금이라도 멀리 떨어지고 싶어서. 집단 속에 익명으로 숨고 싶어서. 군복을 입고 뙤약볕에 얼굴이 붉게 익었을 그를 떠올리자 나는 이상하게도 그의 그림자 색깔이 궁금해졌다. 그는 지금도 푸르스름한 보랏빛을 띤 그림자를 가지고 있는지. 그것을 끌고 기운 없이 내 옥탑방 마당에 서 있던, 우리가 마지막으로 보았던 그날을 기억하는지.

어디서 무엇을 하든 그의 삶이 평온했으면 좋겠다고 나는 생각했다.

몸이 하늘로 둥둥 떠올랐다. 까마득히 높은 곳까지. 발아래 조그맣게 집이 보였다. 집 안에는 방이 많았다. 그것들을 자세히 보기 위해 나는 고도를 낮추었다. 방마다 전기장판과 앉은뱅이책상과 변비약과 한방 파스, 발볼이 늘어난 하이힐, 유행을 타지 않는 디자인의 가방, 그리고 읽거나 읽지 않은 책들이 가득했다. 그 낯익은 물건들 속에 나만 없었다. 꿈속에서도 나는 그것이 못내 서운했다.

눈을 떴다. 낯선 천장이 보였다. 벽지도 눈에 설었다. 천장 바로 아래 벽면, 내가 서서 팔을 머리 위로 뻗으면 손끝이 닿을 만한 위치에 까만 점 하나가 박혀 있었다. 벌레가 붙어 있는 모양이었다. 이 방에서 어젯밤을 보낸 건 나 혼자만이 아니었구나 하는 생각이 들었다. 침대에서 몸을 일으켰다. 아직 제자리를 못 찾은 집기들로 방 전체가 어수선했다. 성형에 실패한 연예인의 얼굴 같달까. 보기 좋게 바로잡으려면 어디서부터 손을 대야 할지 암담했다. 나는 침대 발치에 패잔병이 버리고 간 창처럼 나뒹구는 쇠막대 하나를 집어 들었다. 조립식 행어의 부속품이었다. 따로 떼어 놓고 보면 그 용도를 짐작하기 어려운 그것들을 나는 침대에 앉은 채로 하나씩 끼웠다.

짐을 싸고 또 짐을 풀 때마다 생각한다. 살다 보면 어쩔 수 없이 반복하게 되는 일들이 있다는 것을. 반복하는데도 좀체 익숙해지지 않는 일들이 있다는 것을. 이사를 다니는 것은 몇 번을 되풀이해도 언제나 처음 겪어 보는 일처럼 힘겹게 느껴진다. 방을 옮긴다는 것이 곧 몸과 마음을 부려 놓는 터를 바꾼다는 의미이기 때문일까. 방은 단순히 개념으로서의 공간, 건축물의 일부로서의 공간이 아니다. 그곳에 사는 사람의 육신과 정신이 깃드는 곳이다. 그의 일상이 알알이 스미는 자리인 것이다. 그러니 그 자체로서 방은 곧 방 주인의 삶이다. 이사를 하는 것이 힘겨운 까닭은 그것이 육체적으로 강도 높은 일이어서이기도 하지만 아마 그에 따라 방 주인의 삶도 바뀌리라는 예감 때문이기도 할 것이다.

이 방에서 내 삶은 또 어떻게 달라질까.

나는 조립이 덜 끝난 행어를 바닥에 내려놓고 사방을 둘러보았다. 전기장판과 앉은뱅이책상과 변비약과 한방 파스, 발볼이 늘어난 하이힐, 유행을 타지 않는 디자인의 가방, 그리고 읽거나 읽지 않은 책들이 아직 풀지 않은 짐 꾸러미 속에 들어 있을 거라고 생각하니 꿈과 현실의 경계가 아스라해졌다.

"새집은 어때, 괜찮아?"

석에게 전화가 걸려 온 것은 본격적으로 짐 정리를 시작했을 때였다.

"괜찮지 그럼. 누가 소개해 준 방인데."

나의 아홉 번째 방. 이곳을 내게 소개해 준 것은 석이었다. 여덟 번째 방도, 일곱 번째 방도, 그가 소개해 주었다. 그는 정규직 아르바이트를 비정규직 대우를 받고 하면서 남는 시간에는 소설을 쓰던 나에게, 비정규직 아르바이트를 정규직 대우를 받으며 할 수 있도록 배려해 주기도 했다. 사용자로서의 그가 나를 노동자로서 고용했던 것이다.

학창 시절 내내 학점 관리, 각종 자격증 취득, 봉사 활동, 토플 토익 시험 성적표, 어학연수 등 취업을 위해 대학생이 준비해야 할 모든 것들을 외면해 온 나와 달리 석은 그것들에 두루 신경을 썼다. 그러나 취업이 안 되긴 그나 나나 매한가지였다. 무엇을 어떻게 해도 취업하기가 힘든 이해할 수 없는 세상에 우리는 내던져져 있었다. 신의 직장이야 애초부터 신의 자식을 위한 곳이겠지만, 인간의 직장에도 못 들어간다는 것은 우리가 인간의 자식도 아니라는 증거라며 석은 분개했다. 그의 말에 따르면 우리는 젊고 유능하고 스펙 좋은 짐승들이었다.

그러나 석의 천직은 따로 있었다. 부모의 권유로 공인중개사 자격증을 따더니 승승에 장구를 거듭하여 결국은 서른도 안 된 나이에 제 명의의 사무실을 차리지 않았는가. 그의 수려한 용모와 화려한 언변이 책상 위의 서류보다 거리 위의 사람들을 만날 때 더 빛을 발함은 당연한 이치였다.

내가 그의 부동산 사무실에 출근하게 된 지도 꽤 오래되었다. 공인중개사 자격증이 없어도 할 수 있는 잡일이 나의 주 업무였다. 주 업무 중에서도 특히 주된 업무는 매물로 나온 집들의 내부를 촬영한 사진 파일들을 부동산 홈페이지에 올리는 일이었다.

나는 하루 종일 JPG 파일들을 상대했다. 눈알이 뻑뻑하고 팔다리도 뻐근했지만 마음만은 편했다. 사진들은 눈이 없고 입도 없고 귀도 없어서 서로 오해할 일도 없었으니까. 그것들은 대개 현관에서 실내 전체를 조망하는 컷과 욕실, 주방, 거실 등 각각의 방 내부를 단독으로 찍은 컷들로 나뉘었다. 방 청소와 정리 정돈을 완벽하게 끝낸 후 사진을 찍는 것은 기본이었다. 물론 성격 탓인지 고객마다 보내온 사진들에 약간씩의 차이는 있었다. 부주의한 고객은 사적인 정보가 은연중 노출된 사진을 보내오기도 했고, 세심한 고객은 방 안에서 창을 통해 내다본 바깥 풍경 사진까지 보내오기도 했다.

방을 찍은 사진들을 들여다보고 있노라면 하루에도 수십 번씩 이사를 다니는 기분이었다. 나는 앉아서 서울 시내 수십 군데의 방들을 방문했다. 어떤 방은 꼭 한번쯤 살아 보고 싶었고 또 어떤 방은 절대 살아 보고 싶지 않았다. 어떤 방은 내가 살아 본 적이 있음 직했고 또 어떤 방은 완전히 생경하게 느껴졌다. 눈에 띄게 깔끔하고 세련된 매물은 대부분 아무도 산 적이 없는 신축 건물의 방이었다. 그러나 그런 방들에는 정이 가지 않았다. 생활이 빠져 있었으므로. 방 주인의 일상이 보이지 않는 방은 진짜 방이 아니라 단지 바닥과 벽과 천장으로 이루어진 육면체 공간에 불과했으므로.

"피곤할 텐데. 내일 정시에 출근할 수 있겠냐?"

석과 내가 노사 관계라는 것을 간혹 의식하게 될 때가 있다.

"오전에 별로 할 일도 없을 거야. 늦게 출근해."

이런 친구를 내 직장의 사장으로 두고 있다는 것은 참 복 받은 일이었다.

"아냐. 제시간에 갈게."

"괜찮다니까 그러네."

괜찮다. 그러고 보니 그건 석이 참 잘 쓰는 말이었다. 괜찮다는 단어만큼 너그러운 표현도 드물 것이다. 괜찮다는 말만큼 무심한 표현도 드물 거고. 석과 나의 관계가 딱 그랬다. 무심하기에 너그러울 수 있고, 너그럽기에 무심할 수 있는 관계. 서로에게 적당히 무심하고 적당히 너그러움으로써 항상 괜찮기만 한 친구가 있다는 것은 얼마나 다행한 일인지. 아마 10년 후에도, 20년 후에도, 우리의 관계는 딱 이 정도에 머물러 있을 것이다.

내일이 벌써 월요일인가. 전화를 끊고 나서 달력을 보려고 무의식적으로 벽을 쳐다보았다. 눈앞의 벽에 아까의 그 까만 벌레 한 마리가 붙어 있는 것이 보였다. 이런, 다시 보니 그것은 벌레가 아니라 못을 박았다가 뺀 자국이었다. 이 빠진 자리처럼 검은 구멍. 이 방의 전 주인은 저 자리에 무엇을 걸어 놓았을까 헤아려 보다가 아차 싶었다.

맞다, 내 달력!

칠칠치 못하게도 먼저 살던 집의 벽에 달력을 걸어 놓은 채 그냥 와 버렸던 것이다. 우리별 1호의 사진이 박혀 있는 달력. 너무 오랫동안 한자리에 걸려 있었기 때문에 벽의 일부인 것처럼 자연스러워 보여 이삿짐을 꾸릴 때 떼어 낼 생각조차 하지 못했던 것이다.

마음이 급해졌다. 할 일이 많았다. 집 근처 어디쯤에 마트가 있는지, 세탁소와 미용실은 어디에 있고, 은행과 우체국과 동사무소는 또 어디에 있는지 알아보려고 했는데. 그러나 그보다 앞서 나는 예전에 살던 집에 다녀와야 했다. 막상 벽에 걸어 놓고 있을 때는 별로 소중하게 여겨지지도 않았는데 이제 와서 왜 그 달력이 꼭 있어야 한다는 생각이 드는지 모를 일이었다. 스무 살 시절부터 지금까지의 나를, 내가 살았던 방들을, 옆에서 모두 말없이 지켜보았던 존재이기 때문일까. 겉옷을 걸쳐 입었다. 지금 그 방에 새로 이사했을 사람에게 달력을, 그것도 여러 해 묵은 달력을 찾으러 왔다고 한다면 그는 어떤 표정을 지을지 궁금했다.

나의 옛 방을 찾아가는 길.

지하철을 타고 버스를 갈아탔다. 마을버스에서 내리자 낯익은 사거리가 나타났다. 나는 눈을 감고도 훤히 볼 수 있었다. 사거리를 지나면 공원이 나오고 실내 야구장이 나오고 교회가 나온다. 큰길을 따라 아파트 단지 쪽으로 가다 보면 독일베이커리와 하라주쿠패션과 이태리가구점과 몽마르뜨카페와 북경반점을 지나가게 된다. 그 뒤쪽의 골목이 주택가로 이어지는 지름길이다. 그 사이사이에 숨어 있는 지물포와 편의점과 운동화 빨래방까지 나는 기억하고 있다. 그런데도 내가 더 이상 이 동네에 살지 않는다고 생각하자 아주 오래전에 등졌던 고향을 다시 찾아온 듯한 심정이었다. 바로 어제 이 동네를 떠났는데 하루 만에 긴 세월이 흘러간 것 같았다.

어제도 지나갔던 길을, 그제도 들락거렸던 슈퍼마켓을, 편의점과 약국과 카페를 나는 여행지에 막 도착한 이방인처럼 두리번거리며 걸었다. 자주 이용했던 약국의 주인 여자가 점포 입구를 빗자루로 쓸다가 나를 쳐다보았다.

"어디 다녀오시는 길인가 봐요?"

"네에. 안녕하세요?"

그녀가 알은척을 해 준 것이 반가워서 나는 하마터면 인사말 뒤에 '저 이제는 이 동네 안 살아요.' 하고 덧붙일 뻔했다. 주택가로 접어들었다. 저만치 내가 살던 원룸 건물이 나타났다. 걸음을 재게 놀렸다. 무심코 고개를 돌리니 옆 골목에서 한 여자가 걸어 나오고 있었다. 나는 주춤했다. 어디서 본 듯한 얼굴이었다. 그녀는 세금 고지서를 들고 은행으로 갔다. 빵집에서 갓 구운 빵을 사서 나왔다. 재활용품 분리수거를 하고 있는 그녀, 버스 정류장에서 버스를 기다리는 그녀, 소포 꾸러미를 옆구리에 끼고 우체국으로 향하는 그녀.

그녀는 바로 지난날의 나였다.

순간 어쩌면 내가 옛 방에서 정말로 찾고 싶었던 것은 달력만이 아닐지도 모르겠다는 생각이 들었다. 달력은 그저 핑계였을지도.

서울에 올라와 스무 살 시절부터 지금까지 내가 거쳐 온 방들. 그러니까 삼촌 댁 문간방에서부터 학교 앞 하숙방과 시장통 골목의 자취방, 재개발 지구의 옥탑방, 반지하 셋방, 번화가의 원룸과 그 밖의 또 다른 방들이 차례대로 떠올랐다. 그것들이 문득 그리웠다. 내 추억 속의 낡은 방들, 잘 있을까.

이왕 옛 방을 찾아 나선 김에 그곳들을 모두 차례대로 순회해 보면 어떨까 하는 생각이 들었다. 방과 방을 잇는 길들을 따라가다 보면 그 길에서 무엇을 만나게 될까. 나는 상상해 보았다. 옛날의 방들을 다시 찾아간다면 그곳에서 옛날의 나를 만날 수도 있지 않을까 하고. 그 시절 무수히 내 옆을 스쳐 지나갔던 사람들도 다시 만나 볼 수 있지 않을까 하고. 그러면 내가 지금 쓰고 있는 소설의 내용도 훨씬 더 풍성하고 다채로워질 텐데.

여러 명의 나를 지나쳐 건물의 입구에 다다랐다. 계단에 발을 올려놓았다. 천장의 센서 등에 조명이 반짝 켜졌다. 순간 왜인지는 모르겠으나 해변서점의 전경이 머릿속을 스쳤다.

이제 내 고향 바닷가 마을에는 서점이 한 군데도 없다. 엊그제 해변서점이 결국 문을 닫았기 때문이다. 30년간 책들이 버티고 서 있었던 그 자리에는 수십 대의 컴퓨터들이 들어앉게 되었다. 피시방이 들어설 예정이라는 것이었다. 처리하지 못한 많은 책과 책장들은 누군가에게 양도되지도 못하고 폐기되어 버렸다. 부모님에게 그 이야기를 전해 들으면서 나는 뒤늦게 기억해 냈다. 버려진 책장들 어딘가에 아마도 그 책이 꽂혀 있었으리라는 것을.

여덟 번째 방.

어린 시절 관이 숨겨 놓았다던 책. 그것을 나는 끝끝내 찾아보지 못했다. 찾아서 원래 있던 자리에 꽂아 놓으려고 했는데. 그런 다음 관에게 걱정하지 말라고, 모두 제자리를 찾았다고 말해 주려 했는데. 하기야 이제는 그를 다시 만날 수나 있을는지 모르겠지만 말이다.

나의 여덟 번째 방.

드디어 그 현관 앞에 섰다. 완강하게 입을 다물고 있는 철문 한복판에 도어 뷰의 렌즈가 보였다. 안에서는 밖을 내다볼 수 있어도 밖에서는 안을 들여다볼 수 없도록 고

안된 것이지만, 그 렌즈에 눈을 가져다 대면 무엇인가 보일 것 같았다. 여덟 번째 방 속에 나의 일곱 번째 방이 있고 그 속에 다시 여섯 번째 방이, 다시 그 속에 다섯 번째 방이, 그렇게 첩첩이 들어 있을 것만 같은 생각이 들었다. 그 방들을 역순으로 되짚어 올라가다 보면 마침내 스무 살 시절의 나 자신과 조우할 수도 있으리라. 그때가 그리운 것인지 어떤 것인지 지금의 내 심정을 잘은 모르겠으나, 그때의 나를 만나면 할 말이 무척 많을 것 같기는 하다.

아니, 그냥 말없이 먼저 안아 주기부터 해야겠다. 너는 참 평범하고 보잘것없지만 세상에 오로지 하나뿐인 존재라고. 그러므로 결코 평범하지도 않고 보잘것없지도 않다고. 너는 내 소설의 주인공이며 내 세계의 주인이라고. 그런 이야기는 구태여 해 주지 않아도 되겠지.

초인종을 누르기 위해 나는 천천히 오른손을 들어 올렸다.

13

영대는 마지막 노트의 마지막 장을 덮었다. 그것을 라면 상자에 넣었다. 접착테이프로 상자의 입구를 봉하려고 하니 가위가 보이지 않았다. 이 방으로 이사 올 때 집에서 가위를 아예 갖고 나오지 않았다는 것을 깜빡했던 그는 방안을 한참 동안 더듬고 뒤지며, 좁아터진 방도 뭔가를 찾을 때는 꽤 넓게 느껴지는구나 하고 생각했다. 이불을 들춰 보았다. 이 방에서 잔 첫날 깔고 나서 여태껏 한 번도 갠 적이 없는 이불 밑에는 라이터도 있고 이어폰도 있고 볼펜도 있고 돌돌 말린 양말 한 짝이 있는가 하면 먹은 기억이 없는 빈 과자 봉지까지, 하여튼 가위 빼고 다 있었다. 이불을 반으로 접어 구석으로 밀쳤다. 요새는 설거지를 해주는 기계도 있다던데 왜 이불을 개 주는 기계는 없는지

의아했다. 있다손 치더라도 그의 경제력으로는 그것을 구입할 수 없을 테지만.

주방의 찬장을 열었다. 사람의 손길이 닿은 지 오래된 양은 냄비가 결 고운 먼지들을 덮고 앉아 있었다. 짝이 맞지 않는 스테인리스 젓가락들 옆에 놓인 식칼이 눈에 띄었다. 영대는 식칼로 테이프를 잘라 상자를 봉했다. 그것을 개수대와 신발장 사이 공간에 내려놓았다. 리놀륨 장판이 깔린 바닥에서 먼지가 일었다. 그는 상자를 내려다보며 잠시 그 속의 노트를, 그리고 노트의 주인을 생각했다. 그 글을 쓴 사람이 현재 자신이 사는 방에서 한때나마 살았다는 게 신기했다.

그녀는 언제 이곳으로 이사했을까. 이 방은 그녀의 몇 번째 방이었을까.

김지영이 노트에 쓴 글은 최소한 이곳으로 이사 오기 전에 쓰였다. 그러니까 이 방은 그녀의 글 속에 묘사된 방들 이후에 이사 온 방이다. 그녀의 아홉 번째 방 이후의 방이라는 소리다. 그렇다면 몇 번째 방일까. 열 번째? 열한 번째? 그녀는 어쩌다가 이렇듯 잠만 자는 방에까지 흘러 들어오게 되었을까. 지하에다가 좁고 춥고 낡고 더럽고 화장실도 밖에 있는 이런 곳에. 부동산 중개소의 사장님을 친구로 두고 있으면서 어쩌다가. 석과 의절이라도 했나. 아니면 집안이 쫄딱 망하기라도 한 것일까.

영대는 왠지 김지영이 오래전부터 잘 알던 사람처럼 느껴졌다. 아니, 어쩌면 실제로 잘 아는 사람이 맞는지도 모른다. 그녀가 지난 10년간 어떤 방들을 거치며 어떻게 살았는지 영대보다 더 자세히 아는 사람이 누가 있으랴. 그는 그녀가 주인공으로 등장하는, 이 세상이라는 한 권의 거대한 책을 읽은 유일한 독자가 아니던가. 그러니 지영과 영대의 관계는 실로 엄청나게 특별하고 독점적이며 긴밀한 것이었다. 물론 노트 속 그녀는 노트 밖 그의 존재에 대해 전혀 모를 테지만. 500원짜리 동전이 한국은행을 모르듯이.

아연 허기가 졌다. 저녁밥을 먹은 지 한 식경도 지나지 않았는데. 옳거니. 영대는 찬장의 냄비를 꺼냈다. 전에 사 두었던 봉지 짜파게티 생각이 났던 것이다. 냄비에 물을 받아 버너에 올렸다. 오늘도 지하층에는 그 외에 아무도 없는 듯했다. 왼쪽 방 여자도 오른쪽 방 남자도 어젯밤에 나가서 아직 돌아오지 않은 모양이었다. 잠만 자는 방에서 잠을 안 자면 다들 어디에서 자는 것인지 그는 궁금했다. 평소에 똥은 다들 어디에서 싸는 것인지도. 물은 금방 끓었다. 그는 냄비에 짜파게티를 두 개 넣었다.

그의 방에서 휴대폰이 울렸다. 문자메시지가 도착했음을 알리는 신호음이었다.

마지막 문자입니다. 그래도 당신 덕분에 행복했습니다. 고맙습니다.

발신번호 7814. 영대는 휴대폰을 손에 쥔 채 생각에 잠겼다. 도대체 이 사람은 누구에게 보내려던 메시지를 번번이 내게 잘못 보내는 것일까.

아마도 메시지의 원수신자는 영대가 휴대폰 번호를 지금의 번호로 바꾸기 직전까지 그 번호를 앞서 쓰던 사람일 것이다. 발신자 7814는 여태껏 그 사실을 모르고 있는 것이리라. 휴대폰 번호가 바뀌었다는 것을 상대방에게 알려 주지도 않을 만큼 둘 사이의 관계가 멀어진 상태임을 추리하는 것은 어렵지 않았다.

저를 겨냥하고 한 말은 아니었으나 어쨌든 남에게 고맙다는 말을 들으니 가슴이 훈훈했다. 영대야말로 7814에게 고맙다고 말하고 싶었다. 부러운 마음도 들었다. 당신 덕분에 행복했다니. 행복. 행복이라. 나는 한 번이라도 누군가를 행복하게 해 준 적이 있나. 머리를 쥐어짜 보았다. 자기 자신조차도 행복하게 해 준 적이 없다는 답이 나왔다. 그런데 과연 행복이라는 게 뭘까. 고민하기 전에 그는 답장부터 보내야겠다고 생각했다. 벌써 여러 차례 잘못 온 메시지를 받고도 끝까지 묵묵부답으로 일관한다면 그것은 발신자를 조롱하는 것밖에 더 되겠는가.

문자 잘못 보내셨습니다. 저 폰 번호 이걸로 바꾼 지 오래됐습니다.

그러나 전송 버튼을 누르려다 말고 그의 손가락은 취소

버튼을 눌렀다. 어차피 마지막 문자라고 하지 않았는가. 발신자와 수신자 사이에 어떤 일이 있었는지는 알 수 없으나 이제 겨우 마음을 정리하고 평안을 얻으려는 발신자에게 그가 그동안 기울인 노력이 헛된 것이었음을 확인시켜 줄 필요는 없었다. 오해한 채로라도 그의 마음이 편해졌다면 그대로 모르는 척 놔두는 것도 좋으리라. 영대는 휴대폰을 이불 위에 던졌다.

아차, 내 짜파게티!

부리나케 주방으로 뛰어나갔다. 아니나 다를까. 물이 끓어 냄비 밖으로 흘러넘치다 못해 가스 불까지 꺼뜨린 상태였다. 그는 버너의 레버를 꺼짐으로 돌려놓은 후 저 혼자 들썩이고 있는 냄비 뚜껑을 열었다. 물에 푹 퍼진 밀가루 면발 냄새가 주방에 푹 퍼졌다. 개수대에 물을 버리고 냄비 속의 면에 짜장 소스와 올리브유를 넣어 비볐다. 침이 꼴깍 넘어갔다. 개수대 앞에 선 채로 그것을 후루룩 먹어 치웠다. 냄비가 곧 바닥을 드러냈다. 그는 바닥에 좀 눕고 싶었다. 기다시피 제 방으로 들어갔다. 눕기 전에 본능적으로 불을 껐다. 포만감으로 나른해진 와중에도 그는 두 다리를 끝까지 뻗으려면 방을 대각선으로 가로질러 누워야 한다는 것을 잊지 않았다.

방문도 닫지 않고 얼마를 그렇게 누워 있었을까. 현관문이 열리는 소리에 잠에서 깼다. 영대는 자리에 누운 채 눈

만 치켜떴다. 주인 사내가 문을 열고 들어서고 있었다. 주
방 불은 켜져 있지만 방 세 개는 모두 불이 꺼져 있으니 지
하층 전체에 아무도 없는 줄 알았으리라. 사내의 눈길이
개수대로 향했다. 냄비에 짜장 소스가 말라붙어 있는 것
을 보더니 고개를 갸우뚱거렸다. 이 상황을 설명해 줄 답
을 찾는 눈치였다. 그러더니 마침내 사내는 수수께끼의 정
답이 불 꺼진 가운데 방 바닥에 큰대자로 누워 있는 것을
발견했다.

"어이쿠, 놀래라!"

"아, 안녕하세요?"

영대는 하는 수 없이 몸을 일으켰다. 사내가 제 가슴을
쓸어내렸다.

"거 시커먼 방에서 뭘 하고 앉았어? 사람 간 떨어지게."

"아, 예. 죄송합니다. 배가 불러서 잠시……."

"총각이 라면 끓여 먹었나?"

"아, 예. 라면은 아니고 짜파게티…… 먹었는데요."

사내는 냄비를 깨끗이 씻어 놓을 것을 당부했다. 버너도
자기 물건처럼 소중하게 다루라고 덧붙였다. 그러고는 영
대더러 다음 달에도 이곳에 있을 거냐고 물었다. 그럴 거
면 내일까지 다음 달 방세를 내야 한다는 것이었다. 영대
는 배 속으로 밀어 넣은 면발이 단박에 소화되는 느낌이었
다. 내가 이곳에 온 지 벌써 한 달이 지났다는 말인가. 아

무엇도 이룬 게 없는데. 아무것도 달라진 게 없는데.

　문제는 그것만이 아니었다. 영대의 눈길이 신발장 옆에 놓인 라면 상자에 가닿았다. 무려 한 달이었다. 영대는 남의 물건을 한 달이나 무단으로 보관하고 있었던 것이다. 김지영이 그사이에 혹시 이 노트를 애타게 찾아 헤맸던 것은 아닐까. 노트를 찾으러 이곳에 다시 와 봤는지도 모른다. 길이 엇갈려 영대와 맞닥뜨리지 못했을 뿐, 그가 외출하고 집에 없는 틈에 왔을 수도 있지 않은가. 일이 이렇게 된 것은 전적으로 영대의 잘못이었다. 그는 주먹을 움켜쥐었다. 손바닥이 축축했다. 그녀에게 아주 소중한 노트일 것이 분명한데, 이 일을 어떻게 한다?

　주인 사내는 영대의 방을 제외한 나머지 두 개의 잠만 자는 방을 노크했다. 안에 사람이 없는 것을 확인하고 나자 이번에는 세면장으로 갔다. 지하층을 두루 살펴보러 내려온 참인 것 같았다.

　"아, 저기, 여쭤볼 게 있는데요."

　세면장 안을 들여다보던 사내가 영대를 향해 돌아섰다. 숱 적은 머리카락 사이로 드러난 이마가 형광등 불빛 아래 부담스럽게 번쩍였다.

　"제 방에 먼저 살았던 여자분이요, 혹시 어디로 이사 갔는지 아세요?"

　"그 아가씨? 왜, 그건 알아서 뭐 하게?"

"그냥, 뭐 좀, 전해 줄 게 있어서요."

사내는 영대를 아래에서 위로 한 번 훑어보았다.

"둘이 잘 아는 사이요?"

"아, 예. 아뇨. 예, 그냥 조금."

"어디로 갔는지 내가 알 턱이 있나. 내 집에서 떠나면 그 걸로 끝이지."

사내는 세면장의 문을 슬리퍼 신은 발로 차서 닫았다.

"어떻게 알아볼 방법이 없을까요? 연락처라도요."

세면장의 문이 닫혔다가 다시 열렸다. 사내는 아까보다 더 세게 찼다.

"옛날 계약서에 전화번호가 있긴 할 텐데. 내 지금 올라 가서 한번 찾아봐 주지."

"아, 예, 감사합니다."

영대는 현관문을 나서는 주인 사내의 뒤통수에 대고 허리를 굽혔다. 다행이었다. 뭔가 길이 보이는 듯했다. 김지영의 방으로 이르는 길 말이다. 하지만 만약 그녀의 전화번호가 바뀌었으면 어떻게 하지? 그래도 무슨 수가 있을 것이다. 영대는 전에 없이 낙천적인 심정이 되었다. 어떻게든 되겠지. 그래, 어떻게 해서든 그녀에게 노트를 전할 수 있을 것 같았다.

그가 누군가. 25년간 단 한 번도 뭔가를 끝까지 해 본 일이 없는 영대였다. 자신의 의지에 따라 뭔가를 결정하고 그것을 이행해 본 경험이 전무한 그였다. 하지만 이번만은 끝까지 해 보고 싶었다. 어떤 일이 있어도 김지영에게 그녀의 노트를 전해 주고 싶었다.

위층에서 양변기 물 내려가는 소리가 들렸다. 영대는 설거지를 하기 위해 개수대 앞으로 갔다. 냄비에 물을 받았다. 그 속에 젓가락을 담가 놓고 방으로 들어가 담배를 입에 물었다. 때아니게 똥이 마려웠다. 휴대폰으로 시간을 확인해 보았다. 밤 10시. 이 시간에 똥 누러 지하철역까지 나갈 수도 없고. 이번이야 어떻게든 해결한다 쳐도 내일부터는 또 어떻게 하나. 에라이 그냥 화장실 청소를 해 버릴까. 영대는 제 생각의 파격적이고 급진적이고 혁명적인 변화에 스스로 놀라면서 다시금 생각했다. 까짓거, 못 할 것도 없지 뭐.

그의 손바닥 안에서 휴대폰 벨이 울렸다. 현수는 영대가 전화를 받자마자 그가 동창회에 불참한 것부터 나무랐다. 네가 주선한 소개팅에서 만난 여자애가 자기 쫓아다니는 남자 좀 처치해 달라고 해서 셋이 만난 게 하필이면 동창회 날이었다고, 영대가 해명할 틈도 없었다. 현수는 다들 새벽 늦게까지 진탕 먹고 떠들고 놀고 마셨다고 했다. 누구는 군대에 말뚝을 박았고 누구는 삼수를 준비하고 있으며 누구는 유학을 갈 예정이고 누구누구는 동창회 당일 서로 눈이 맞았다는 소식들을 그는 묻지도 않았는데 줄줄이 늘어놓았다.

"참, 정환이 얘기 아직 못 들었지?"

영대는 그제야 담배를 입에서 빼냈다.

"정환이? 동창회에 왔었어?"

"안 왔어. 근데 걔 소식은 들었다."

"아, 그래. 요새 어디서 뭐 하며 산대냐?"

"맞혀 봐라, 넌 아마 상상도 못할걸."

당연히 영대는 상상도 할 수 없었다. 정환이 어디 한두 가지를 얘기했는가 말이다. 그 옛날 수학여행지에서, 불국사 근처 여관의 뒷마당에서, 녀석은 변호사도 되고 싶고 영화감독도 되고 싶고 신문기자도 되고 싶고 여행도 하고 농사도 짓고 음악도 하고 어쩌고저쩌고 고백하지 않았던가. 게다가 그는 그것들이 모두 뜬구름이라고 했다. 하고 싶은 것 되고 싶은 것이 그리 많으면서도 동시에 그것들을 회의하고 의심했던 정환은 그래서 지금 어디서 무엇을 하며 살고 있을까.

"변호사? 아님 영화감독?"

"땡이다. 너 놀라지 마라. 그 새끼 출가했댄다."

"출가라니. 그게 무슨 소리야?"

"스님 됐다고. 중 말이야, 중. 머리 깎고 절로 들어갔대."

그럴 때는 보통 외마디 비명을 지르거나 어쩌다 출가했느냐고 묻는 게 정상이다. 하지만 영대는 물었다.

"어느 절이래?"

"몰라. 남도 어디에 있는 무슨 암자라나 뭐라나."

"참 멀리도 갔다."

"그러게. 어차피 스님 될 걸, 공부는 뭐 하러 그렇게 열심히 했다냐?"

"……"

"우리나라 불교계에 개처럼 미적분 잘하는 스님 절대 없겠지?"

"……"

"개 한문도 졸라 잘했는데. 불경 외우는 건 식은 죽 먹기겠다."

휴대폰 스피커 너머에서 잡음이 들렸다.

"여보세요? 야, 너 듣고 있냐?"

통화 상태가 고르지 않았다. 현수의 말이 툭툭 잘렸다 이어졌다.

"정환이 새끼 말이야, 사서삼경 외우는 건 일도 아닐 거야. 그치?"

영대는 거기서 뚱딴지같이 사서삼경은 왜 나오느냐고 물으려 했으나 전화가 끊겼다.

정환이 스님이 되었다는 것은 과연 예상하지 못했던 일이었다. 녀석은 진짜 삶을 찾았을까. 이렇게 시시하고 지루한 게 진짜 인생일 리 없다더니 지금은 그런 생각에서 벗어났을까. 영대는 새삼스럽게 정환의 얼굴을 떠올려 보았다. 녀석에 관한 기억이 수없이 많은데도 막상 떠올리려 하면 이상하게 졸업 앨범에 실린 사진 속의 얼굴만 그려졌다. 영대의 기억 속에서 교복을 입고 증명사진용 표정을 짓고 있는 정환은 조금 피곤해 보였다. 녀석의 머리를 깎고 승복을 입혀 보았다. 무채색 가사 장삼이 의외로 잘 어울렸다. 합장을 한 자세로 고개를 살짝 숙인 정환의 얼굴에 천천히 미소가 떠올랐다. 피곤해 보이긴 마찬가지였지만 어쨌거나 웃는 얼굴이 반가워서 영대는 저도 모르게 피식 웃었다. 온갖 꿈들을 다 내려놓은 곳에서, 구도(求道)와 수행(修行)의 길 위에서, 어쩌면 녀석은 비로소 자신의 진짜 꿈을 찾고 있는지도 모른다. 그는 이제 행복할까. 자신의 삶을 마침내 자신의 것으로 받아들이고 있을까.

다시 휴대폰 벨이 울렸다. 영대는 전화가 또 끊길까 봐 주방으로 나갔다. 신발장 앞에 서서 그는 휴대폰을 쥐지 않은 나머지 한 손에 담배 한 개비가 들려 있는 것을 보았다. 손바닥에서 배어난 땀으로 담배의 표면이 눅눅해져 있었다.

"근데 현수야, 넌 행복하냐?"

"뭐? 갑자기 그런 건 왜 물어봐?"

"그냥, 궁금해서. 넌 사는 게 행복해? 삶이 만족스러워?"

"글쎄다. 행복할 게 뭐 있냐. 만족스러울 건 또 뭐 있고."

"그럼 불행해? 사는 게 힘들어?"

"아니 뭐, 불행하고 자시고 할 것도 없지……. 거 새끼 참, 별걸 다 물어본다."

그러더니 현수는 돌연 목소리를 한 계단 높였다.

"그러는 넌? 행복하냐? 니 삶에 만족해?"

질문을 던질 때는 몰랐는데 질문을 받고 보니 대답하기가 어려웠다. 영대는 손바닥 위의 담배를 이리저리 돌려 보았다. 필터 아랫부분에 인쇄되어 있을 제조창 식별 번호를 찾아보려는 것이었다. 그는 숫자들의 합이 홀수면 행복하다고 말하고 짝수면 행복하지 않다고 말할 참이었다.

그러나 담배는 깨끗했다. 몸통 전체에 아무것도 인쇄되어 있지 않았다. 어라, 이게 어떻게 된 거지? 담배에 제조창 번호가 찍혀 나오지 않게 된 것이 벌써 여러 해 전의 일이라는 것을 알 리 없는 영대는 뭐라고 대답해야 좋을지 몰라 우물쭈물했다. 스피커에서 다시 잡음이 들려왔다. 한 발 옆으로 자리를 옮겨 보았다. 잡음이 도리어 더 커졌다. 현수가 물었다.

"야, 니 방에 거울 있냐?"

고개를 들었다. 방에 거울은 없지만 주방 찬장의 유리에 제 얼굴이 비치고 있었다.

"거울? 있어. 왜?"

"거울 한번 봐라. 거기 니 얼굴 비치지?"

영대는 현수가 앞에 있기라도 한 것처럼 대답 대신 고개를 끄덕였다.

"그럼 된 거 아니냐?"

순간 스피커 속의 잡음이 걷혔다.

"행복이 뭐 별거냐. 너 아직 살아 있잖아."

현수의 목소리가 또렷하게 귓속에 날아와 박혔다. 그리고 곧바로 전화가 끊겼다. 휴대폰 액정의 안테나가 불안정하게 깜박거리고 있었다. 영대는 휴대폰을 머리 위로 올린 후 팔을 이쪽저쪽으로 뻗어 보았다. 무심코 찬장의 유리를 보니 거기 비친 자신의 모습이 마치 외계인과 교신하려는 사이비 종교인처럼 우스꽝스러워 보였다. 그는 웃지 않았다. 사이비 종교인의 뒤편에 방이 비치고 있었기 때문이다.

영대의 첫 번째 방. 문이 활짝 열려 있으나 불은 켜 있지 않은 그 방은 영대가 앞으로 걸어가야 할 길이요, 부딪쳐야 할 세상처럼 아득하고 컴컴하기만 했다. 휴대폰을 주머니에 집어넣었다. 그는 아직 살아 있었다. 이렇다 할 꿈도 없고 열심히 살았던 적도 없지만 어쨌거나 이대로 끝은 아니었다. 그는 아직 살아 있었으므로.

이윽고 주인 사내가 계단을 걸어 내려오는 소리가 들렸다. 영대는 신발장 옆에 놓인 라면 상자에, 그 속에 들어 있을 지영의 방들에 한번 더 눈길을 주었다.

평범해서 쓸쓸한 존재들을 위한 노트

한영인(문학평론가)

김미월의 『여덟 번째 방』을 처음 읽은 건 대학원에 진학해 문학을 공부하기로 마음먹은 무렵이었다. 그때 나는 앞으로 내가 탐험해야 할 새로운 세계가 요연하게 꽂혀 있던 도서관 2층 한국소설 서가를 틈날 때마다 기웃거렸다. 김미월의 이름을 처음 본 것도 그 서가에서였다. 묘하게 마음을 잡아끄는 이름이어서 나는 그 앞에 멈춰서 그녀의 소설을 뒤적였다. 첫 소설집 『서울 동굴 가이드』가 그 옆에 나란히 꽂혀 있었을 테지만 내가 집어 든 건 『여덟 번째 방』이었다. 대학 시절 내내 신촌 부근을 전전하며 이미 '다섯 번째 방'에 살고 있었던 나로서는 그 제목을 보는 순간 내 동류의 이야기라는 확신이 들었던 것이다.

10년이 넘는 시간이 흘렀다. 그사이 나는 문학평론가가 되었고 김미월은 내가 가장 좋아하는 작가 중 한 명이 되었다. 나는 김미월의 소설이 왜 그렇게 좋았을까. 김미월의 소설에 등장하는 인물들은 그들의 세계에서 매우 옅고 희미하게 존재하고 있었다. 그 평범한 인물들을 감싸고 있는 쓸쓸함을 차분하고 따뜻하게 응시하는 김미월의 눈길에 나는 매료되었던 것 같다. 그녀의 소설이 아니었다면 평범함 곁에 나란히 선 어떤 쓸쓸함에 대해 나는 여전히 많은 것을 알지 못한 채 살아가고 있을 것이다.

세간으로부터 얻는 관심과 주목이 경제적 성패는 물론이고 존재 가치까지 결정하는 '주목 경제'(attention economy)가 일반화된 오늘날, 김미월이 응시했던 '평범한 쓸쓸함'은 각별한 의미로 다가온다. 오늘날 자신이 세계의 주인공이 아니라는 깨달음은 심리적 소외감을 넘어 직접적인 생존의 위협으로 작용한다. 이런 세계에서 주체는 '관종'의 덫에 빠지기 쉽다. '관종'은 타인의 관심과 주목을 효과적으로 착취하는 데 최적화된 주체성의 양식인바, 그 안에서 벌어지는 '만인에 대한 만인의 인정 투쟁'은 생존을 위한 발악적인 몸짓을 요구한다. 그렇다 보니 타인의 인정과 애정, 관심과 주목으로부터 소외된 이들은 자기도 모르는 사이 무력감과 우울감, 열패감과 원한 감정에 시달린다. 하지만 이에 맞서 개별적 존재가 지닌 고유함을 무턱대고 긍정하는 것도 '관종의 시대'에 대처하는 효과적인 방

편이 되기는 어렵다. 마땅히 자신의 몫이 되어야 할 주목을 받아 내지 못했다는 억울함과 허술하게 급조된 자기 자신에 대한 긍정 모두 존재에 대한 내성적 반성의 계기를 확보하는 데 걸림돌이 될 뿐이다. 이런 허위의식에서 벗어나 개인의 진실을 차분하게 마주하는 일은 어떻게 가능할까? 사회적 입사(initiation)의 문턱에서 방황하는 청춘들이 빚어내는 마음의 무늬를 섬세하게 마주해 온 김미월의 소설은 우리가 그 대안의 단초를 모색하는 데 있어 소중한 참조의 계기가 되어 준다.

김미월의 인물들은 "끊임없는 자기 갱신과 변형, 이동성과 불확실성, 성장과 발전에 대한 욕구 등으로 특징지어지는 모더니티"가 거스를 수 없는 실존적 조건으로 작용하는 세계 속에 살고 있다. 하지만 이와 같은 근대적 자기 형성의 요구 앞에 김미월의 인물들이 취하는 태도는 세간의 기대와 미묘하게 어긋난다. 미래를 향해 힘차게 돌진하는 인물은 그녀의 소설에서 거의 찾아보기 어렵다. 반면 이렇다 할 꿈도 목표도 없이 점점 자신을 옥죄어 오는 자기 형성의 요구 앞에 거듭 위축되는 인물들의 내적 방황이 부풀어 오르는 미래의 낙관을 대신한다. "왜 꼭 뭔가가 되어야만 할까. 세상은 나에게 끊임없이 무언가를 요구

---

1 복도훈, 『1960년대 한국 교양소설 연구 — 4.19 세대 작가들의 작품을 중심으로』, 동국대학교 대학원 국어국문학과 박사논문, 2014, 1쪽.

한다. (……) 내가 원하는 것은 대단한 것이 아니었다. 그저 자유였다. 아무것도 되지 않고 아무것도 하지 않을 자유."[2](「29200분의 1」) 이 작품의 제목에 등장하는 '29200'이라는 숫자는 인간의 평균 수명을 의미하는 80년에 365일을 곱한 것으로 한 보편적 인간이 평생 동안 허락받음직한 날의 총합이다. 그런데 인간의 일생을 이처럼 산술적 숫자로 분절해 생각해 보면, 성장과 발전이라는 목적론적 도정으로부터 이탈할 여지가 발생한다. 개별적인 날들이 미래라는 하나의 소실점으로 통합되지 못하고 낱장으로 흩어져 파편화되기 때문이다.

그렇지만 이를 '성장에 대한 거부'라고 성급하게 규정해선 곤란하다. 남들에게 내세울 그럴듯한 꿈과 목표가 없다고 해서 세속적 야망과 구별되는 '진정한 자신'이 되고 싶은 욕망까지 버려둔 것은 아니기 때문이다. 그들은 세속적 야망과 진정한 자신이 되고 싶은 욕망 사이에서 부대끼면서 자신이 꿈꾸는 진정한 삶에 대한 물음을 거듭 환기한다. "아무것도 되지 않고 아무것도 하지 않을 자유"를 요구하는 그들의 삐딱함은 실은 타인과 세계가 강요하는 질서에서 벗어나 진정한 자신이 되고 싶다는 욕망에서 발현하는 성장통에 가깝다. 김미월의 인물들은 그 성장통을 지

---

2 김미월, 『아무도 펼쳐보지 않는 책』(창비, 2011), 45~46쪽.

극히 '김미월다운' 방식으로 겪는다. 그들은 자신이 숨어들 참호를 자기 내부에 마련하고 그 안에서 자신의 마음을 골똘히 들여다본다. 그래서 그들의 특별함은 여간해서는 겉으로 드러나지 않는다. 그들은 평범하다는 말이 진부하게 느껴질 정도로 평범하지만 그들을 그려 내는 김미월의 손길은 그 평범함을 재료로 삼아 끝내 인상적인 고유함을 만들어 낸다. 여기에 김미월이 구가하는 소설적 연금술의 매력이 있다.

이 소설은 첫 독립에 나선 영대가 허름하고 비좁은 지하층 방에 입주하는 장면으로 시작한다. 영대가 바퀴벌레가 들끓는 낡은 방에 거처를 정한 이유는 경제적 어려움 때문이 아니다. 서울 아파트를 빚 한 푼 없이 소유하고 있는 부모님 아래 자란 영대의 경제적 수준은 중산층에 가까워 보인다. 영대는 왜 안온한 중산층의 삶을 떠나 낡은 지하방으로 거처를 옮긴 것일까? 표면적인 이유는 실연 때문이다. 짝사랑하던 선배로부터 "너를 보면 가슴이 꽉 막혀.", "니 인생에 좀 더 진지해져 봐. 본인이 진짜로 원하는 게 뭔지 스스로 찾아야지."라는 충고와 함께 대차게 차인 영대는 그로 인해 이제까지 "한 번도 자신의 의지에 따라 살아 본 적이 없었다."는 각성에 이르게 된다.

영대의 독립이 더는 이제까지 살아왔던 방식으로 살지

않겠다는 다짐을 대외적으로 공표하는 결연한 실천이라면 허름하고 비좁은 지하방은 단군신화에서 곰과 호랑이가 거처했던 동굴과 유사한 의미를 획득하게 된다. 굴에 갇혀 쑥과 마늘만 먹으며 100일 동안 햇빛을 보지 못하는 시련을 겪은 후에야 인간이 될 수 있었던 곰처럼 영대 역시 "방바닥에서 한기가 아니라 살기가 올라오는", "화장실도 마음 놓고 갈 수 없는 이 거지 같은 집에서" 인고의 시간을 보낸 뒤에야 비로소 다른 존재로 재탄생할 가능성을 기대해 볼 수 있기 때문이다. 영대가 갈구하는 진정한 삶이란 "자신의 의지에 따라 행동"하는 것을 의미한다. 인생의 주인은 그 누구도 아닌 자기 자신이며 진짜로 원하는 걸 스스로 찾아 성취하는 삶이야말로 자신의 주인 됨을 실현하는 유일한 방도라는 믿음을 지니고 있다는 점에서 영대는 진정성의 주체라고 할 수 있다. "진정성을 추구하는 인간은 외재적인 도덕이나 타인들의 견해 혹은 가치관을 맹목적으로 추수하는 존재가 아니라" 자기 고유의 내적 원리를 통해 자신의 삶을 설계하고 영위하는 존재이기 때문이다.[3]

우연히 영대가 펼쳐 본 노트의 주인공인 김지영 역시

---

3 김홍중, 「진정성의 기원과 구조」, 《한국사회학》 제43집 5호, 2009, 14쪽.

'진짜' 나다운 삶이 무엇인지 끊임없이 묻고 방황한다는 점에서 영대와 비슷한 결을 지니고 있다. 고향을 떠나 서울에 있는 대학에 진학한 그녀는 스펙터클한 캠퍼스의 풍경 속에서 자신의 진본성(眞本性)을 잃어버릴 것만 같은 위기감에 직면한다. "어째서일까. 내가 보고 있는 것이 설령 영화라 해도, 그것을 보고 있는 관객으로서의 나의 존재는 진짜인데. 허구가 아니라 실존인데. 그런데 왜 자꾸 가짜처럼 느껴지는 것일까. 내가 하는 건 어째서 다 어설픈 흉내 같고 어린애 장난 같을까. 조바심이 났다."(74쪽) 지영이 조바심을 내는 이유는 자신을 둘러싸고 있는 스펙터클의 장막을 걷어 내고 "날것 그대로의 진짜 세상"을 마주하고 싶기 때문이지만 진짜 세상은 그녀에게 자신의 참모습을 쉽게 드러내지 않는다. 그건 세상의 진면목이 두터운 장막에 가려져 있어서가 아니라 세상에 뛰어든 사람의 주체적이고 능동적인 삶의 행로와의 부대낌을 통해서만 비로소 하나의 현실로 (재)구성되는 것이기 때문이다.[4]

---

4 영대와 지영 모두 시시하고 수동적인 삶과 질적으로 구별되는 고유하고 진정한 삶이 존재하리라는 믿음을 공유한다. 하지만 영대의 경우 진정한 삶에 대한 갈망이 도드라질 뿐 그 진정성을 구현해 나가기 위한 구체적인 행로가 작품 안에서 또렷하게 형상화되어 있지 않은 데 반해 지영의 경우는 보다 명확한 삶의 도정을 보여 준다. 영대가 진정한 삶이란 무엇일까 하는 물음을 계속해서 현재의 시간성 안에서 제기하고 있는데 반해 지영은 자신이 거쳐 온 삶의 행로를 소설의 형식을 빌려 서술함으로써 보다 풍부하

지영은 바닷가에서 작은 서점을 운영하는 부모님을 떠나 서울에 있는 대학에 진학한다. 그곳에서 진주를 알게 되고 함께 황무지라는 동아리 활동을 시작하지만 자신이 짝사랑하던 시호 선배가 진주와 사귀는 걸 알게 되자 마음에 큰 상처를 받고 그들로부터 멀어지게 된다. 하지만 지영이 겪은 지독한 아픔은 어릴 적 고향 친구이자 첫사랑이었던 관에게서 온다. 관 역시 자신의 고유한 실존을 확립하기 위해 분투하고 방황하는 인물이다. 무당 어머니를 둔 관은 어려서부터 '무당 아들'이라는 꼬리표를 낙인처럼 달고 살아왔다. 자신이 선택하지 않은 정체성으로 규정당해 온 관은 "새로운 사람들과 관계를 맺을 때마다 어쩔 수 없이 움츠러"들었고 "자신을 정말로 이해해 줄 수 있는 사람은 아무도 없는 것 같"다는 쓸쓸한 절망감 속에서 살아온 인물이다. 이렇듯 타인의 진심으로부터 소외된 관은 그 자신의 내부에 지영의 사랑을 받아들일 공간을 마련하지 못했고 관을 향한 지영의 진심에도 불구하고 그들은 서로 멀어지게 된다.

게 삶의 의미를 부여하는 것이다. 이런 차이는 영대라는 인물의 내적인 한계를 의미하는 것이 아니라 이 작품이 지영의 자기 역사 서술을 영대가 들여다보는 형식으로 구조화되어 있기 때문에 발생하는 현상이다. 작품은 영대의 이야기와 지영의 이야기가 교차하며 진행되지만 영대의 플롯이 지니는 시간성의 폭과 지영의 플롯이 지니는 시간성의 폭은 크게 차이가 난다.

이런 만남과 헤어짐은 지영의 성장 과정에서 중요한 계기로 작용한다. 처음 지영은 "살면서 많은 방들을 거쳐 가듯, 사람들과도 숱하게 만나고 헤어지고 또 서로를 잊어가며 살게 되리라는 것을" 알지 못했지만, 점차 "어느 한 시절 자신에게 굉장히 중요했던 사람을 평생 동안 다시는 만나지 못하게 될 수도 있다는 것을, 정말 친했던 사람과 별다른 이유 없이 멀어질 수도 있다는 것을"(144쪽) 깨닫게 된다. 이 깨달음은 지영이 다다른 성숙함의 한 징표이다. 어른과 아이를 구분하는 무수한 기준이 있지만 '인연'을 대하는 태도 역시 그 핵심적인 기준의 하나이다. 아이는 자신의 세계가 더 크게 확대되어 나가리라는 걸, 그 과정에서 지금 내 곁에 있는 사람들 역시 다른 사람으로 교체될 수 있으리라는 걸 경험적으로 인식하기 어렵다. 하지만 어른은 "남들이 결코 끊을 수 없는 억세고 질긴 인연의 동아줄"(191쪽) 같은 것은 존재하지 않는다는 것을, 인(因)과 연(緣)은 얼마든지 수명이 다해 서로 흩어질 수 있다는 사실을 담담히 받아들인다.

그렇지만 이런 담담함의 이면에는 영원한 것은 존재하지 않으며 인과 연 사이에 작용하는 시간의 척력 앞에서 우리는 모두 변형과 소멸의 운명을 피할 수 없다는 쓸쓸함이 깔려 있다. 이런 쓸쓸함은 지영이 진주와 시호 오빠, 관과의 만남과 헤어짐을 통해 마침내 마주하게 된 세계의 진면목이라는 점에서 마냥 부정적인 건 아니지만 거기에 깃든 허무의 덫은 여전히 피해 가기 어려운 문제로 남는다. 이때 지영은 글을 씀으로써 그 허무에 맞서 싸울 수 있는 내성의 공간을 마련한다.

"나는 평범한 사람이다."로 시작하는 지영의 소설을 독자들은 이 책을 펼쳐 든 지 얼마 지나지 않아 만나지만 지영이 그 소설을 쓴 이유는 이 책을 모두 읽은 후에야 비로소 알 수 있다. 지영은 휴학계를 내러 간 자리에서 왜 휴학을 하느냐는 학과장의 힐난 섞인 추궁에 "소설을 써 보고 싶어요."라고 대답할 때 자신의 대답을 "거짓말"이라고 명료하게 의식하고 있다. 하지만 언어의 수행성이라는 것은 묘해서 그 거짓말을 내놓자마자 그녀는 갑자기 소설을 쓰고 싶은 욕망에 사로잡히게 된다. 그렇지만 더욱 결정적인 계기는 "자신의 이야기를 쓰는 사람은 특별"하다는 관의 말 때문이다. 자신의 이야기를 어떻게 풀어나가야 할지 막막해하던 지영은 글쓰기를 통해 인간은 자기 삶의 주인으로 재탄생할 수 있다는 관의 말에 의지해 자신만의 특별함을 찾아가기 위한 글을 쓰기 시작한다.

물론 소설은 그녀가 본격적으로 쓰기 시작한 첫 글이 아니다. 미래에 대한 막막함과 관에 대한 그리움을 감당하기 어려울 때마다 일기를 썼기 때문이다. 그녀는 일기 쓰기가 자신에게 미친 영향에 대해 이렇게 적는다. "생각만 하는 것과 생각을 글로 쓰는 것은 차원이 완전히 다른 일이었다. 나는 후자가 내게 선사하는 각성의 서늘함과 위안의 따스함을 기꺼이 받아들였다."(194쪽) 글쓰기가 부여하는 각성과 위안은 이 소설에서 가장 돋보이는 주제이기도 하다. 거기서 각성은 자신조차 알 수 없는 혼란스러운 마음을 활자로 옮겨 놓고 지긋이 바라보는 순간 발생하는 객관화된 인식에서 발생한다. 또한 그것이 위안일 수 있는 것은 그 객관화된 시선을 통해 자신의 존재를 바라봄으로써 나의 나다움을 있는 그대로 받아들일 따뜻한 용기를 얻을 수 있기 때문이다. 그래서 지영은 스무 살 시절의 자신과 조우하게 된다면 과거의 자신에게 이렇게 대해 주고 싶다고 말한다. "아니, 그냥 말없이 먼저 안아 주기부터 해야겠다. 너는 참 평범하고 보잘것없지만 세상에 오로지 하나뿐인 존재라고. 그러므로 결코 평범하지도 않고 보잘것없지도 않다고. 너는 내 소설의 주인공이며 내 세계의 주인이라고."(264쪽)

글쓰기가 부여하는 각성과 위안이 이 소설에서 가장 돋보이는 주제라고 말했지만 읽는 행위 역시 글쓰기 못지않게 중요하다. 지영이 쓴 글은 영대의 읽는 행위를 통해서만 재현된다. 만약 영대가 흥미를 잃고 읽는 행위를 멈춘다면 이 소설 역시 더는 앞으로 나아가지 못했을 것이다. 그렇다면 영대는 왜 지영의 노트를 홀린 듯 탐독하는 걸까? 원래 영대는 "애초에 그것을 읽을 생각은 없었"으며 "그냥 앞부분만 슬쩍 훑어보고 도로 상자에 넣을 생각"이었다지 않은가? 타인의 은밀한 기록을 훔쳐볼 때 발생하는 관음증적 쾌락도 무시할 순 없겠지만 결정적인 이유는 영대 자신이 '무엇이 진짜 삶일까?'라는 질문을 마주하고 있기 때문이다. 인간은 자신의 삶에 어떤 균열과 위기가 잠입해 있다고 느낄 때 비로소 타인의 이야기에 진지한 관심을 기울이게 된다. 지금 자신의 상태가 충만하다고 느끼는 사람에게 타인의 이야기는 마음의 평형 상태를 흐트러뜨리는 소음에 불과할 뿐이다. 하지만 영대는 진짜 삶에 대한 고민을 처음으로 시작했고 그렇기 때문에 지영의 글을 읽을 눈을 비로소 얻을 수 있게 되었다. 지영의 노트를 끝까지 읽고 나서 영대는 자신이 살아 있는 한 아직 끝은 아니며 미래는 어떤 식으로든 계속될 거라는 작지만 단단한 희망을 얻는다.

이 작품을 다시 읽으며 나는 자주 멈춰 뒤를 돌아봐야 했다. 내가 두고 떠나온 한 시절이 가만히 내 등을 두드렸기 때문이었다. 나 역시 지영처럼 대학에 입학하자마자 "일주일에 한 권씩 인문학 서적을 읽고 그것에 대해 의견을 나누는" 동아리에 가입했고 그곳에서 선배가 연주하는 기타 선율에 맞춰 '단결투쟁가', '열사가 전사에게', '들불의 노래' 같은 민중가요를 배웠다. 어느 겨울에는 일산 재개발 구역에서 철거민들이 세운 골리앗에서 며칠 동안 함께 밥을 지어 먹으며 용역 깡패들의 침탈에 맞서기도 했다. 그 시절 만난 사람들과 그때 꾸었던 많은 꿈들은 지금 그 흔적을 찾기 어려워 보이지만 지금의 나는 내가 통과해 온 시절이 빚어낸 하나의 결과라는 것을 이제 안다.

책장을 덮은 후에도 한동안 마음이 시렸던 것은 지영의 행방 때문이었다. "그녀는 어쩌다가 이렇듯 잠만 자는 방에까지 흘러 들어오게 되었을까?" 지영의 삶은 그 후로 점점 나빠지기만 했을까. 그녀는 그 잠만 자는 방을 떠나 어디로 갔을까. 그로부터 오랜 시간이 지난 지금, 그녀는 그 시간을 무사히 통과해 보다 단단해진 자신을 마주하고 있을까. 지영의 미래가 염려될 때마다 나는 지영의 부모님이 운영하던, 그 바닷가 마을에 유일했던 해변 서점을 떠올렸다. 어쩌면 지영은 고향으로 내려가 그 서점을 다시 열어 운영하고 있지 않을까? 작지만 고요한 그 서점에서 그녀는 문을 열고 들어오는 손님들에게 자신이 감명 깊게 읽은 책을 무심히 건네지 않을까? 지나간 방황과 불안을 어제의 페이지로 넘기고, 오늘의 새로운 방황과 불안을 마주하면서 그녀는 서점 창문을 통해 넓고 푸른 바다를 응시하고 있을지 모른다. 나도 모르게 그런 생각들을 하면서, 문득 지영의 미래를 상상하는 일이 우리가 각자 바라는 세계의 모습을 상상하는 일과 크게 다르지 않다는 사실을 깨닫게 되었다. 마지막 책장을 덮고 나서도, 우리는 여전히 그녀와 연결되어 있는 것이다.

소설을 읽는 내내 과거의 나를 만나는 것만 같았다. 주인공 지영처럼 나 역시 스무 살부터 서울 생활을 시작했고 '집'보다는 '방'이라는 단어가 어울리는 공간을 옮겨 다니며 이삼십 대를 보냈다. 서울은 나와 어울리지 않는다는 생각, 프로페셔널하게 대학 생활을 하는 친구들과 달리 나만 아마추어 같다는 느낌, '내가 지금 여기서 뭘 하고 있나'라는 질문에 담긴 자괴감과 소외감 등에 깊이 공감했다. 나만 그런 게 아니었구나, 그때 당신도 어딘가에 스며들지 못한 채 서성이고 있었구나, 꿈이 없던 시절이 당신에게도 있었구나, 되뇌다가 이십 대 초반의 나에게 이 책을 선물하는 상상을 했다. 그때의 내가 이 소설을 읽을 수 있었다면 '말없이 먼저 안아 주는' 사람에게 안긴 것처럼 위로받았을 것이다. 조금은 덜 외로운 상태로 서성였을 것이다. 작은 방에서 나처럼 혼자 울고 있을 김지영을 떠올리며 눈물을 닦았을 것이다. 나의 공간을 아끼는 방법으로 스스로를 다독였을 것이다. 소설의 마지막 장을 덮으며 나의 여덟 번째 방을 떠올렸다. 그 방에 머물렀기에 지금의 내가 존재한다는 사실을, 이 소설이 알려 주었다.

최진영(소설가)

15년 전에 발표한 소설이다. 당시에는 영대와 지영이 주고받는 편지 같은 이야기라 생각하며 썼는데 지금 읽어 보니 그보다는 과거의 내가 현재의 나에게 보내는 편지 같다. 그때 나는 이런 생각을 했구나, 이런 표현을 썼구나, 이런 사람이었구나……. 오래전 내가 낯설어 편지를 읽는 동안 여러 번 멈추고 뒤돌아보고 머뭇거렸다.

낯선 것은 그뿐만이 아니다. 이 소설에는 영대와 지영이 사용하는 무선삐삐, 미니홈피, 카세트테이프, 비디오테이프, 라디오, 엠피스리 플레이어, 폴더형 휴대폰 등 구시대 유물이 수시로 등장한다. 한때는 전 국민의 일상이었던 것들을 이제는 앤티크 소품으로서 아니면 어디에서도 찾을 수 없을 만큼 세상이 급변했다.

그런데 놀랍게도 영대와 지영의 방만은 그대로이다. 2023년 서울 땅에서 집은커녕 변변한 방 한 칸 구하기도 어려워 점점 더 낮고 좁고 어두운 방들로 숨어들 수밖에 없는 청년들의 주거난 문제가 15년 전과 조금도 다르지 않다는 것, 이보다 더 낯설고 의아한 현실이 또 있을까. 책장을 덮으며 나는 씁쓸해한다.

그럼에도 『여덟 번째 방』은 내게 여러모로 특별한 작품이다. 내 가난한 이력서의 유일한 장편소설이라는 점에서도 그렇고 집필 당시 내가 지영처럼 한곳에 정착하지 못하고 일부는 인제에서 쓰고 일부는 춘천에서, 일부는 서울, 원주, 스페인 마드리드, 강진 등을 떠돌며 썼다는 점에서도 그렇지만 무엇보다 출간 후 독자들의 편지를 적잖이 받은 유일한 책이라는 점에서 그렇다. 대부분 이메일로, 드물게는 손 편지로 전국 이곳저곳에서, 심지어 한번은 프랑스 어느 소도시에서도 기별이 왔다. 편지에는 하나같이 이런 문장이 쓰여 있었다.

이 소설은 꼭 제 이야기 같아요.

누구나 스무 살이었던 시절이 있어서였을까. 아니면 누구나 살면서 이사 한두 번쯤은 해 본 경험이 있어서였을까. 어쨌거나 소설 속 인물들에서 용케도 자신을 발견해 낸 시력 좋은 독자들이 건넨 다정한 안부 덕에 그때의 나는 이 방 저 방 떠돌던 신세였음에도 덜 춥고 덜 막막하고 덜 고단할 수 있었다. 그 기억이 실은 지금도 작가로서의 정체성이 한없이 미미한 나를 지탱해 주고 있다고 생각한다. 이 지면을 빌려 오래전『여덟 번째 방』을 읽어 주신 독자들께 다시 한번 감사 인사를 올린다.

　그때 스물다섯이었던 영대는 이제 마흔이 되었다. 서른이었던 지영도 마흔다섯이 되었다. 지금은 어떤 방에서 어떻게 살고 있을까. 2023년 세상의 모든 영대와 지영 들이 조금은 더 밝고 환하고 보송보송한 방에서 살 수 있기를, 부디 그러하기를.

몇 번째인지 모를

돈암동 방에서

김미월

　몇 해 전이던가. 스무 살 시절에 살았던 방들을 실제로 하나씩 찾아가 본 적이 있다. 가장 짧게 머물렀던 둔촌동 방에서 가장 오래 살았던 안암동 방에 이르기까지, 그 많은 방들의 반은 사라지고 없고 반은 그대로 남아 있었다. 그대로 남았으나 남이 살고 있는 쪽보다 아예 사라져서 내가 살던 때의 모습을 마지막으로 기억할 수 있게 된 쪽이 더 마음에 들었다.

　연희동 방으로 돌아오는 길은 어쩐지 허허로웠다. 나의 옛 방들에 나의 일부를 조금씩 두고 온 것 같은 기분이었다. 아마 그래서였을 것이다. 막연하게나마 방에 대한 소설을 써 보고 싶다고 생각하게 되었던 것은.

바로 그 소설을 계간지 《세계의 문학》에 연재한 것은 2008년이었다. 원고를 서랍 속에 내내 묵혀 두다가 비로소 다시 꺼낸 것은 2009년 여름. 이곳에서였다. 이승에서 가장 아름다운 절집. 눈을 뜨면 멀리 구강포 바다가 넘실거리고, 눈을 감으면 가까이 동백숲과 야생 차밭 지나 다산초당 가는 오솔길이 어른거리는, 이곳의 방 한 칸을 차지하고서 나는 늘 행복하여 내가 행복하다는 것을 늘 잊었다.

말벌에 쏘였던 어느 저녁 예불 시간이 떠오른다. 응급처치가 늦으면 죽을 수도 있다며 신성한 법당에서 기어이 내 셔츠를 걷어 올리고 벌에 쏘인 부위를 봐 주셨던 분들. 부처 같고 보살 같던 그분들에게 벗은 등을 맡긴 채 나는 아픈데도 자꾸 웃었다. 죽음이 그토록 느닷없이 다가올 수도 있다는 것이 믿기지 않아서였다.

그리고 이튿날, 말벌 소동을 전해 들은 큰스님은 내게 말씀하셨다.

"뭐시라? 말벌에 쏘이고도 멀쩡해? 니가 아주 독한 년이로구나!"

첫 장편이다. 사실 이 소설을 쓰는 동안 크게 앓았다. 마음이 아파서가 아니라 몸이 아파서 운 것은 어린 시절 이후로 처음이었다. 그러나 아무에게도 말하지 않고 나는 이따금 나 홀로 나에게 문병을 갔다. 고통을 들여다보는 시간이 오히려 고통을 덜어 주었다. 아프다는 건 살아 있다는 것. 아파서 운다는 건 살고 싶어 한다는 것. 그것을 새삼 확인시켜 준 내 몸에 감사한다.

원고를 오래 기다려 주신 민음사 여러분께도 고맙다는 말씀을 올린다. 연재 초 갈팡질팡하던 내게 베르나르 포콩의 사진집을 건네준 이원 선배님, 연재 도중 수시로 7814 문자를 보내 나를 웃게 한 무하, 연재 말 의기소침해 있던 나의 방 앞에 잘 익은 모과를 내려놓고 간 조용미 선배님에게도 머리 숙여 감사를 전한다. 그 외에도 일일이 논하기 어려운 많은 분의 격려와 응원 덕에 이렇듯 서투르게나마 작품을 끝낼 수 있었다.

기쁘고 부끄럽다.

백련사(白蓮寺) 작비재(昨非齋)에서

김미월

오늘의 작가 총서 42

여덟 번째 방

김미월 장편소설

1판 1쇄 펴냄	2010년 4월 5일
2판 1쇄 찍음	2023년 4월 28일
2판 1쇄 펴냄	2023년 5월 19일

지은이	김미월
발행인	박근섭·박상준
펴낸곳	(주)민음사

출판등록	1966. 5. 19 제16-490호
주소	서울시 강남구 도산대로1길 62(신사동)
	강남출판문화센터 5층(06027)
대표전화	02-515-2000
팩시밀리	02-515-2007
홈페이지	www.minumsa.com

ⓒ김미월, 2023. Printed in Seoul, Korea

ISBN 978-89-374-2063-4 (04810)
ISBN 978-89-374-2050-4 (세트)

새로 잇고 다시 읽는 한국문학의 정수, 오늘의 작가 총서 시리즈